Ann Kathrin Ast

Beat

Ann Kathrin Ast

Beat

oder

In diesem trockenen, süßlich riechenden Nebel

OKTAVEN

1. Auflage 2023

Oktaven

ein Imprint des Verlags Freies Geistesleben
Landhausstraße 82, 70190 Stuttgart
www.geistesleben.com

ISBN 978-3-7725-3040-1

ⓔ auch als eBook erhältlich

Gestaltungskonzept: Maria A. Kafitz
Umschlagfoto: Furtseff / iStockphoto
Satz: Bianca Bonfert
Druck: Pustet, Regensburg
Printed in Germany

FSC MIX Papier FSC® C014889

Klimaneutral Druckprodukt ClimatePartner.com/12514-2212-1009

Entdecken Sie weitere literarische Bücher:
geistesleben.de/oktaven

Bleiben Sie mit unserem Newsletter auf dem Laufenden:
geistesleben.de/news

Ihr werdet die Wirklichkeit erkennen, und was wirklich ist, wird euch frei machen.

nach Johannes 8,32

Die Musik schließt dem Menschen ein unbekanntes Reich auf, eine Welt, die nichts gemein hat mit der äußeren Sinnenwelt.

E. T. A. Hoffmann

Jetzt. Das ist es. Darauf hat er gewartet. Beats Arm hebt sich, nähert sich und – der Schlägel trifft im richtigen Moment auf die riesige Bronzescheibe des Tamtams. Einschwingen, er schwillt an, dieser weiche, tiefste, umfassendste Ton des Abends – alles im Körper vibriert –, der sich ausbreitet wie ein Farbfleck, erst die Luft, dann alle Anwesenden im Saal der Musikhochschule einfärbt; eine Welle in der Raumzeit, die sich von ihm aus fortbewegt. Das Tempo verlangsamt sich abrupt, in Zeitlupe auf- und absteigende Streicherkaskaden, die Sopranistin zieht einen hohen Ton in die Länge, der zusammen mit Beats Tiefton den Raum einrahmt, der Arm des Dirigenten steht in der Luft, es soll nie enden, ich liebe diese – würde Beat am liebsten rufen, dann ist der Moment schon vorbei. Er dämpft die vibrierende Scheibe ab. Natürlich, Musik ist Zeit, Werden, sie bleibt nicht stehen, aber manchmal würde er eine Stelle gern anhalten, wie beim Musikhören das Band zurückspulen, immer wieder dieselbe Stelle.

Der Saal mit Dachschräge ist bis zum letzten Stuhl besetzt für die Opernaufführung der Musikhochschule, 300 Studentinnen und Studenten, Professorinnen, Eltern, Musikliebhaber sehen ihm entgegen, ihre offenen, teils verträumten, teils schläfrig-abwesenden Gesichter.

Der Dirigent wirft Beat einen gestressten Blick zu, ist er nervös? Beat lächelt. Er nimmt je zwei Schlägel mit kleinen Köpfen in beide Hände und stellt sich an das Marimbaphon. Gleich kommt die schwierigste Passage des Abends: Marimbasolo.

Sein Herz schlägt rascher, doch das ist in Ordnung, hilft ihm auch. Die Schlägel liegen gut in seinen Händen. Er begibt sich in den Modus voller Konzentration, freut sich darauf.

Seine Arme rauschen über die Klangplatten, fast von selbst, eine furiose Stelle, für beide Hände weite Sprünge in hohem Tempo, mit rhythmischen Verschiebungen zwischen rechts und links. Alles fließt, Beat fokussiert den Dirigenten, setzt die Eins exakt, wenn dessen Stab den tiefsten Punkt erreicht, die Koordination mit den Kontrabässen auf der anderen Seite läuft besser als je zuvor, er freut sich. Noch ein paar Takte reine Begleitung, er lehnt sich zurück – doch warum fixiert der Dirigent ihn mit zusammengezogenen Augenbrauen? Im nächsten Moment ist da vor seinen Augen ein feines Geäst aus Äderchen in einem Lichtfeld, wie ein Abdruck von Blutgefäßen. Bloß für eine Sekunde, schon wieder weg, zu kurz zum Erschrecken.

Habe ich die eine Achtel im letzten Takt überhaupt gespielt? Tatsächlich ist er nicht sicher und versucht zurückzudenken, sich zu erinnern an die Bewegung – da kommt nichts. Als er auf seine Hände sieht, zuckt er zusammen: Sein g erklingt, kurz bevor er mit dem Schlägel die Klangplatte berührt. Beat schüttelt sich, sicher nur eine Sinnestäuschung? Doch im nächsten Takt passiert es wieder. Erst hört er den hellen Ton, eine Sekunde später trifft der Schlägel auf – das kann nicht … Er sieht den Arm des Dirigenten nach unten ziehen, aber das Orchester hat den Schlag längst gespielt. Heißt das? Ja. Bild und Ton sind verschoben, auseinandergerissen. Blut rauscht in seinem Kopf, immer lauter, schon alle äußeren Laute übertönt, der Puls pocht ihm in den Ohren, sein Gesicht heiß. Zitternde Hände, doch er muss weiterspielen. Sich überschlagende Gedanken, ist das ein epileptischer Anfall? Gehirntumor? Die Hände zittern unkontrollierbar. Seit Jahren keine solche Angst auf der Bühne gehabt, so peinlich, ausgerechnet heute, vor Professoren und Kollegen aus der Schlagzeugklasse. Gleich kommt die Wiederholung des Marimbasolos, bei dem er mit der Flötistin perfekt zusammenspielen muss.

Er macht eine Atemübung, die Töne von außen kehren zurück, hört die Flötenachtel des Übergangs. Beat schließt die Augen und spielt – zu dem Zeitpunkt, den er für den richtigen hält – auswendig das Solo. Nur 1 – 2 – 3 – 4 fühlen, die Bewegungen dem Körpergedächtnis überlassen, den Automatismen, sie nicht durch das Bewusstsein stören. Bald denkt er nichts mehr.

Das Solo endet, Beat öffnet die Augen. Kaum zu glauben: Der Dirigent lächelt und nickt ihm anerkennend zu, also ist es gut gelaufen? Beat legt die Schlägel ab, lockert die Arme, atmet aus.

Auf der aus Podesten zusammengeschobenen Bühne liegt der hellgrüne Teppich wie eine Wiese, begrenzt durch Stellwände mit Blümchentapete und aufgemalten Fenstern. Gemütlich sieht er aus, dieser kleine Raum im Raum, den Beat von tagelangen Proben kennt, er entspannt sich. Gerade fläzt die Sopranistin mit pinkfarbenem Minirock in gespielter Langeweile auf dem Sofa, während der Bariton ihr mit großen Gesten einen

Vortrag hält. Beat würde gern zu ihr gehen ... Dann erst bemerkt er: Bild und Ton sind wieder synchron, die Wahrnehmung ist normal! Er lacht vor Erleichterung fast laut auf. Danke, danke, danke, vielleicht war es nur ein Stressphänomen. Beat streicht über das geschliffene Holz des Tamtamschlägels, den er bald wieder braucht. Gut, dass ich meinen eigenen mitgenommen habe, denkt er, mit ihm bringt er die meisten Obertöne und tiefen Frequenzen heraus, diesen schillernden Klang. (Wie er vor Kurzem fünfzig verschiedene Schlägel nach Hause bestellte und sie alle einzeln probierte, um den besten herauszufinden. Ob jemand im Raum den Unterschied merkt? Spielt keine Rolle.)

Er stutzt. Etwas ist anders. Es riecht nach Rauch und gemähtem Gras. Zum Test hält er kurz seine Nase zu, lässt sie wieder los – es riecht *nur* nach Rauch, sehr deutlich, und da steht Rauch im Raum, nahe der Tür, scheint von hinter der Bühne zu kommen. Aber Kunstnebel ist in der Inszenierung nicht vorgesehen. Noch während er sich wundert, platzt eine Sirene in die Musik, ein nach oben ziehender, gepresster Ton, der Dirigent erstarrt, dann winkt er das Orchester ab. Alle im Saal sehen sich nervös um, auch die Sirene bricht abrupt ab und eine Durchsage, es ist die Stimme des Hausmeisters, schallt aus den Lautsprechern. «Rauch im obersten Stockwerk. Bitte ruhig bleiben und das Gebäude verlassen. Die Feuerwehr ist unterwegs.» Seine breite, pfälzische Aussprache lässt die Aussage zwar beruhigender klingen, als sie ist, trotzdem: dröhnendes Gemurmel, schreiende Stimmen und beschwichtigende, tiefe – alles durcheinander. Die Musiker, schon aufgestanden, befinden sich der seitlichen Tür am nächsten, Beat sieht zwei Geigerinnen dorthin rennen, die Arme schützend um ihre Instrumente gelegt, als wären sie Säuglinge, die vom Rauch abgeschirmt werden müssen. Wo ist der Dirigent? Auch die Sänger eilen von der Bühne, wo der Rauch deutlich stärker wird, in wirbelnden Bahnen, Schwaden sich dreht. Geschieht das – Beat sitzt noch auf dem Hocker hinter der Marimba. Feuer sieht er keines, doch der Weg zur Tür ist jetzt verstopft. 300 Menschen wollen gleichzeitig durch eine Tür den Saal verlassen, während die Sirene wieder die Ohren terrorisiert. Erstaunt über seine eigene Ruhe, bewegt er sich langsam auf das Ende der Schlange zu, beobachtet die anderen. Viele der Wartenden haben Handys am Ohr und brüllen hinein, es gibt mehr als eine weinende Person, jemand erteilt mit Gesten seiner Umgebung Anweisungen, ohne Beachtung zu finden. Eine Gruppe Musikstudenten in einiger Entfernung bemerkt Beat nicht. Leichte Panik steigt in ihm auf, Enge im Brustkorb, er spürt seinen trockenen, vom Rauch brennenden Hals, auch sein Herzschlag beschleunigt, doch nur schwach, eher die Erinnerung von Panik. «Stay-Put-Regel», ruft ein älterer Mann. Mit Predigerstimme versucht er, die anderen zu überzeugen, sich nicht aus dem Saal zu drängeln, «die Feuerwehrmänner werden kommen, es ist viel gefährlicher, allein durch einen verrauchten Gang», niemand beachtet ihn. Die Frau neben ihm schüttelt den Kopf. Beat fühlt sich schläfrig, fast abwesend, vielleicht eine Schutzreaktion des Körpers? Da taucht der Bühnenmeister mit einem Notfeuerlöscher auf, zeigt auf den dichten Qualm hinter der Bühne und ruft etwas für Beat Unverständliches. Ein paar Personen rennen nun in den

Qualm hinein und kommen kurz darauf hustend mit vor den Mund gehaltenen Händen zurück. Beat hält sich die Ohren zu, kann so einen Lärm nicht ertragen.

Der Notfeuerlöscher ist zu schwach. Eine kleine Flamme schlägt aus dem Rauchfeld heraus, greift auf die blümchenbemalte Stellwand über, sie ist aus Holz, nimmt das Feuer dankbar auf und fängt an zu brennen. Sekunden später haben die Flammen schon auf den Teppich übergegriffen, auch das Sofa fängt an zu glimmen. Aufquellender, orangefarbener Rauch steigt von der Bühne auf. Beat dagegen fühlt sich zunehmend besser, als wäre er nicht im Raum, in dem das geschieht, sondern getrennt durch eine Glasscheibe, auf einen Bildschirm starrend. Ihm wird nichts geschehen. Gleichzeitig spürt er die Hitze, der Rauch ist so stark, dass er nur schwer atmet, viele halten ein Kleidungsstück vor Mund und Nase. Eine Gruppe öffnet eines der Dachfenster und klettert nach draußen, ein älteres Paar schreit «Durchzug vermeiden, verrückt geworden?» und versucht, das Fenster zu schließen. Die größte Gefahr bei Hochhausbränden sei zu ersticken, meint Beat einmal gehört zu haben. Ein brennendes Stück Stellwand fällt herunter, bäumt sich auf und bildet eine kleine Höhle, in der Funken herabregnen. Der Hausmeister rennt vor der Bühne hin und her, zielt mit dem kleinen, roten Feuerlöscher auf das bewegliche, brennende Standbild – noch mehr Qualm, ohne dass sich an der Intensität des Brands etwas ändert. Wie kann es sein, dass immer noch keine Feuerwehr da ist? Das Sofa brennt nicht vollständig, einzelne Flammenbahnen ziehen sich wie Rüschen durch den

Stoff, setzen ihm Krönchen auf, ihre feinen, beweglichen Zacken, geriffelten Linien, wie Börsenkurse, Zufallsschwankungen, nichts daran ist glatt oder gerade. Es hat etwas Beruhigendes, fast Meditatives. Als ein hochgewachsener Mann mit einer dunkelgrauen Plastikplane, zum Abdecken des Flügels gedacht, auf den Brandherd zuläuft, auf den Teppich einschlägt, spürt Beat Ärger. Doch durch die Bewegung und Luftzufuhr lodern die Flammeninseln noch heller, höher auf. Ein Flammenstück fliegt durch die Luft, Beat fühlt sich gut, der Mann lässt die Plane auf dem Teppich liegen und zieht sich zurück. Die ganze Stellwand biegt sich jetzt, beugt sich herunter und bildet eine lichterlohe Brücke. Da das Feuer sich allein auf der Bühne abspielt, könnte man es leicht für einen Zaubertrick oder Showeffekt halten. Beat geht näher hin, genießt die von der Feuerwand abgestrahlte Wärme, die sich überträgt, spürt sein warmes, strahlendes Gesicht, das Kitzeln im Bauch, leichtes Schweben. Wie die Flammenkörper die heimelige Wiesenteppich-Blümchentapete-Wohnecke langsam bis zur Unkenntlichkeit zerstören, immer weiter vordrängen, sich durchfressen und alle Oberflächen erst in aus sich heraus leuchtende, orangefarbene Flammen verwandeln, dann grauschwarze, erstarrte, formlose Materie zurücklassen – er würde es nicht zugeben, ist aber fast dankbar, Zeuge dieser Zerstörung, eines unerwarteten Brandopfers, sein zu dürfen. Geht es nur mir so?, er dreht sich um, natürlich fixieren auch andere Anwesende die lodernde Bühne wie einen Bildschirm, das Starren ihrer orange erleuchteten Gesichter, über die flackernde Schatten laufen, niemand erwidert seinen Blick. Ich bin jetzt da, denkt er, jetzt da, ich jetzt da, ich – als wäre alles genau richtig.

Ob wegen des zusätzlichen Fluchtwegs oder aus anderen Gründen – ein Großteil der Zuhörer hat mittlerweile den Saal verlassen. Er könnte einfach nach draußen gehen, aber – die Gegenstände scheinen sich von ihrem Hintergrund zu lösen, wirken wirklicher, als sie sind. Nicht zu leugnen, er fühlt sich von dem brennenden, in orangefarbenem Rauch stehenden, beweglichen Bühnenbild irgendwie *erhoben*. Die heller und dunkler werdenden Lichtflecken, aufspritzende Funken, Wärmeabstrahlung, Menschen, die um ein offenes Feuer stehen: All das ist Teil eines archaischen Rituals, an das er anknüpft, allein das saftige, aus sich selbst heraus leuchtende Orange, wo gibt es das sonst außer bei Feuer? Wie der Homo erectus vor einer Million Jahren Feuer in seinen Höhlen hegte, von Blitzen, Savannenbränden oder Vulkanausbrüchen mitgenommen in seine Höhle und auf Wanderungen, wie er es schützte, vielleicht der wertvollste Besitz –

Jemand fasst ihn fest an der Schulter. Beat reagiert erst nicht.

«Kommst du?»

Das ist Hennigs Stimme. Beat dreht sich um und sieht in das angespannte Gesicht seines Professors. Hennig redet auf ihn ein, seine Lippen bewegen sich irgendwie falsch. Beat starrt auf den Formen bildenden Mund, die sich biegende Zunge. «Bitte was?», fragt er, doch Hennigs Lippen laufen weiter, ohne dass Beat ein Wort oder auch nur dessen Stimme hört. Dann enden die Mundbewegungen, aber Hennigs Stimme ist plötzlich da. Bild und Ton wieder verschoben – das kann. Bitte nicht. Was, warum muss das –

Wie soll er Hennig, was überhaupt, nein! Ohne noch einen Blick auf die qualmende Bühne zu werfen, vorbei an Hennig rennen, sich gegen die zugefallene Tür stemmen, raus, nur nach draußen.

… drei Monate ist das her, und die Symptome sind nicht wieder aufgetreten. Beat hat sich nur daran erinnert wegen des brennenden Hochhauses auf der Titelseite der Regionalzeitung, die auf dem Esstisch seiner Mutter vor ihm liegt. Die Geschirrspülmaschine gluckert, er räumt die Zeitung beiseite. Als Kind, fällt ihm ein, saß er oft auf dem Boden vor der spülenden Maschine, hörte Wasser, das über Bergfelsen und -kanten läuft. Gern wäre er in das Gerät hineingestiegen, um nachzusehen, welche Landschaft sich darin befindet. Auch jetzt hört er an einer Wand Herunterprasselndes, hellblaue Sprenkel spritzen auf, zwischen engen Felswänden dreht sich Wasser, dann dunkelgrüne Flecken und Abtauchen, Heruntersaugen …

1

Ende September, Semesterferienende. Das Abschlussjahr an der Musikhochschule beginnt, eben zurückgekehrt steht Beat auf der Schwelle seines Mannheimer Zimmers. War es immer so klein? Es ist zu still, von draußen kommen keine Geräusche zu ihm. Die Wände eine bedrängende Begrenzung. Lautes, durch Rohre fließendes Wasser: endlich ein vertrautes Geräusch. In diesem Haus sind die Leitungen nicht schallisoliert, er mag dieses Herunterrauschen, es bringt ihn für Sekunden an einen unbestimmten Ort. Dann wieder still. Beat schreitet die drei Schritte durchs Zimmer, zur Stereoanlage mit überdimensionierten Lautsprechern, und schaltet das Radio an, eine weiche Stimme setzt ein. «Die Frage, ob sich Europa an der Rettung der Wall Street beteiligen will, stellt sich nicht mehr. Denn jetzt muss Europa sein eigenes Finanzsystem vor dem Zusammenbruch retten ...» Schnell klappt er den Laptop auf, lässt den Tagesschau-Stream laufen, in einem weiteren Fenster öffnet er n-tv und auf dem Handy Deutschlandradio. Die Stimmen überlagern sich, die meisten weiblich, manche sind ihm vertraut, Hauptsache, er ist nicht allein: «Mit milliardenschweren Unterstützungsaktionen sind weitere Bankenzusammenbrüche» – «es sind längst keine normalen Zeiten mehr» – «wegen der internationalen Finanzkrise erst einmal verhindert worden» – «Rettungspaket vorerst gescheitert» – «hat US-Präsident George W. Bush die Einigung des Kongresses auf den Rettungsplan begrüßt» – «erstmals ein DAX-Konzern tief im Strudel» – «die dramatischen Ereignisse zeigen» – «Milliarden für Hypo Real Estate». Beat lässt sich auf das blaue Bettsofa fallen, die Wände seines Zimmers scheinen sich zu weiten, auszudehnen, auf die ganze Stadt, das Land, die Welt. Stimmen, Kommentare, Einschätzungen, er ist nicht mehr allein und nimmt daran teil: Was geschieht, liegt in seinem Zimmer. Und er wundert sich – die Stimmen zu dieser Finanzkrise klingen, als sei da etwas Großes, Beängstigendes im Gange, «gesamtwirtschaftlicher Schock», hört er einen Sprecher sagen. Diese Krise, ist sie wirklich eine Gefahr für Deutschland? Er spürt keine Sorge, auch wenn sich in letzter Zeit die Berichte häufen, und obwohl all das genau jetzt, in seinem eigenen Land passiert, erscheint es ihm virtuell: Durch die Straßen zweier Städte ist er gefahren heute und hat nichts bemerkt, keine Preisveränderungen, keine Schlangen vor den Bankautomaten, Geschäften, alle besuchen Bars, Konzerte, gehen feiern wie immer, auf der Straße spricht kaum jemand davon, doch durch die Medien kann er trotzdem etwas davon mitbekommen.

Er unterbricht die Tonspur des Handys und geht in den Flur mit Kochnische, nimmt ein Stück Tarte aus dem Kühlschrank und beißt hinein.

«Ich wollte nur kurz Bescheid geben, bin gut angekommen. Danke für den leckeren Kuchen!» Er bleibt mit dem Handy im Flur stehen, wo die Stimmen der Nachrichtensprecherinnen nur leise im Hintergrund zu hören sind.

«Kannst du dir ganz leicht selbst machen. Soll ich dir das Rezept schicken?»

«Nicht nötig», Beats Blick fällt auf die unbenutzte Kochnische. Die Kaffeemaschine, die seine Freunde ihm letztes Jahr schenkten, niemand von ihnen ist mehr in der Stadt.

«Hast du irgendetwas von dieser Wirtschaftskrise bemerkt, ich meine, außer dass sie andauernd in den Medien vorkommt?», sagt er, möchte gerne weiter mit ihr sprechen (und es gibt da ein Thema, über das sie reden sollten, doch während acht Wochen Semesterferien hat er es nicht geschafft, also …).

«Nein. Ich mache mir da auch keine Sorgen.»

«Kennst du irgendjemanden, der persönlich davon betroffen ist? Gibt es sie wirklich?»

«Du kannst ja mal deinen Vater fragen, ob er jetzt ein paar Aufträge weniger bekommt. Wie traurig. Aber wen interessiert das.»

Beat verschluckt sich und muss husten, zum ersten Mal seit Jahren hört er sie von sich aus über seinen Vater sprechen, der vor Jahren allein zurück in die Schweiz zog.

«Wen interessiert das», antwortet er, als der Hustenanfall vorbei ist. Tatsächlich spürt er kein Bedürfnis, ihn anzurufen.

«Dann viel Spaß beim Studieren, genieß dein Abschlussjahr», die Stimme seiner Mutter klingt zärtlich, als würden sie sich für längere Zeit voneinander verabschieden.

«Danke. Mach's gut», sagt Beat leise.

«Du auch.»

Gut, dass ich gestern Abend endlich wieder ausgiebig geübt habe, fast drei Stunden ohne Pause, denkt er, als er am Morgen acht Stockwerke mit dem Aufzug nach unten fährt. In den Spiegelwänden sieht er seine dunkelbraunen Locken, teils wolkig ums Gesicht gelegt, teils chaotisch in alle Richtungen abstehend, das schwarze Hemd an einer Seite in die Jeans gesteckt, an der anderen darüberhängend. Es macht ihm nichts aus, vielleicht wie das Klischee eines verträumten Künstlers auszusehen, nicht ganz von dieser Welt, doch vermutlich würde ihn kaum jemand draußen für einen Schlagzeuger halten, wenn er nicht gerade eine Pauke über die Straße schleppt. Ein 1,63 Meter kleiner Körper, muskulöse Arme (als Schlagzeuger muss er natürlich regelmäßig trainieren), mehrere dunkle Muttermale über die Wangen gestreut (eine enge Freundin seiner Mutter erzählte mal, diese Anhäufung dunkler Muttermale sei typisch für sensible, eher introvertierte Menschen, die viel nachdenken. Was für ein Stuss, denkt Beat, muss aber leider zugeben, dass die Beschreibung ziemlich zutreffend ist – und dass dabei andere, genauso vorhandene Merkmale ignoriert werden. Stehen Muttermale etwa ebenso dafür, unpünktlich, neugierig, adrenalinliebend und fantasievoll zu sein? So würde Beat sich eher selbst beschreiben, keine Ahnung, ob es stimmt, darüber denkt er trotz seiner Muttermale lieber nicht allzu viel nach). Er zieht eine Grimasse, lächelt sich nun zu. Beat weiß, dass er eher unauffällig wirkt, einige Leute beschrieben ihm, dass sie nicht einmal gemerkt hatten, dass er im Raum war, bis zu dem Zeitpunkt, als er an ein Schlaginstrument ging und losspielte. Dann: wow – so erzählten sie es.

Während ihm der Übergang mit den Oktavsprüngen in Abes *Variations on Dowland's Lachrimae Pavana* durch den Kopf spukt, die Arme im Kopf vor sich hin üben, wundert Beat sich, als er aussteigt, wie anders diese Semesterferien waren als die in den Jahren zuvor: Statt den Sommer wie ein fleißiger Musikstudent zu verbringen – Üben, Meisterkurs, Wettbewerb –, hat er sein altes Mountainbike aus dem Keller gepackt und zusammen mit einem Schulfreund die Alpen überquert, über den Reschenpass. Sie schliefen im Freien, aßen kaum etwas, fühlten sich freier als jemals sonst. (Über seine berufliche Zukunft dachte er kaum nach während der Überquerung, obwohl er sich das vorgenommen hatte.) Anschließend war er ein paar Tage mit einem befreundeten Hornisten eine italienische Hornistin in Verona besuchen. Auf den Stufen der Arena zu sitzen, Akkorde von Verdi-Opern zu hören und sich flüsternd zu unterhalten, war schön gewesen, bis die anderen beiden ein Paar wurden; Beat kam sich zunehmend fehl am Platz vor und reiste früher ab. Danach entspannte er mit seiner Mutter auf Kreta; zu heiß, um irgendetwas zu tun, selbst nachzudenken (manchmal mag ich das). Immerhin zwei Bücher gelesen, eine Biografie über John Cage und ein Sachbuch über die Entstehung des Kosmos. Da er seit Studienbeginn vor vier Jahren nicht mehr als eine Handvoll Bücher lesen konnte (keine Zeit, ich musste immer üben), ist das nicht schlecht …

Die Musikhochschule liegt nur zwei Häuser entfernt in seiner Straße. Den Weg über den grauen Büroparkplatz würde er nach vier Jahren täglichen Überquerens auch mit geschlossenen Augen finden. Und tatsächlich schließt er jetzt die Augen, will es versuchen. Eigentlich wenig Lust, dieselben Stücke zu spielen, die ich schon vor Jahren von Studenten hörte, damals viele Semester über mir, denkt er. In dem Moment röhrt aus der Tiefe einer entfernten Baugrube ein gedehnter, schleifender Ton, er bleibt vor Überraschung stehen, öffnet die Augen, vielleicht ein vom Kran gezogenes Stück Metallwand? Parallel hört er das spitze Zerschellen einer Glasscheibe – ein Unfall? –, helles Perlen von Stöckelschuhen auf dem Bürgersteig und ein tiefes Stöhnen von einem Zug des nahe gelegenen Hauptbahnhofs, während all das gebettet ist in das mehrstimmige Summen des Straßenverkehrs, das immer über dieser Stadt liegt. Wie ein Sekundenbruchstück aus einer nie gehörten Sinfonie? Als ob sein Oberkopf sich öffnet, leichtes Schweben und kribbelnde Finger: dass ich all diese Geräusche gleichzeitig wahrnehmen kann, wie sie zusammen einen wertvoll irisierenden Klang ergeben, ein aufgefächertes Panorama, das nicht aufhören soll. Die unerreichbare Erfüllung der Dinge, die sich in Lauten äußert? Dann ist es aber schon vorbei, ergeben die Geräusche nur noch eine belanglose Ansammlung von Stadtlärm, und er muss weitergehen.

Zwischen aufgereihten Firmenwagen kommt ihm der Moment in den Sinn, als er vor vier Jahren, nach der bestandenen Aufnahmeprüfung, voller Begeisterung über ebendiesen Büroparkplatz ging, ohne Eintrübung glücklich: dass er bald hier Musik studieren dürfte, bei dem renommierten Professor Hennig, den er gerade persönlich kennengelernt hatte, einem der wenigen Schlagzeugsolisten, der mit seinem Ensemble durch die ganze Welt tourt. Endlich von Menschen umgeben, die sich jeden Tag ausschließlich mit Musik beschäftigen, ohne etwas zu vermissen, ein Gefühl, als ob das richtige Leben beginnt, alles davor unbedeutend. Das Vorspiel hatte in einem überraschend kleinen Unterrichtsraum stattgefunden, sodass Beat dicht vor der Prüfungskommission stehen musste. Er genoss es, die monatelang vorbereiteten Stücke zu spielen, traf genau die richtigen Tempi, jeder Taktwechsel saß. Das Schönste aber war, als nach der Prüfung Professor Hennig persönlich vor die Tür kam, um ihm die Hand zu drücken und zu sagen, wie sehr er sich freue, «mit einem so begabten Studenten» in den nächsten Jahren zu arbeiten: «Wie du die Spannung in den Kantilenen gehalten hast im langsamen Satz von Bach – fantastisch. Und die heiklen Taktwechsel im Goldenberg, superpräzise, Kompliment. Außerdem ist es eine Freude, deine weichen Handgelenke zu sehen!» Beat wusste sofort, dass er hier studieren wollen würde. Schon als Jugendlicher an Wettbewerben wie *Jugend musiziert* teilgenommen und sie gewonnen, was ihm relativ leichtfiel, in sämtlichen Schulferien im Landes-, später Bundesjugendorchester gespielt: in Brahms' erster Sinfonie an der Pauke hinter und über dem Orchester zu sitzen und mit jedem dunklen Schlag die pochende Ernsthaftigkeit des Lebens nicht nur zu spüren, sondern durch seine Schläge selbst hervorzurufen. Oder in Mahlers Sechster vor den Ohren aller den Hammer schlagen zu dürfen – die Musik wird immer langsamer, breitet sich aus, und die Entscheidung, wann du spielst, ist eine Hypothese, du musst im Vorfeld wissen, wann das Orchester auf dem Höhepunkt sein wird, und wenn ich den Hammer beschleunige, braucht's vielleicht noch zwei, drei Zehntelsekunden. In dieser Zeit gibt es kein Zurück – die Empathie, das Hineinversetzen in die musikalische Situation. Viele kleine Erlebnisse bestärkten ihn in dem Gefühl, hier, in der Orchestermusik, spiele sich sein Leben ab. Dass seine Pauken nicht nur physisch das größte Instrument sind, sondern das ganze Orchester übertönen können, gab ihm Selbstsicherheit. Am Instrument und auf der Bühne habe ich mich wohler gefühlt, als mit Worten und im Gespräch etwas darzustellen, daran hat sich nichts geändert, denkt Beat auch jetzt. «Eigentlich passt Schlagwerk nicht richtig zu dir», sagte einmal ein Cellist zu ihm, ohne es böse zu meinen. Ein wenig stimmt Beat dem sogar zu. Vielleicht kein Zufall, dass ich oft mit Streichern befreundet bin, untypisch für Perkussionisten, die sich eher mit Blechbläsern und Schlagzeugern umgeben. Über die reine Lautstärke und Kraft konnte er sich wenig begeistern, stattdessen hat er seine Qualitäten als «sensibler Schlagzeuger» gepflegt, der differenziert, gefühlvoll und präzise mit den anderen Musikern zusammenspielt, jede Regung des Dirigenten wahrnimmt und in Bewegung übersetzt – kein Kunststück, da es ihm leichtfällt, sich Partituren zu merken, die Rhythmen der entscheidenden Stimmen auswendig zu wissen, sodass er jederzeit nach vorne schauen kann. Im Bundesjugendorchester wie auch im Hochschulorchester setzte der Dirigent ihn bald für die Solopauke ein; eine Position, um die ihn viele beneiden. (Niemandem sagt er, dass er heimlich die Geigerinnen und Cellisten bewundert mit ihren lang gezogenen Kantilenen, anschwellenden Tönen, ihrem Vibrato: Das ist auf keinem der vielen Schlaginstrumente möglich, die er beherrscht.) Beat hat die Hochschule erreicht. Schön, wieder hier zu sein: Alles ist so vertraut, als er durch den Hinterhof das ehemalige Bankgebäude betritt, vorbei an den von Bambusbäumchen umrahmten Bänken, auf denen am Morgen noch niemand ausruht. Beat freut sich auf die Klassenstunde, Professor Hennig und die anderen wiederzusehen.

Bongos, Tumba, Tomtom, Große Trommel und fünf Wood-Blocks sind um ihn herum aufgebaut. Die linke Hand spielt absteigende Linien aus Vierergruppen auf den Toms, die rechte die erst aufsteigende Fünfergruppe in entgegengesetzter Richtung auf dem Holzblock, dann vereinigen sich beide aufwärts. Beat mag diese Stelle, fühlt sich fast an, als ob sich die Gehirnhälften ineinanderschieben und losfliegen. Er hat das so oft geübt, muss quasi nichts mehr dafür tun, es nur geschehen lassen. Dann das lange Schlusstremolo zwischen höchstem Holzblock und tiefster Trommel – Himmel und Erde finden zusammen –, Fermate auf dem Tremolo, Höhepunkt des Chaos, Schluss. Beat sieht die Umgebung wieder klar, das Unterrichtszimmer, die Gesichter seiner Klasse und vorne Professor Hennig, wie meistens trägt er Kappe und Kapuzenpulli.

«Yes, yes, yes!», ruft Hennig, klatscht in die Hände und strahlt Beat an. Kann es sein, dass seine Augen leicht feucht sind? Er wirkt irgendwie ergriffen, obwohl das Stück, das Beat eben spielte, Xenakis' *Rebonds*, überhaupt nicht anrührend, sondern wild und ziemlich virtuos ist. Er stellt sich neben Beat: «Du spielst wie ein Musiker, nicht wie ein Schlagzeuger. Die Linie, du kannst singen. So muss es sein. Im Leisen laut spielen.

Energetisch, sodass die Musik groß wird und stark, ohne dass sie schreit.» Er nimmt die Schlägel und spielt eine kurze Phrase; wie immer klingt es extrem gut und irgendwie anders, ohne dass Beat den Unterschied exakt benennen könnte. Beat sieht zu den anderen hin, Özgür nickt heftig und zwinkert ihm zu.

«Spiel noch mal ab der Stelle, wo das Hauptthema zum zweiten Mal kommt, Takt ...», fordert Hennig ihn auf, Beat weiß sofort, welche Stelle Hennig meint. «Da kannst du den Kontrast noch stärker herausarbeiten. Try to find the right play zone, dann erreichst du mehr Abstufungen in der Dynamik. Nimm den Schlägel noch steiler und spiel es mehr aus dem Handgelenk!»

Beat versucht es, bricht ab. Er schüttelt die Hände kurz aus und nimmt die Schlägel frisch in die Hand. Im zweiten Anlauf gelingt es richtig gut. Hennig hat recht, so bekommt die Stelle mehr Kontur. «Yes, yes», ruft er. Beat freut sich, plötzlich kommt die Melodie deutlicher heraus und es wirkt, als ob mehrere unterschiedliche Personen spielen. (Warum bin ich nicht selbst darauf gekommen?)

«Und jetzt lehnst du dich zurück, wie ein Gentleman, yes! Achte auf dein Becken, die Füße.»

Beat trägt, zurückgelehnt und lässig um die im Halbkreis aufgebauten Instrumente tanzend, noch einmal eine längere Passage vor. Etwas hat sich verändert, gelöst.

Nur als sein Blick auf das aufgebrochene, marsrote Leder von Hennigs Sessel fällt und er merkt, dass es dieselbe Farbe wie die Felsen des darüberhängenden Landschaftsplakats hat (ist das Absicht? Ist es passiert?), ist er für einen Moment abgelenkt.

«That's it! Volle Kontrolle, da ist nichts dem Zufall überlassen», ruft Hennig, «wer in dieser Klasse könnte das noch so spielen?»

Beat spürt, wie sein Gesicht wärmer wird, errötet. So herausgehoben zu werden, ist ihm unangenehm. Die anderen fangen jetzt aber selbst an zu klatschen, ein seltener Vorgang in der Klassenstunde. Die meisten lächeln ihm zu, Beat entspannt sich.

Bald ist die Stunde zu Ende, alle drängen zur Tür, auch Beat. «Das war faszinierend», «Wie waren deine Ferien?», «Hast dich ja lange nicht blicken lassen», «Bei *Rebonds* hattest du ein verrücktes Tempo drauf», «Kannst du mir bei meinem Griff helfen, bei dir sieht das so locker aus, ich kriege das nicht hin», sagt Özgür mit zusammengekniffenen Augen und bittet um eine Unterrichtsstunde. «Gern, kein Problem», antwortet Beat und bewegt sich mit den anderen in Richtung Treppe.

Nach wenigen Schritten drängt Özgür sich wieder neben ihn, spricht so leise, dass Beat ihn kaum versteht: «Deine Socken, ähm, verschiedene», es ist ihm sichtbar peinlich. «Oh! Danke. Passt schon», sagt Beat, läuft etwas schneller. (Eigentlich ist es ihm ziemlich egal, trotzdem unangenehm, darauf angesprochen zu werden.)

An der Treppe holt Hennig ihn ein, Beat bleibt stehen und die anderen gehen weiter. «Wenn du den Xenakis so im Vorspiel fürs Jahresstipendium bringst», sagt Hennig.

Das Auswahlvorspiel, Beat hatte es völlig vergessen. «Wann genau bin ich dran?», hoffentlich bemerkt Hennig nicht seine Überraschung.

«Um elf», Hennig verabschiedet ihn mit Faustcheck, «du machst das.»

«Vier heimische Fledermausarten sind vom Aussterben bedroht. Acht Arten gelten als gefährdet bzw. stark gefährdet.» Da kein Überaum frei ist, sitzt Beat in der schmalen Abstellkammer und liest in einer Zeitung, die er verwaist im Foyer gefunden hat. Eigentlich müsste er üben. Aber bei Fledermäusen horcht er auf: Wie sie sich allein über das Hören im Raum orientieren, fasziniert ihn, seit er Kind war. Sie bilden sich eine innere Landkarte aus Schall, aus Lauten, die sie selbst ausstoßen. Die Übersetzung von sichtbarem Raum in etwas, das nur die Ohren wahrnehmen können. Auch dass sie in alten Häusern und Bäumen Unterschlupf finden, ist ihm sympathisch, in Ritzen, Fugen und Spalten. Jetzt aber ärgert er sich, dass sie ihre Lebensräume und Lieblingsnahrung, Nachtfalter, so unnötig verlieren … Eigentlich müsste er gerade üben. Dafür braucht er kein Instrument, mentales Üben ist auch wirksam. Beat kann sich die Bewegungsabläufe im Kopf vorstellen, die Stücke wachrufen und feststellen, wo es noch hakt, damit sein Professor nicht merkt, dass er den Sommer über kaum –

Er beginnt eine Bodypercussion-Aufwärmübung für die Unabhängigkeit der Arme, liest dann doch lieber weiter: «Auch der Klimawandel bedroht die Populationen: Durch die Hitze in den Sommermonaten stürben viele Jungtiere, noch bevor sie flügge werden.» Sind das nicht die wahren Probleme?, denkt er, und hier sorgen wir uns nur darum, wie viele Stunden wir heute üben. Wahrscheinlich gibt es kaum unpolitischere, weniger am Weltgeschehen interessierte Menschen als in der Musikhochschule. Wie er im ersten Semester mit einer aufgeblätterten Zeitung lesend im Foyer saß, fällt ihm ein, alle starrten ihn an, als täte er etwas Peinliches. «Ignorance is bliss», rief eine neuseeländische Studentin ihm zu, sie meinte es ernst: Wieso Zeitung lesen, wenn du während der Zeit üben kannst? Du musst üben. Du musst *immer* üben! – fast alle hier sehen es so, er dagegen empfindet die Konzentration zunehmend als Einengung, wäre für Abwechslung dankbar. Dabei gibt es in keinem anderen Studienfach mehr Wechsel: Pauke, Marimba, Vibrafon, Triangel, Trommel, Drumset ... Ich kann jeden Tag ein anderes Instrument üben, sofern mein Professor damit einverstanden ist. Wenn trotzdem manchmal der Eindruck entsteht, dass etwas fehlt, was hat das zu bedeuten?

Als Beat auf die Bühne tritt, pulst Aufregung in seinen Bauch. Er ist weniger vorbereitet als sonst. Doch der Anblick der leeren Stuhlreihen des Kammermusiksaals entspannt ihn (so oft hier gespielt), und die Juroren – darunter Hennig und zwei Externe – sitzen weit entfernt bei den Türen. Sie nicken ihm freundlich zu. Beat beginnt mit dem langsamen Stück, Keiko Abes *Variations on Dowland's Lachrimae Pavana*, schon im ersten Takt ist er ruhig und konzentriert. Angenehm, wie seine Arme die richtigen Töne finden; ohne sein Zutun gleiten sie über die kurz nachklingenden Stäbe, befinden sich immer am richtigen Ort. Die Balance aus Loslassen und Spannung, die Hendrik Hennig in vielen Unterrichtsstunden früherer Semester von ihm forderte, heute hat er sie erreicht, Beat sieht auf: Hennig lehnt sich zurück, beide Arme hinter dem Kopf verschränkt, lächelt selbstgefällig zu den anderen Juroren hinüber.

Wann ist ihm das Spielen je so leichtgefallen? Vielleicht ist es sogar gut, dass er in letzter Zeit weniger übte, macht es ihn lockerer? Sich ganz auf seinen Körper verlassen zu können, wie eine endlose, ablaufende Folge von Automatismen, unmöglich, dass Fehler geschehen. Er lässt die Melodie zwischen den Wirbeln hervortreten und achtet darauf, dass der Klang weich bleibt.

Während der dritten Variation kommt es ihm vor, als hätte er all das schon einmal erlebt, vielleicht mehrmals, es kann nichts Neues passieren. Er kennt das Stück perfekt, weiß jederzeit, was als Nächstes in den Noten steht und wie er es spielen muss – dann führt er es aus. Es gibt keine Überraschungen, auch wenn Hennig das mal als Ideal beschrieb, so vorzutragen, dass Zuhörer denken, die Musik entstehe in diesem Moment. Von wegen – alles steht fest; Beat weiß zu jeder Sekunde, was als Nächstes geschieht. Wieder der gebrochene Dreiklang, die abfallende Linie, nächste Variation.

Er sieht die Wände des Kammermusiksaals aus gelbem, hässlichem Holz, die leeren Stuhlreihen, die höflich-aufmerksamen Gesichter der Juroren, spürt die angenehm halbwarme Raumtemperatur – und plötzlich beginnt das Ganze, ihn anzuöden.

Alles hört sich blass an, die Farben ausgedünnt, verwässert. Warum ist er hier? Diffuser Ärger mischt sich unter die Konzentration, Beat schüttelt sich. Muss alles so sein, wie es ist? Er bestimmt nicht über die nächsten Noten, besitzt kaum Entscheidungsgewalt. Sie stehen fest, sind unabänderlich wie der Ablauf einer katholischen Messe, sein Spielraum lächerlich gering. Sicher, die Kollegen würden sagen: Ob du die Note lauter oder leiser, den nächsten Schlag einen Sekundenbruchteil später nimmst als notiert, ist *deine* Interpretation – aber ehrlich, welche Rolle spielt es? Gaukeln sich damit nur alle etwas vor, um einen Eindruck von Bedeutungshaftigkeit vor sich aufzubauen? Ein wenig erschrickt er vor sich selbst, kann aber nicht aufhören, sich hineinzusteigern und die Situation schlechtzumachen, während seine Arme weiter über die Stäbe wirbeln: Hat, was ich tue, Auswirkungen auf irgendetwas da draußen? Nicht entscheidend, wer derjenige ist, der diese aufs Papier gedruckten Noten ausführt, oder? Sie sollen erklingen, in der richtigen Lautstärke, zum rechten Zeitpunkt, ob ich es tue oder ein anderer – Unruhe, fast stille Verzweiflung steigt in ihm hoch, er versucht zu lächeln. Mittlerweile bereut er die Gedanken, kann sie aber nicht zurücknehmen. Konzentriert zu bleiben, gelingt ihm zum Glück trotzdem, aus dem Unterbewusstsein spielen. Plötzlich ein lautes Knacken. Die Tür öffnet sich, der Kopf eines Mädchens mit langen blonden Locken taucht auf, sie ist Sopranistin, meint Beat sich zu erinnern, ihr Mund erstarrt zu einem O, schon zieht sie sich zurück, schließt mit einem leisen Klicken die Tür.

Etwas hat sich durch die Unterbrechung gelöst, Beat fühlt sich freier. Dankbar für die Auflockerung, kann er die Variationen fehlerfrei zu Ende bringen, die Sprünge und Wirbel perlen tadellos. Zwar spürt er in diesem Moment nicht die Bedeutung der Harmonien, trifft sie aber korrekt, exakt so, wie Professor Hennig es ihm beigebracht hat. Kommt es darauf an, ob er empfindet, was er vorträgt, solange es den Zuhörern gefällt?

Rebonds spielt er kühl und nahezu perfekt ab, ohne

nachzudenken, sieht sich selbst wie in einem Livestream, sein Körper weiß, was zu tun ist, alles läuft glatt.

«Ich darf Ihnen gratulieren», kommt Minuten später einer der externen Juroren, ein ernst aussehender Mann mit weißen Haaren und schwarzen Augenbrauen, im Foyer auf ihn zu, «ganz vorzüglich, wir hatten uns sofort entschieden.»

«Danke schön», sagt Beat und schüttelt dem Mann die Hand.

«Auch wie souverän Sie mit der Störung umgegangen sind», er deutet hinter sich, als befände sich dort die Tür, «Ihr Spiel war davon ungetrübt!»

Beat lächelt und verabschiedet sich. Er wundert sich: kein innerer Jubel. Obwohl er für ein Jahr eine Summe bekommt, die ihn unabhängig macht von seiner Mutter, freut er sich kaum. Es wäre schön, jetzt hochgestimmt zu sein. Ich kann's nicht ändern – verwirrt, irgendwie unstimmig mit sich selbst bricht er auf.

Als er den Parkplatz überquert, vorbei am Bürohaus aus grauen Steinen, bleibt er vor Schreck stehen. Da ist – etwas Rotbraunes liegt als Schleier über seinem Sichtfeld, aber nur an manchen Stellen. Er zwinkert. Ja, blasse rotbraune Flecken vor dem grauen Hintergrund der Umgebung, die er an diesen Stellen kaum noch erkennt. Beat reibt sich die Augen – die unscharf umrissenen Flecken bleiben. Was ist das? Es sieht aus, als ob sie zusammengehören, vielleicht eine Landschaft bilden. Eine trockene Ebene auf dem Mars? Er würde sie gerne betreten, ihre Kargheit zieht ihn an. Dann bellt ein Hund, das Rotbraune lässt nach und löst sich ganz auf.

2

Niemand hörte ihn. Beat stand allein im Dachzimmer unter dem Giebel. Es war Abend. Seine Mutter außer Haus, seit einem halben Tag hatte er nichts getrunken, nichts gegessen, nur Bachs *Chaconne d-Moll* in der Transkription für Marimba geübt. Aber plötzlich, nach Stunden mühsamen Übens, hat sich etwas geändert. Als ob eine Tür in einer Wand sich öffnet, von der er nicht wusste, dass sie existiert: Plötzlich ergeben die Töne Sinn, begreift er, warum sie nur genau so angeordnet sein können und sind, ja, sie sind einfach da, wie das komplexe Zusammenspiel der Tiere, Pflanzen, Mineralien, Gase auf der Erde, bei denen es unvorstellbar scheint, dass –

Er kostet die Sechzehntel-Umspielungen der Melodie aus, hier eine winzige Verzögerung, ein eher angedeutetes Innehalten, dann minimale Beschleunigung, er kann das Vergehen der Zeit dehnen und stauchen! Woher weißt du, wie genau? Die Kringel und Striche seines Lehrers in den Noten werden überflüssig. Zum ersten Mal versucht nicht er, die Musik zum Leben zu erwecken, sondern sie führt jetzt ihn. Sie spricht zu ihm; mit jedem Satz verrät sie wichtige Dinge, von denen die anderen nichts wissen und die sie, selbst wenn sie sie wahrnähmen, doch nicht begriffen. Die Zweiunddreißigstel schrauben sich nach oben, schichten sich auf bis zum Mond, Steigerung ins Planetare. Diese Tiefe, Abstufung von Empfindungen, verborgene Gefühlszustände – in Bachs Anordnung der Noten liegt mehr, als er je wusste, dass er empfinden könnte. Dehnung, Aus-sich-Herausgreifen und Explosion. Dann Stille. Zarter Wechsel zum Tranquillo, melierte Wolken auf der Venushülle – das berauschende Gefühl, etwas entdeckt zu haben, das sich nicht erschöpft und das er nie vollständig erschlossen haben wird … Das sind keine Holzstäbe, auf die seine Schlägel treffen, er greift in den Klang selbst hinein, spürt die Vibration an den Händen, Armen, dem ganzen Körper. Was genau das Holz *braucht*, spürt er, und seine Arme sind weich, finden den passenden Winkel und Anschlag, sein Ohr leitet, ja bewirkt die exakte Abstimmung, Feinspannung der Muskeln und Sehnen, die nötig ist, um verschiedene Klangfarben hervorzurufen, zumindest kommt es ihm so vor. Klangfläche aus sich aufbäumenden, changierenden Zweiunddreißigsteln, wie sein Körper anschwillt, noch größer, und hinaus. Raumlosigkeit. Obwohl kein Boden zu spüren und ihm schwindlig ist: Er darf das Spiel nicht beenden, nur durch ihn kann dieses Werk hier existieren.

«Johann Sebastian Bach, *Chaconne d-Moll* aus der zweiten Partita», sagt die vertraute Frauenstimme im Radio. Das Stück ist zu Ende. Beat sitzt wieder auf dem Teppich seines Studentenzimmers, ans Sofa gelehnt, einen Füller in der Hand. Neun Jahre ist das her, dass er so ekstatisch die Chaconne übte, er war vierzehn. Dass aber Bach in dem Werk tatsächlich etwas wie geheime Botschaften verwob, erfuhr er erst viel später: Unter praktisch jeder Zeile liegen Ausschnitte aus Chorälen, die von Tod, Trauer und dem Vertrauen in Gott handeln, außerdem durchzieht exzessive religiöse Zahlensymbolik das Werk, es ist ein Epitaph für seine erste Frau, die Sängerin war. «Als Bach von einer längeren Dienstreise zurückkam, verkündete man ihm beim Betreten des Hauses, dass seine Frau Barbara Maria seit wenigen Tagen unter der Erde lag. Sie war gesund, als er sich von ihr verabschiedete», sagt die Frau im Radio. Was für ein Schock es gewesen sein muss. «Das Stück fällt als Einzelsatz innerhalb der Partita völlig aus dem Rahmen.» Natürlich habe ich den Hintergrund nicht im Entferntesten geahnt, als ich das spielte, denkt Beat weiter vor sich hin, trotzdem war der Abend eine Zäsur. Von nun an wollte er sich mit Musik ausgiebiger befassen als mit allem anderen, Berufsmusiker werden, erst recht, da er in seiner Familie der erste wäre. Gleichzeitig bedauerte er, die Tiefe der Musik nicht vorher, als kleines Kind, erkannt zu haben. Mit vierzehn Jahren war es fast zu spät. Könnte er noch ein herausragender Musiker werden? Hätte ich doch früher mehr geübt … Vorher hatte er meist gespielt, weil es dazugehörte und er es gut konnte; als er noch jünger war vermutlich, weil seine Mutter es befürwortete; jetzt wurde es sein Eigenes. In jeder freien Minute außerhalb der Schulstunden widmete er sich nun den Instrumenten, machte rapide Fortschritte, was ihn weiter anspornte. Die Stücke spukten in seinem Kopf und Körper herum, egal, ob er gerade aß, mit dem Rad fuhr oder vor dem Chemielehrer saß, in der Vorstellungskraft probten die Arme die Bewegungen unbeirrt. Auch nachts hörte er die Töne und Laute, war er in sie gehüllt, von ihnen umgeben wie von einer stärkenden Mandorla. Kaum etwas sonst hatte noch wirklich Bedeutung. So ekstatisch habe ich seit Ewigkeiten nicht geübt – aber vielleicht ist es normal, ruhiger gegenüber der Musik zu werden, wenn man professionell mit ihr umgeht, denkt er sich. Ist es nicht bei allem so, dass sich durch die Wiederholung Prozesse abnutzen wie Steine zerrieben werden zu Sand. Wie wenig Freiraum bei der Interpretation der Stücke sein Professor ihm lässt, fällt ihm noch ein, da gibt es oft wenig zu entscheiden. Natürlich sinnvoll, dass Hennig minutiös vorgibt, wie die Werke zu spielen sind, in welchem Tempo, welcher dynamischen Gestaltung, bei *Rebonds* könnte Beat zu jedem Takt fünf Minuten lang erklären, was laut seinem Professor alles zu beachten ist; er hat sehr viel gelernt dadurch, dennoch … (Wann fing es an, dass mein Verhältnis zur Musik kühler wurde?) Es klopft, eigentlich möchte er momentan mit niemandem reden, klopft, als würde jemand den Rhythmus eines Musikstücks nachahmen. Der Füller in Beats Hand fällt herunter (er wollte gerade einen Brief an seine Mutter formulieren, um sich und ihr Klarheit zu verschaffen über), jetzt muss er öffnen, rafft schnell die Blätter auf dem Boden zusammen. Er legt sie mit weißer Rückseite nach oben auf den Schreibtisch – es klopft weiter in unregelmäßigem Rhythmus –, eilt in den schmalen Flur mit Kochnische und öffnet die Tür.

Vor ihm Boris, der Cellist, der ein Stockwerk über ihm wohnt. Wer sonst: Sofort am ersten Tag, nachdem Beat hier eingezogen war, stellte Boris sich vor, indem er klopfte und in Beats vollgestopftes, noch nicht eingerichtetes Zimmer eindrang. «Was ist passiert?», fragt Beat und wartet.

Boris sagt nichts, aber strahlt, was leicht merkwürdig aussieht bei seinen großen, traurigen Augen, dem flaumigen Oberlippenbart. Er hält drei CDs hoch, sie fest umklammernd.

«Wir müssen zusammen Musik hören.»

Die deutsche Sprache klingt melodischer, wenn Boris sie spricht, er nennt einen offenbar längst verstorbenen Cellisten, Shafran, den Beat nicht kennt.

«Niemand ist mehr heutzutage in der Lage, so einen warmen Ton zu erzeugen, das Vibrato, das müssen wir hören!», schwärmt er.

Boris ist nett, und ein bisschen ist die Neugier geweckt, also tritt Beat zur Seite, worüber Boris sichtlich freut. «Willst du etwas trinken?» (Auch wenn außer Leitungswasser nichts da ist.) Boris nickt und betritt Beats Schlafzimmer.

Als er mit zwei vollen Wassergläsern nachkommt, hat Boris eine der CDs schon eingelegt und sieht ihn strahlend an, als erwarte er von ihm etwas Großartiges. Beat fällt auf, wie viel Persönliches er über Boris weiß, obwohl sie nicht einmal eng befreundet sind: dass Boris als Jugendlicher mit seinen Eltern nach Deutschland kam und seitdem nicht mehr seine Großeltern in Russland besuchte, da er sofort zum Militärdienst eingezogen werden würde – für einen schmalen Jungen von geringer Körpergröße, der mit 26 aussieht wie ein Fünfzehnjähriger und nur für die Musik lebt, vermutlich lebensgefährlich. Dass Boris' Zimmer so spartanisch eingerichtet ist wie eine Mönchskammer, obwohl er seit sechs Jahren hier wohnt, und er sein Aufbaustudium nur fortführt, um sich in zahlreichen, bisher erfolglosen Probespielen für Orchesterstellen zu bewerben, was ihn aber nicht zu entmutigen scheint. Bei ihrer letzten Begegnung erzählte er von dem regionalen Orchester, in dem er als Praktikant mitspielt, und schwärmte davon, als Cellist müsse man sich «perfekt ins Kollektiv einfügen», eine

Vorstellung, die Beat eher fremd ist, überhaupt hörte er da zum ersten Mal das Wort «Kollektiv» aus dem Mund eines jungen Menschen. Erstaunlich oft schüttete der sonst so stille Boris ihm schon das Herz aus, und Beat mag, dass er schwermütiger ist als die meisten Musikstudenten. Heute aber scheint er nicht reden zu wollen. Er nimmt einen kleinen Schluck, nickt Beat zu und drückt die Play-Taste.

Der Klang des Cellisten ist wirklich besonders, irgendwie eng und warm zugleich. Aber vielleicht liegt es auch daran, dass es sich um eine historische Aufnahme aus der Sowjetunion handelt und daraus eine eigene Aura entsteht? Das Stück ist sehr intensiv und aufrührend, womit Beat im Augenblick wenig anfangen kann; warum diese Aufregung? «Was ist das?», fragt er.

«Schostakowitsch, *Sonate op. 40*», antwortet Boris knapp, ohne ihn anzusehen.

Beat nimmt die spannungsvolle Intensität wahr, und, ja, er weiß um Schostakowitschs innere Emigration und politisch heikle Situation in der Sowjetunion, dennoch bedeutet diese Ansammlung von Tönen und Rhythmen ihm kaum etwas. Nur an einer Stelle, als es klingt, als würde das Stück mittendrin abbrechen, horcht er auf. Boris dagegen erlebt es mit zuckenden Kopf- und Oberkörperbewegungen, das hat bei ihm nichts Aufgesetztes, sondern geschieht ganz natürlich. Von der Umgebung scheint er nicht viel wahrzunehmen. Plötzlich sieht er Beat mit großen, fragenden Augen an, als erwarte er eine Reaktion.

«Wahnsinn», sagt Beat. (Sich von Boris' Begeisterung anstecken zu lassen und das Erlebnis zu teilen, wäre schön, allerdings: Bestimmt merkt Boris, dass er nicht in die Musik hineinfindet, die Distanz und Abwesenheit wird sicher in seinem fehlenden Gesichtsausdruck sichtbar.) Der zweite Satz noch wilder als der erste, und der Cellist spielt mit einem metallisch-schneidenden Ton, den Beat hässlich findet. Doch er sagt nichts mehr, vielleicht muss das so sein?

Stattdessen sieht er aus dem Fenster, auf das große Wohnhaus aus roten Ziegelsteinen gegenüber. Im Augenblick sitzt ein wenig bekleidetes Paar auf dem knappen Balkon vor seiner Küche auf einem einzigen Stuhl, sie mit langen, offenen Haaren, und küsst sich leidenschaftlich – Beat blickt wieder zu den Lautsprechern in seinem Zimmer. Sie sind hervorragend, ein Geschenk seines Onkels, als der sich eine neue, noch bessere Stereoanlage kaufte. An ihnen kann es nicht liegen, dass er nichts fühlt. Jeder davon hat die Größe einer griechischen Statue, für das winzige Zimmer völlig überdimensioniert. Ob Boris wegen der Anlage zum Musikhören in sein Zimmer kam? Überhaupt muss es doch merkwürdig auf ihn wirken, ein mit Antiquitäten und Designermöbeln vollgestopftes Studentenzimmer, wo sein eigener Raum so leer ist. Beat sieht Boris ins Gesicht, der lebt immer noch völlig in der Musik: Die Einrichtung, Materielles generell, interessiert ihn nicht im Geringsten. Er trägt einen gestreiften Rollkragenpulli, obwohl es noch nachsommerlich warm ist.

Während des ausufernd langsamen dritten Satzes wird Beat unruhig. Es wäre interessanter, miteinander zu reden. Doch Boris sitzt mit geschlossenen Augen, tief versunken da. Teils verzieht sich sein Gesicht, als weine er. Wahrscheinlich kann er das kaum verhindern, denkt Beat.

Unerwartet abrupt endet das Stück schließlich doch, und Beat springt auf, bevor die nächste Sonate anfängt: «Ich möchte dir auch etwas zeigen. Eins meiner liebsten Stücke, das mich vielleicht erst darauf brachte, Musik zu studieren. Steve Reich, *Sextet*», sagt er und Boris schaut interessiert.

Die pulsierenden Tonwiederholungen am Klavier setzen ein, langsame Verschiebungen, Synthesizer. An der ersten Lieblingsstelle (mit Bassbogen über Vibraphonstäbe streichen) merkt Beat, dass mit seiner eigenen Wahrnehmung etwas nicht stimmt. Er bricht ab, murmelt eine Entschuldigung und lässt das Stück noch einmal von vorne laufen.

Woher die Enttäuschung, was hast du erwartet?

Wenn er sonst dieses Stück hörte, fing sein Bauch an zu prickeln, immer, als ob seine Zellen vibrierten, pulsierten. Zuverlässig versetzte es ihn in Trance … der Eindruck, weiter, offener als sonst denken zu können, ja, etwas zu erfahren – Beat reibt seine Ohren, drückt auf den Knorpel an der Ohrmuschel; sein Gehör ist in Ordnung, natürlich.

Obwohl er alle Töne wahrnimmt: kein Prickeln. Weder Schweben noch Erregung, nicht einmal das Bedürfnis, zum Rhythmus zu wippen. Was für ein langweiliges Stück, denkt Beat – zuckt zusammen: Wie kann das sein? Was ist mit mir? Er steht auf, lockert seine Arme und Beine. Derselbe Rhythmus, die vertrauten Harmonien; sie bedeuten nichts.

Boris dagegen, den er nun beobachtet, erfasst den Sinn dieser meditativen Musik intuitiv, sein Oberkörper wippt locker, teils wiegt er sich mit halb geschlossenen

Augen, leicht lächelndem Mund. Wieso sollte er etwas erfinden oder vorspielen? Vor mir? Steve Reich selbst beschäftigte sich ja mit Meditation, Gamelanmusik, afrikanischer Perkussion, fällt Beat ein, und sie inspirierten seine Kompositionen – doch was nutzt es, all das zu wissen, ohne es zu fühlen? Wenn einem das Erlebnis verschlossen ist? Natürlich ist mir klar, dass es keine kausal notwendige Verknüpfung zwischen Musik und Gefühlen gibt, kein festgelegter Gefühlseindruck entstehen muss, nur weil eine bestimmte Harmonie, ein spezieller Rhythmus angeschlagen wird. Da ist kein Knopf oder Schalter, der das mit Zuverlässigkeit bewirken würde, aber –

«Hast du schon einmal Musik gehört oder ein Konzert besucht mit einem Stück, nach dem du verrückt warst, und es hat dich plötzlich überhaupt nicht berührt? Kennst du das? Kann das überhaupt sein?», stößt er hervor.

Boris blinzelt ihn verwundert an. Als er begreift, dass es Beat ernst ist, schüttelt er langsam den Kopf, sagt aber immer noch nichts und beginnt bald wieder, sich unwillkürlich zur Musik zu bewegen.

Was für ein Aufwand, dass er diese Töne hören kann, ruft sich Beat noch in Erinnerung: Von der Ohrmuschel aufgefangen, wird der Schall konzentriert, versetzt Trommelfell und Flüssigkeit im schneckenförmigen Innenohr in Schwingung, von drei Ohrknöchelchen verstärkt. Wie an Tausenden Flimmerhärchen Druckluftschwankungen umgewandelt in elektrische Impulse –

Das nutzt nichts. Es gibt keinen Eingang. Die Musik wie eine Tapete, vor der Beat sitzt, mit Schnörkeln, Linien, Strichen und Punkten, die aber keine tiefere

Ordnung ergeben. Nicht einmal eine richtige Wand, eher eine Attrappe, Stellwand, die mit Tapete beklebt ist und hinter der alles genauso aussieht wie vor ihr. Enttäuschte Wut erfasst ihn, warum bin ich da? Rein wertlos vergeudete Zeit, ein Nichts. Boris lauscht immer noch konzentriert, Beat sitzt herum wie ein Hühnchen, das gleich zerrupft wird. In dem Moment, als er sich vornimmt, aufzustehen und Boris mit einer Entschuldigung zu verabschieden, sieht er ein grell flackerndes Licht, so hell, dass es alles vor seinen Augen überdeckt, sein ganzes Sichtfeld eingenommen. Gleichzeitig hört er nur noch stark gedämpft, wie unter Wasser. Er schließt die Lider, das ändert nichts: in dem alles ausfüllenden Lichtfeld ein feines Geäst aus Äderchen, wie ein Abdruck von Blutgefäßen, doch seit wann kann man die sehen? Ist das eine Strafe dafür, dass er eben die Musik ablehnte? Erst die Ohren, jetzt auch die Augen infiziert. Kann nicht ernsthaft sein, dass er erblindet! Eine Vision oder religiöse Erscheinung? Die Atmung läuft hektisch, unkontrolliert, alles eng. Obwohl er Luft einzieht, kommt kaum Sauerstoff in seine Lungen. Augen, Nase, Mund, Ohren, alles zu. Boris um Hilfe bitten? Aber was – Boris soll das nicht bemerken. Nein, denkt Beat fast laut. Nein.

Einer Eingebung folgend, hält er die Luft an und konzentriert sich auf seine Fußsohlen, wie sie am Boden kleben. Seine Füße sind da, auf dem Teppich … Und, Glück, sie werden warm, sogar heiß, strahlen auf seine Beine aus, bald den ganzen Körper – was ihn zumindest ablenkt.

Es funktioniert. Das Lichtfeld wird dunkler, durchlässiger für die Formen und Gegenstände des Zimmers.

Er hört zunehmend lauter. Auch die Atmung beruhigt sich. Bald sieht er wieder normal.

Fiel Boris nichts auf oder ließ er sich nichts anmerken? «Bin gleich wieder da», Beat geht ins Bad. Als er zurückkommt, steht Boris schon und strahlt Aufbruchsbereitschaft aus: «Ich muss üben», sagt er bedeutungsschwer. Er habe heute erst drei Stunden geübt. Kaum zwölf Uhr, doch die zwei Sätze genügen, Beat ein schlechtes Gewissen zu bereiten: «Ich auch», sagt er reflexhaft, ohne zuzugeben, dass er heute noch gar nicht geübt hat. Das Sextett spielt weiter vor sich hin, Beat schaltet die Anlage aus und verabschiedet Boris mit einer Umarmung.

Kann das jetzt zu jedem Zeitpunkt kommen? Das helle, mit Äderchen durchzogene Licht, die rotbraunen Flecken neulich – sie sind unheimlich, denkt Beat, als er das Zimmer wieder für sich hat. Sein Puls beschleunigt, gleichzeitig aber faszinieren sie ihn, vielleicht ein Wahrnehmungstor, das sich in seinem Alltag öffnet: Ist es ein Zugang zu anderen Regionen, einer parallelen Wirklichkeit? Er schiebt einen Flammkuchen in den Ofen. Bloß wenn ich spiele, bei Auftritten, darf das nicht mehr passieren … Vielleicht kann ich lernen, es absichtlich hervorzurufen und abzuschalten?

3

Die Bach-Chaconne wäre ein geeignetes Stück für die Abschlussprüfung, Werke aus verschiedenen Epochen sind gefordert, und an der Chaconne lässt sich viel zeigen. Seit Jahren hat er sie nicht gespielt, kann sie heute sicher anders durchdringen. Etwas mulmig ist ihm, als er die Hochschule über die Steinstufen betritt. Mit den kopierten Noten aus der Bibliothek in der Hand öffnet er den Überaum, Professor Hennigs Unterrichtszimmer, da Hennig sich krankgemeldet hat. Der Parkettboden glänzt, die großen Instrumente stehen aufgeräumt an der Seite vor dem Schrank, in dem die kleinen Schlaginstrumente verstaut sind, daneben der rotbraune Sessel, das Felsenlandschaftsplakat, der Spiegel, um Bewegungen zu überprüfen, alles wie immer. Beat legt den Türschlüssel auf den Tisch neben der Tür. Drei Stunden lang ist der Raum für ihn reserviert, darf er sich ungehindert auf das Werk konzentrieren. Zunächst öffnet er die Fenster (geschätztes Ritual: lüften und eine Flasche Sprudel bereitstellen). Im Bambusgärtchen des Innenhofs sieht er Özgür langsam auf und ab gehen. «Alles klar?», ruft Beat. Özgür stöhnt. «Zu viel getrunken, wir waren bis drei im *Soho*». Er legt sich auf eine der Bänke. Beat lacht. «Gute Besserung!» Özgürs Wunsch nach einer Unterrichtsstunde hat er nicht vergessen. «Du kannst ja später hier vorbeikommen.» Özgür nickt und Beat schließt die Fenster, Zuhörer sind beim Üben unerwünscht.

Als Beat die paar Schritte in Richtung des wandfüllenden Instrumentenschranks geht, tritt er ins Leere, strauchelt, schwankt und fängt sich wieder. Vielleicht der Kreislauf? Die weichen Wollschlägel aus der Schublade ziehen, das Marimbaphon vom Rand in die Raummitte schieben, nichts davon ist besonders, dennoch –

Als er die Noten auf den Ständer legen möchte, verfehlt er ihn; sie segeln herunter. Nach dem Bücken scheint der Notenständer verändert: Die hintere und die vordere Seite der Ablagefläche befinden sich auf derselben Ebene. Ihre Tiefe fehlt, sie sind nicht perspektivisch dargestellt, sondern platt, zweidimensional, wie ist das möglich? Erschrocken bewegt Beat sich einige Male vor und zurück, bis der optische Eindruck verschwindet. Keine Ahnung – er nimmt die vier Schlägel in die Hände. Der erste Akkord, weiches d-Moll: Erst stellt er ihn sich vor, dann lässt er die Schlägel die Stäbe berühren. Obwohl er die Arme lenkt wie immer, hört es sich an, als spielte ein anderer. Vielleicht finde ich noch hinein … Steif spielt er, quält die sonst so frei schwingenden Stäbe mit Härte, will er ihnen wehtun? Beat kann kaum glauben, selbst diese Töne zu erzeugen. Geschieht, was er hier sieht und tut, nicht gerade in diesem Moment? Auch als er die Schultern und Handgelenke lockert, sich zurücklehnt, verbessern sich Klang und Gefühl kaum. Er bricht ab. Du musst einen neuen Zugang entwickeln. Nur weil du damals dachtest, du spielst gut, heißt das noch lange nicht – aber was hat er zu sagen? Wenn Bach das Stück in Trauer über den Verlust seiner Frau schrieb – ich habe nichts Ähnliches erlebt, sogar meine Großeltern sind lebendig. Natürlich nicht nötig, die Eindrücke des Komponisten zu teilen, um gut zu spielen. Trotzdem muss er dem Werk etwas Eigenes entgegensetzen. Doch wenn er sich konzentriert, spürt er nur Bedeutungslosigkeit und Stille in sich, nichts, worauf er zurückgreifen kann. Woher sollte es kommen? Woraus schöpfen? Hennig spricht nie über solche Fragen. Du denkst zu viel nach, spiel lieber, ermahnt Beat sich, setzt von Neuem zur Chaconne an. Aus dem Nichts der Geschmack nach altem Papier im Mund. Statt des Akkords aus glockenähnlichen Tönen hört er ein Krachen, die Ohren fallen zu. Tiefes, pulsierendes Brummen füllt sein Ohr, tiefer als Kontrabässe, lauter werdend, und erfüllt den Raum. Angst vor Hörsturz. Das Gefühl, im Aufzug schnell nach oben zu fahren, Übelkeit steigt auf. Ich will nicht, die Schlägel fallen herunter, Beat entfernt sich von der Marimba, flieht vor ihr, schon hat er die Tür erreicht, mit jedem Schritt wird das tiefe Pulsieren leiser, rennt durch den Gang und zwei Treppenstockwerke nach unten, ob ihn im Foyer jemand sieht, beachtet er nicht. Die Außentür aufreißen, endlich an der frischen Luft.

Auf Höhe seines Wohnhauses kann er ruhiger atmen, die Geräusche – Hupen und das übliche Hintergrundsummen – hört er normal. Ich kann nicht mehr üben, denkt er, schüttelt sich (vermutlich übertrieben, doch etwas Wahres ist dran). Dass der Anfall beim Üben kam … Draußen zu sein, tut gut, er biegt in den Park ein, folgt minutenlang den hellen Steinwegen, immer wieder in Schleifen, versucht, an nichts zu denken. Hätte ich einen Hund, sähe es weniger merkwürdig aus; egal. Eine Frau mit Kinderwagen kommt ihm auf dem Kiesweg entgegen. «Guter Mond, du gehst so stille …» Sie singt leise, doch deutlich hörbar für ihr Kind, sieht Beat nicht an, als wäre sie verlegen, dennoch kommt es ihm vor, als sänge sie auch für ihn: «Deines Schöpfers weiser Wille», mit hellem Rauschen rollen die Reifen über die weißen Steinchen, «hieß auf jener Bahn dich ziehen.» Ein Stoß Traurigkeit erfasst ihn (ob meine Mutter früher so für mich sang? Welches Schöpfers Wille?). Schnell schüttelt er sie ab. Wie er als kleines Kind Töpfe, Schalen, Dosen aus den Küchenschränken zerrte und in sein Zimmer schleppte, ganze Installationen baute aus Dingen, die klingen, und Konzerte für die Kuscheltiere gab. Seine Mutter, eine gute Hobbypianistin, hatte einen Sinn dafür und ermutigte ihn ... Ohne es geplant zu haben, steht Beat wieder vor der Hochschule, den breiten Steinstufen, auf denen er im ersten Semester täglich saß, in der blendenden Abendsonne oder wenn es schon dunkel wurde, nach und nach kamen immer mehr Leute dazu. Sie hatten sich nach dem stundenlangen Üben erleichtert gefühlt und gelöst. Die Sonne war untergegangen, die stehende Stadtluft kühler geworden, und wenn sie alle noch gequatscht und gescherzt hatten, lösten ein paar sich von der Gruppe, näherten sich ihren Betten, während die anderen, zu denen Beat meist gehörte, eine Kneipe aufsuchten, in der unerschöpflichen Fressgasse, um zusammen den Abend auslaufen zu lassen. (Wohin das alles führt, wollte ich damals nicht genau wissen.) Jetzt, im Abschlussjahr, fühlt es sich weniger entspannt an, obwohl er keine Nebenfächer mehr besuchen muss. An den Eingangstüren hängen Plakate für die Hochschulparty heute Abend, vielleicht täte es gut, hinzugehen.

Kann nicht sein, dass du so schnell aufgibst, du hast nicht mal richtig versucht zu üben – er nimmt die Stufen nach oben. Kurz darauf ist er zurück im Übezimmer, der Schlüssel liegt unangetastet auf dem Tisch neben der Tür. Der Raum ist noch zwei Stunden für ihn frei. Vorsichtig begibt er sich erneut an die Marimba.

Immerhin klingen die Akkorde weich und erwartungsvoll. Die Schlägel liegen gut in seinen Händen. Sein Ohr fällt nicht zu und er hört kein Brummen. Bald ist er konzentriert am Üben: Die schnellen Läufe spürt er in langsamem Tempo Ton für Ton durch, lässt die Arme ihre Plätze finden und erreicht einen weniger knöchernen Klang. Er analysiert den harmonischen Aufbau des Stücks, kritzelt sogar die Noten mit Eintragungen voll. Nach eineinhalb Stunden versucht er einen Durchlauf mit geschlossenen Augen, hört sich selbst wie von außen zu: Es klingt nett, harmlos, anerkennenswert (wenige Vokabeln passen schlechter, um das Werk zu beschreiben). Ob er die Chaconne noch ein- oder zehnmal spielt, bedeutet keinen Unterschied. Da öffnet sich kein Raum, kein tieferes Geheimnis. Trauer kommt hoch, er schiebt sie weg. Vielleicht ist eine natürliche Grenze erreicht, das Ende seiner Begabung, der Schwachpunkt? Vermutlich fehlt es ihm an emotionaler Tiefe, oder kann er sie bloß nicht nach außen zeigen? (Könnte ein eher persönliches Problem sein als ein musikalisches, doch was nutzt die Unterscheidung?) Beat weiß wirklich nicht, wie weiter vordringen … In der Hoffnung, sich aufzumuntern, wiederholt er seine Lieblingspassage, die Zweiunddreißigstel schrauben sich nach oben. Noch nie hat sein Professor speziell seine *Expressivität* gelobt, bemerkt er. Die Läufe werden langsamer, es klingt schal, irgendwie leer. Martin Grubinger, der österreichische Star-

Perkussionist, kommt ihm in den Sinn, der scheint nicht nur unerschöpfliche Energie zu besitzen (das Marathonkonzert in Wien, sechs Schlagzeugkonzerte an einem Abend, der Wahnsinn), sondern agiert auf der Bühne wie ein Schauspieler, ohne künstlich zu sein, drückt in kurzer Zeit verschiedenste Farben und Stimmungen aus. Martin ist ein offener, kommunikativer Mensch, er hatte bestimmt nie Probleme, sich Gefühlen zu öffnen.

Dass es so viele Jahre gedauert hat, auf den Mangel zu stoßen! Bei einem anderen Instrument wäre es schneller aufgefallen. Als Schlagzeuger konnte er dem zehn Jahre lang ausweichen, sich um die Erkenntnis herummogeln: Schnelligkeit, technische Präzision, Lässigkeit, damit kannst du viele beeindrucken. Doch sich dauerhaft darauf zu beschränken, ist keine Option. Als Künstler braucht es Absolutheit. Entweder du versuchst, bis zum Letzten vorzudringen, oder lässt es lieber ganz. Cages Aussage, er habe aus seiner Schwäche (dem angeblich fehlenden Gespür für Harmonie) ein Konzept gemacht, fällt ihm noch ein. Als Beat das las, imponierte es ihm; auf sich selbst übersetzt kommt er damit nicht weiter. Dass «Musik nicht eine Sache des Gefühls ist, sondern man sie konstruiert», soll Cage ja auch gesagt und sich um «Ausdruckslosigkeit» in seinen Werken bemüht haben. Stille und Alltagsgeräusche waren für ihn bedeutender als Musik. Soweit Beat weiß, steht er damit relativ allein da. Jedenfalls ist die Bach-Chaconne für die Abschlussprüfung nicht geeignet. Besser nicht auf Ausdruck setzen, sondern Stücke wählen, wo es um Brillanz und Schnelligkeit geht, Qualitäten, in denen er punkten kann. Für heute lässt er es gut sein, schiebt die Marimba zurück an den Raumrand.

Mit dem Gefühl, stundenlang durch ein Labyrinth gestochert zu sein, bei dem sich herausstellt, dass es gar keinen Ausgang gibt, schließt er die Tür zu. Er beschließt, sich zu Hause hinzulegen. Während er im Aufzug seines Wohnhauses nach oben fährt, tröstet er sich, dass alles nicht so endgültig sein muss, wie es eben schien. Zu früh aufzugeben. Vielleicht unterlag er eben einer grandiosen Übertreibung? Es ist schwer, sich selbst objektiv zu beurteilen. Wenn Professor Hennig gesund ist, muss er ihn nach seiner Einschätzung fragen. (Allerdings: Ist Hennig, der ihn seit vier Jahren betreut, noch objektiv?)

Auf einer Litfaßsäule das von Nahem aufgenommene Porträt einer jungen Harfenistin: riesiger Mund mit Lachgruben, breite Nase und große Augen, von allem ist zu viel da, aber hübsch. «Himmlische Harfenmelodien», steht darunter, ziemlich kitschig, denkt Beat, allerdings passt der Titel zu ihren hellen, überschäumenden Locken.

Salsamusik pocht aus dem Hochschulgebäude, das er über die Steinstufen betritt. Beat in grün und violett blinkendem Licht, gestreut über das für die Party geschmückte Foyer, süßlich riechender Nebel wabert um ihn – und alles voller Menschen. Mit wem reden? Nach einem vertrauten Gesicht suchen. An den Rändern des Raums, bei den zerrissenen Plakaten, den Getränketischen und zwischen den Säulen: Ist niemand da, den er kennt?

Junge und makellose Gesichter und Körper verschieben sich auf der Tanzfläche, verdecken sich, tauchen wieder auf und verschwimmen, immer in Bewegung. Auf den Gängen in allen Stockwerken sucht er, wo die

Lichter ausgeschaltet und die Unterrichtsräume abgeschlossen sind, er streift ein an die Wand sich pressendes Pärchen im dunklen Gang, sucht in den Winkeln des Bambusgärtchens, im Hinterhof, im Keller.

Er sieht sich auf der Tanzfläche und sieht sich nicht, fühlt sich, als wäre er in einer feuchten, felsigen Höhle, weit entfernt rauscht ein Wasserfall.

Das Licht wechselt zu Gelb und Blau.

Beat nimmt sich einen Tequila Sunrise. «Kennst du den neuen Nachtübe-Eingang?» – «Übt jeden Tag zehn Stunden» – «Heute nur fünf Stunden geschafft, weil»: Die Gesprächsfetzen, die er hört, sind ihm allzu bekannt. Da drüben eine Gruppe von Leuten, mit denen er früher mehr zu tun hatte. Doch hingehen und mit ihnen sprechen – was sollte er sagen? Keinen Nerv mehr für diese immergleichen Gespräche. (Von seinen Problemen beim Üben will er auf keinen Fall sprechen, sie sollen nicht davon wissen.)

Ein Mädchen mit überschäumenden, hellen Locken, ein Handy am Ohr, das sie mit der Schulter festklemmt, schiebt einen Harfenkoffer mitten über die Tanzfläche. Erstaunlich: Alle machen ihr Platz, ohne dass sie etwas sagen muss. Eine Sekunde lang sieht sie zu ihm herüber oder durch ihn hindurch, möchte er lächeln, es gelingt ihm nicht.

«Auch keine Lust auf diese Party?» Ihr Wagen steht in der Feuerwehrzufahrt. Als er ankommt, hievt sie die Harfe in den Kofferraum, Beat spricht zu ihrem Rücken.

Rasch dreht sie ihren Kopf zu ihm: riesiger Mund mit Lachgruben, breite Nase und große Augen, von allem ist zu viel da, aber hübsch.

«Ich versuche, mich rarzumachen», sagt sie, wartet eine Sekunde, sieht ihn prüfend an, dann lacht sie auf. «Ich habe zugesagt, dass ich …», es folgt eine Liste mit Aufgaben, die sie noch an diesem Abend, in dieser Nacht zu erledigen plant, «… muss ich die Texte von zwei Arien auswendig lernen bis morgen», endet sie.

Eine Sängerin, denkt Beat, findet ihre Sprechstimme zu hoch, auch bleibt sie zu lange in den Vokalen hängen. Gleichzeitig merkt er, dass er gerne länger mit ihr sprechen würde. Doch sie lässt schwungvoll den Kofferraum zufallen, etwas rumpelt, sie drückt nach.

«Wer den ganzen Tag übt, muss nachts auch feiern», sagt Beat. Schnell fügt er hinzu: «Das haben wir im Bundesjugendorchester immer gesagt. Manchmal verbringe ich die halbe Nacht aber auch lesend, tagsüber ist ja keine Zeit», das ist ihm herausgerutscht, so etwas erzählt er sonst nie, vielleicht weil Bücherlesen unter Musikstudenten etwas Unnormales ist. Sie lacht hell auf: «Da hast du recht! Ich sollte lieber feiern, aber du hast ja auch keine Lust darauf?» Er nickt. «Und Buch habe ich keins gelesen, seit ich hier studiere, also … drei Jahre. Eigentlich schrecklich», redet sie weiter.

«Wir verdummen alle für die Musik», sagt Beat.

«Aber das ist es wert», meint sie. Beide lachen.

«Trotzdem muss ich, leider», sie ist jetzt ernst.

«Schade», meint Beat. «Dir einen schönen Abend», sagt sie, lächelt mit ihrem breiten Mund und sieht ihn weiter an. «Dir auch», er lächelt ebenfalls, sieht sie noch kurz an, dann dreht er sich um und geht. Salsamusik und Stimmen werden leiser, schon taucht sein Wohnhaus im Dunklen auf. Diese Stille in seinem Zimmer.

4

Diese Nacht träumt er von ihr. Dass sie sich anfühlt wie trockenes Papier, ein helles Rascheln, als er sie anfassen darf. «Eigentlich bin ich ein Plakat», sagt sie. Ich habe vergessen, sie nach ihrem Namen zu fragen, denkt Beat, als er die Augen aufschlägt.

Wie verliebt er vor sechs Jahren beim Bundeswettbewerb *Jugend musiziert* in Freiburg war! Im Jahr vor dem Abitur war er nur in Ensemblewertung angetreten, ein Dreivierteljahr lang hatten er und fünf weitere musikverrückte Jugendliche sich ständig für ganze Wochenenden getroffen, von morgens bis abends Steve Reichs *Sextet* geprobt. Larissa war als einziges Mädchen dabei, und obwohl sie spieltechnisch mit Beat nicht ganz mithielt, leichtere Passagen des Sextetts übernahm, konnte Beat nicht verhindern, sich heftigst in sie zu verlieben, was sie – außer einem einmaligen Kuss – nicht erwiderte. Um das Sextett nicht zu gefährden, ließ er sich kaum anmerken, wie sehr ihm das zusetzte. Glück über das gemeinsame Spiel und die Erfolge – sie hatten viele tolle Auftritte, gewannen den ersten Bundespreis, waren sich auf fast unheimliche Weise vertraut und verbunden – vermischten sich mit dem körperlich empfundenen Unglück, Larissa ständig aus nächster Nähe nur ansehen zu dürfen, vermischten sich mit dem Gefühl, dass er als Schlagzeuger zwar nahezu alles beherrschte (jugendlicher Übermut), Larissa aber dennoch nicht für sich gewann. Freizeit, Berufswunsch,

Freundschaft, Verliebtheit, alles floss ineinander. Irgendwie hatte er geglaubt, so ähnlich müsse es sich anfühlen, Berufsmusiker zu sein – ein Irrtum. Ihr schmaler Körper, die Bewegungen, die ihn an einen Schmetterling erinnerten, stehen Beat plötzlich wieder klar vor Augen. Kurz nach dem Gewinn des ersten Preises endete dann alles schnell, das Sextett, die Freundschaften und die Verliebtheit, alle verteilten sich wieder in ihre eigenen Leben, was Beat als Erleichterung empfand. Seitdem hat er sich zurückgehalten, oder es ergab sich einfach nicht, sich noch einmal so tief in eine Verliebtheit hineinzustürzen.

«Musik ist aus einer anderen Welt. Pythagoras, Schopenhauer und die Idee der Sphärenharmonie», sagt eine vertraute Frauenstimme auf SWR2, aus Reflex das Radio angeschaltet, damit es nicht so still ist. Beat steht in der Mitte seines kleinen Studentenzimmers, noch halb schlafend. Es ist kurz nach zehn. «Seit den Pythagoreern gibt es die Vorstellung der Sphärenharmonie oder Sphärenmusik», spricht die Radiostimme weiter. «Die alten Griechen glaubten, wenn sich die Himmelskörper bewegen, entstehen Töne. Man vermutete, dass die Tonhöhen von den Geschwindigkeiten und dem Abstand zum Weltmittelpunkt, der Erde, abhängen. Die Töne ergäben zusammen einen harmonischen Klang, der aber für Menschen nicht hörbar ist.» Beat setzt sich an den schmalen Schreibtisch, der zugleich sein Esstisch ist, und beginnt, Haferflocken mit Milch zu frühstücken. Die Idee, alles im Kosmos könnte von musikalischen Gesetzen bestimmt sein, fasziniert ihn, auch wenn sie nicht richtig in diese Zeit passt. «Woher kam diese Idee? Soweit wir wissen, entdeckte als Erster Pythagoras die natürliche Obertonreihe auf dem Monochord, einem Instrument mit einer Saite, dessen Steg sich verstellen lässt. Die Grundtöne der Musik ergeben sich aus klaren mathematischen Proportionen. So entspricht eine Oktave dem Verhältnis 1:2, eine Quinte 2:3 und eine Quarte 3:4.» Das ist ihm seit Langem bekannt. Aber dass die Töne unseres Tonsystems nicht menschengemacht, sondern naturgegeben sind – ob das nicht eine tiefere Bedeutung hat? Der Gedanke ist jedenfalls absolut naheliegend. Aber was würde es dann bedeuten, wenn er sich von der Musik abwendete? Würde ich damit nicht den Kosmos oder das Leben an sich ablehnen? Mach dich nicht lächerlich. Dass so auch klar werde, warum die Menschen in der Antike bis weit ins Mittelalter hinein die Musik den mathematischen Wissenschaften zuordneten, zusammen mit der Arithmetik, Geometrie und Astronomie, erklärt die Sprecherin weiter – Basiswissen. Aber ein bisschen verrückt aus heutiger Sicht ist es schon, dass sie dann auch von den Proportionen der Saitenlänge auf die Abstände der Planeten und ihrer Bahnen schlossen. «Makrokosmos und Mikrokosmos, Welt- und Tonsystem entsprechen sich, so die Idee. Sie spielt bis in die Neuzeit eine Rolle, zum Beispiel in Keplers Hauptwerk, den *Fünf Büchern zur Harmonie der Welt*.» Der weiche Gongschlag des Tamtams, Beats Klingelton. Ein Blick aufs Display verrät ihm, dass es seine Mutter ist; eigentlich will er jetzt nicht mit ihr sprechen. Noch bevor er abnehmen kann, hört er rhythmisches Klopfen an der Wohnungstür, lässt das Handy liegen und geht in den Flur, während die Stimme weiter den Text vorliest, den bestimmt ein Musikwissenschaftler schrieb.

Boris steht vor der Tür, er schaut ernst.

«Ich muss dich einladen. Nächste Woche, ich spiele die Schostakowitsch-Sonate im Schloss. Rittersaal!», er macht eine fahrige Armbewegung, wirkt ungewohnt hektisch, ist er nervös?

«Gut», sagt Beat, «um wie viel Uhr?»

«19 Uhr. Es ist mir sehr wichtig, ich habe mich nie mit einem Stück so ausführlich beschäftigt. Also, du kommst?»

«Ja», Beat verspricht es.

«Bei Schostakowitsch muss man genau hinhören», erklärt Boris, «die Spiegelreprise im Largo –»

«Spiegel-was?», fragt Beat.

Boris summt eine zart-hoffnungsvoll klingende Melodie. «Das Seitenthema aus dem ersten Satz. Es wird im Largo als Spiegelbild umgekehrt und dadurch entseelt. Das erkennst du nur, wenn du davon weißt, es klingt wie Leichenstarre.»

«Heftig», murmelt Beat, «ich werde darauf achten.»

«Ich muss schnell, Klavierprobe», Boris wirkt jetzt wieder unkonzentriert.

«Viel Erfolg!», Beat winkt und schließt die Tür.

Zurück im Zimmer, läuft die Sendung immer noch, doch Beat hört nur noch halb zu. «Die Musik ermöglicht also, *Zahlen zu hören,* so wie man sie als Abstände sehen kann, wenn sie in einem Bauwerk verwirklicht», das schmutzige Geschirr trägt er ins Spülbecken, «bauten die Griechen Tempel mit idealen Proportionen, den Verhältnissen der Töne entsprechend», er wäscht von Hand den Turm aus angewachsenen Tellern, «der Poseidontempel in Paestum … Baukunst als versteinerte Musik», und kehrt zurück ins Zimmer. «Dieselben Proportionen überall in der Natur und der Musik zu finden, bedeutete den *Beweis einer allgegenwärtigen göttlichen Ordnung.*» Dass ausgerechnet seinem Fach, der Musik, zu einer anderen Zeit so große Fähigkeit zuerkannt wurde, findet er schön. Schade, dass es heute nicht mehr so ist; Welterklärung scheint ganz die Domäne der (Natur-)Wissenschaften geworden zu sein, aber auch das interessiert ihn ja. Er setzt sich auf den Boden, wendet sich den herumliegenden Blättern zu: «Was war vor dem Urknall?» – «Neun Raumdimensionen und eine Zeitdimension, damit mathematisches Problem = 0» steht darauf und «Teilchen = statt Punkt ohne innere Struktur ein winziges, fadenähnliches, schwingendes Filament» oder auch «Schwingungsmuster bestimmt Teilcheneigenschaften», «Große Vereinheitlichung», «Was ist überhaupt Materie?». Wie großartig er sich fühlte, als er diese Satzstücke auf die Blätter schrieb, umgeben von Büchern, Sätze mit Farbstift unterstrich und einrahmte, um später einmal in Ruhe Gedanken dazu zu formen und ihnen zu folgen … Jetzt hätte er Zeit, ist aber kaum in der Lage, sich zu konzentrieren. Er schaltet das Radio, in dem jetzt ein Chorwerk von Hans Werner Henze läuft, leiser.

Erst vor einem Jahr fing das an, ganz plötzlich, dass ihn Bücher über theoretische Physik faszinierten: das kleinste Teilchen des Universums eine schwingende Saite, und aus den besonderen Schwingungsmustern entstehen die Eigenschaften der Dinge – die Stringtheorie hatte es ihm sofort angetan, für einen Musiker unmittelbar einleuchtend. Hat nicht auch im Großen jedes Ding einen eigenen Klang? Alles gibt Laute von sich, wenn man es anstößt. Ist das nicht gerade meine Aufgabe als Schlagzeuger? Ausgehend von (eher populärwissenschaftlichen Darstellungen) der Stringtheorie, wollte er mehr wissen, las auch über Quanten, Higgs-Feld, Gravitation und Multiversen. Hier wie bei der Musik gibt die Beschäftigung ihm das Gefühl, Teil eines wertvollen, größeren Ganzen zu sein, das sich nicht erschöpft –

Stopp. Du bist abgedriftet. Noch einmal: Er bringt die Beine in Meditationssitz, schließt die Augen und nimmt sich vor, zwei Minuten lang in Leere zu verharren, nicht zu denken, nicht einmal sich selbst wahrzunehmen – was einigermaßen gelingt. Danach geht es besser. Materie: Es kommt darauf an, mit welcher Theorie man die Frage angeht, im Standardmodell wäre es … laut Quantenmechanik ist aber, und die Stringtheorie meint, dass dieses winzige, vibrierende Filament, aber bisher kein experimenteller Beweis, und ob der je –

Es ist elf Uhr, du hättest heute schon drei Stunden üben müssen, die anderen werden das jedenfalls getan haben, unterbricht er sich. Beat steht auf. Es stimmt, als Musikstudent sollte er seine Zeit am Instrument verbringen, nicht mit Radiosendungen über Pythagoras und Texten über die Stringtheorie. Wieder einmal bedauert er, dass es in seinem Studium so wenig intellektuelle Einflüsse gibt. Warum genügt es ihm nicht wie allen anderen, sechs oder acht Stunden täglich zu üben? Mit seinen weitreichenden Interessen fühlte er sich in der Musikhochschule immer allein. «Du bist ein verkappter Musikwissenschaftler», witzelte Hennig vor Monaten, als Beat mit ihm über Pythagoras und die Stringtheorie zu sprechen versuchte. Die Art, wie er das sagte, ließ keinen

Zweifel daran, dass er von Musikwissenschaft nicht viel hält. Und es ist richtig, wie sollte ihm theoretisches Wissen in der Abschlussprüfung und bei den Probespielen helfen? (Außerdem wäre die Musikwissenschaft mir ein zu trockenes, umgrenztes Studienfach.) «Kürzlich griff der Physiker Brian Greene das Konzept der pythagoreischen Sphärenklänge wieder auf», sagt die geschulte Radiostimme. «Mit der Entwicklung der Stringtheorie gewinne die Sphärenharmonie eine verblüffende Realität.» Zeit, üben zu gehen – Beat zieht seine Jacke über, lässt die Wohnungstür zufallen.

Eigentlich schade, dass es kaum mehr Gelegenheiten gibt, Zug zu fahren, denkt er, die Treppen herunterrennend. In den letzten zwei Schuljahren war er jede Woche vier Stunden lang Zug gefahren zu seinem damaligen Professor, als Jungstudent. Zwei Stunden hin, zwei Stunden zurück, es hatte ihm nichts ausgemacht. Nicht nur der Unterricht war es wert, er mochte es auch, so viel Zeit für sich, sein eigenes Projekt zu haben. Im Zug sitzend, übte er die Stücke mental und auf Sitzlehnen, Beinen, Fenstern klopfend, teils mit Kopfhörern in den Ohren. Wie oft er darauf angesprochen wurde, wenn er mit aufgeschlagenen Noten im Regionalexpress vor sich hin trommelnd übte. Die Aufmerksamkeit genoss er sehr, wusste immer sicherer, was er sein wollte: Vollzeitmusikstudent. Und natürlich war der Jungstudienplatz eine Bestätigung, sich auf dem richtigen Weg zum Berufswunsch «Schlagzeuger im Sinfonie- oder Theaterorchester» zu befinden. Noch in der neunten Klasse hatte er die Aufnahmeprüfung fürs Jungstudium nicht bestanden, war beim Vorspiel so aufgeregt gewesen, dass er peinlich schlecht spielte. Danach zweifelte er an seinem Ziel, wollte fast aufgeben, doch Wolf, sein Musikschullehrer, überzeugte ihn, es ein Jahr später noch einmal zu versuchen: «So schnell würde ich nicht aufgeben. Wenn du deine beste oder annähernd beste Leistung gebracht hast und sie sagen: Das reicht nicht – okay, das wäre ein Anhaltspunkt. Aber so?» Beat ist im Erdgeschoss angekommen. Der Briefkasten leer, er schließt ihn wieder ab.

Wenige Meter von seinem Haus entfernt sieht er die Sängerin und Harfenistin von der Hochschulparty in großen Schritten Richtung Kapuzinerplanken eilen. Sie trägt bloß eine winzige Handtasche bei sich, und kurz entschlossen winkt er ihr, probiert, sie mit «Hallo» auf sich aufmerksam zu machen, da er ihren Namen nicht weiß. Sie bemerkt ihn nicht. Ohne zu rennen, versucht Beat, sie einzuholen, sie ist wirklich schnell. (Falls er sie anspricht, muss es wie eine beiläufige Begegnung sein.) Schon hat sie die Kapuzinerplanken erreicht, er dagegen wird noch von der schnell anfahrenden Autokolonne zurückgehalten. Endlich die Straße überquert, er rennt ein paar Meter und sieht sie – mit den leuchtend blonden langen Haaren ist sie überall leicht zu erkennen – in die Straßenbahn einsteigen. Unsinn, ihr noch zu folgen, doch üben kann er genauso später, und wäre es nicht bedeutungsvoller, wenn sie sich weit entfernt von der Hochschule begegneten? Auch die Straßenbahn scheint ihn aufzufordern: Erst startet sie ohne ihn, bleibt dann ein paar Meter weiter stehen und öffnet erneut die Türen.

Eingestiegen – mit Semesterticket ist die Fahrt frei, *sie* zwei Abteile vor ihm, und Beat, leicht außer Atem und aufgeregt, lässt sich auf den Sitz fallen, kann sie sitzend von hinten sehen. Straßenbahnfahren mochte er schon immer, die Häuser und Menschen vorbeigleiten lassen, ohne sich selbst zu bewegen, und das gequetschte Geräusch des Beschleunigens und Bremsens der Bahn erinnert an den Klagegesang eines Theremins.

Seit einer Weile starrt die mittelalte Frau auf dem Sitz direkt gegenüber ihn an. «Sie tragen die Jacke falsch herum!», sagt sie auf einmal glucksend. Beat zieht die Jacke aus, dreht sie um und legt sie neben sich. (Keine große Sache, da die Jacke auf beiden Seiten fast gleich aussieht. Trotzdem: Du musst dich zusammenreißen. Zu viel in Gedanken.) Er antwortet der Frau nicht (er mag keine Menschen, die anderen sagen, was sie richtig und falsch machen, obwohl es sie nichts angeht. Gut aber, dass die Harfenistin ihn vorhin *so* nicht bemerkt hat).

Beats Blick sucht wieder nach ihr: Während des Wegs sitzt sie vollkommen ruhig da, den Kopf nach hinten gedehnt, vielleicht schläft sie? Kurz überlegt er, hinzugehen, doch möchte nicht stören. Seine Großmutter fällt ihm ein, ihr zitternder Unterkiefer, als sie erzählte, dass der Junge von gegenüber, mit dem Beat früher spielte, «jetzt ein Mädchen hätte». Beat konnte ihr keine feste Freundin vorstellen. Was spielt das nun für eine Rolle, zwanzig Minuten und zwei Flussbrücken später steht sie auf (welcher Name würde zu ihr passen? Amira, Violetta?), Beat auch. Würde sie ihn entdecken, hätte er nichts dagegen.

Sie sieht ihn nicht, streckt die Arme über dem Kopf aus (eine Gymnastikübung?), auf das Türenöffnen wartend. Beat steigt eine Tür weiter aus, geht einige Schritte hinter ihr her über einen Trampelpfad, umrahmt von Wiese und Mauer, hört Automeeresrauschen von der Schnellstraße und ein hyperaktiv-quirliges Vogelpfeifen. An einem Glasgebäudekomplex vorbei gehen sie, Sitz der örtlichen Zeitung – bis sie zusteuert auf den kleinen Supermarkt daneben. Wohnt sie in der Nähe? Beat betritt das Billiggeschäft, in dem er sonst kaum je einkaufen würde. Nach einer interessant klingenden Begründung suchend, warum er so weit draußen ist, legt er Fertig-Frischeiwaffeln und den teuersten Weißwein in den Korb. Die grellen Farben von Hundefutter-Plastikverpackungen springen ihn an, er fühlt sich von ihnen belästigt.

Was bringt das hier? Ich sollte üben gehen –

Ein Lichtfeld der Sonne fällt in einem Streifen in den Gang zwischen den beiden Kassen. Weil er sie nirgends mehr in dem überschaubaren Geschäft entdeckt, legt er die beiden Artikel hinten auf das Rollband, geht langsam daneben her. Hinter der Kasse sitzt *sie*, Beat erschrickt, lässt sich aber nichts anmerken, sie lächelt ihm herzlich zu, «Hallo», mehr fällt ihm nicht ein, und auch sie beschränkt sich auf «Hi, alles in Ordnung?». «Ja, klar», sagt er, arbeitet sie extra so weit außerhalb, damit andere Musikstudenten sie dabei nicht finden? Ist ihre Familie arm? Wären wir zusammen, müsste sie nicht – im nächsten Moment schämt er sich für den Gedanken. Was spielt es denn für eine Rolle? Sein Herz schlägt schnell: «Und hast du es noch geschafft, den Text der Arie zu lernen, nach der Party?»

«Nein, und wie viele Bücher hast du gelesen heute Nacht?»

«Keins, fürchte ich», sagt Beat in gespielter Scham. «Ich hatte eben ein Interview bei der Zeitung, wegen eines Konzerts», fügt er hinzu.

«Oh, cool! Und lief's gut?» – «Ganz okay», sagt er rasch, «hätte ich die Bücher letzte Nacht noch gelesen, wär's vielleicht besser gewesen.» Sie lacht, er nimmt die beiden Sachen an sich.

Auf einmal beugt sie sich nach vorne, sagt leise: «Ich muss etwas aus dem Lager holen, willst du mitkommen?» – «Klar.»

Sie öffnet eine Trennwand, die sich von unten nach oben schieben lässt, Beat folgt ihr in einen überraschend kleinen, niedrigen Raum, in dem sich Kisten bis zur Decke stapeln. An Kürbissen und Blumen in Töpfen vorbei drängen sie sich zu der schmalen Hinterausgangstür, in der sie stehen bleibt und sich eine Zigarette anzündet.

Beat starrt auf ihre Hand. Hat sie nicht wie die anderen Gesangsstudentinnen Angst, sich die Stimme zu zerstören? «Ich dachte, du studierst Gesang.»

«Ach was», meint sie nur. Ihre Augen ziehen suchend durch den Raum.

«Arbeitest du schon länger hier?»

«Seit zwei Jahren. Ehrlich gesagt sind die Bezahlung und die Atmosphäre besser als bei Naturgut.» Beat fragt nicht, ob sie dort auch gearbeitet habe. «Schön, dich zu sehen», sagt er stattdessen. Nun lächelt sie, sieht ihn direkt an.

Er fühlt sich aufgedreht, wie halb außerhalb seines Körpers, klopft eine Passage aus *Rebonds* mit den Fingern auf sein Bein.

«Wen magst du lieber, Bruckner oder Brahms?» – «Steve Reich», sagt Beat, jetzt ganz da. «Schlagzeuger!», ruft sie in gespielter Verachtung, dann aber: «Hat der auch was für Harfe geschrieben?» – «Ich glaube nicht.»

Plötzlich zieht sie die Augenbrauen hoch, öffnet den Mund: «Schau mal!» Beat dreht sich abrupt um zu dem Punkt, auf den sie zeigt. Kartoffelkisten, darüber ein Spalt Wand, darüber Leuchtstoffröhren, kann nichts Besonderes erkennen. Doch sie lacht so ansteckend laut los, dass er ungern zugeben will, nicht zu wissen, warum, also lacht er vorsichtig mit. Nun kichert sie hell, legt einen Arm um ihn, drückt ihre Wange an seine. Vermutlich eine freundschaftliche Geste, trotzdem wird ihm heiß und sein Herzschlag beschleunigt. «Du bist süß», sagt sie, löst sich wieder von ihm.

«Aber du erzählst meinem Professor nicht, dass ich rauche?», mit tieferer Stimme, sie meint es ernst. «Natürlich nicht.»

Sie drückt den glühenden Stummel mit der Schuhspitze aus – Beat bewundert ihre roten, spitz zulaufenden Rauleder-Absatzschuhe, kennt niemanden sonst, der so etwas trägt –, kickt den Stummel weg. «Ich muss wieder», sie gibt ihm ein Küsschen auf die Wange, drückt ihm eine kleine Zimmerpalme in die Arme. Ob er die mit nach vorne nehmen könne?

Beschwingt und verwundert verlässt Beat das Geschäft, drückt sich noch für ein paar Sekunden vor der Fensterscheibe herum. Auf seinem Handy tippend, beobachtet er sie nebenbei, fühlt sich noch nicht wieder bei sich. Wie sie die anderen Kunden behandelt, die zweite Kassiererin, der sie etwas zuruft, wirkt sie so ungewöhnlich herzlich und unmittelbar natürlich, dass sich ein Gefühl von Wärme im Bauch und von leichter, unsinniger Freude ausbreitet. Auch die anderen Kunden, die an ihrer Kasse standen und das Geschäft verlassen, lächeln versonnen, kann es sein, dass nicht nur er sich in ihrer Gegenwart fühlt, als wäre die Schwerkraft geringer? Als ergäbe die Situation durch sie mehr Sinn, könnte nichts Falsches –

Reiß dich zusammen. Ihr Verhalten lässt nicht vermuten, dass sie dich wiedersehen muss, und du hast wieder vergessen, nach ihrem Namen zu fragen, er nimmt den Trampelpfad zurück zur Straßenbahn.

Tornado von Mitch Markovich hatte Hennig, der immer noch krankgemeldet ist, ihm für die Abschlussprüfung vorgeschlagen. Es könnte passen – ein virtuoses Stück für Kleine Trommel, an dem sich Präzision, Schnelligkeit und Brillanz zeigen lassen, es gibt keine einzige langsame Passage. Diesmal hat Beat den Schlüssel für einen der Kellerräume bekommen. Er sitzt in dem kleinen, quadratischen Zimmer, gequetscht neben einen abgeschlossenen Flügel, rauer, grauer Plastikteppich unter seinen Füßen. Fenster, die er öffnen könnte, gibt es nicht, aber die Lüftung springt an, bildet eine zweite Stimme zum Summen der Leuchtstoffröhre unter Metallgitter an der Decke. Nein, er mochte diese Räume noch nie, doch eigentlich sollte es keine Rolle spielen, beamen wir uns nicht sowieso an einen anderen Ort durch die Musik, wenn wir üben? Gehört hat er *Tornado* schon öfters, gespielt noch nie, es hatte ihn nie besonders gereizt, obwohl es ein kniffliges und beliebtes Stück ist. Zunächst geht es darum, sich die Rhythmen und Bewegungsabläufe einzuprägen, die vielen rasch wechselnden Spieltechniken, wrist stroke, finger stroke, up and down stroke, doubles, swiss army triplet mit flam … Melodie ist keine da, aber je nachdem, wo und wie er das Fell anschlägt, schwingt es unterschiedlich hell und stark, das kann man als Melodielinie empfinden, wenn man das Stück gut kennt. In sehr langsamem Tempo, um sich keine falschen Bewegungen einzuprägen, wiederholt er jeden Takt mehrfach, steigert das Tempo. Er kennt die Techniken und das Übverfahren gut genug, hat täglich sechs bis acht Stunden damit verbracht und es perfektioniert. Die Bewegungen in den Körper übergehen lassen, um später aus dem Unterbewusstsein spielen zu können, eine perfekt ablaufende Folge von Automatismen. Doch das braucht Zeit, mehrere Wochen tägliches Üben, bis er sich darauf verlassen kann. Jetzt die ersten acht Takte zusammenfügen, Beat überprüft mit Metronom, ob er die Geschwindigkeit hält: ja. Auf geht's zu den nächsten acht Takten. Stück für Stück arbeitet er sich vorwärts, stupide Arbeit, rein handwerklich, unkünstlerisch. Nicht träumen, er muss aufmerksam bleiben; falls er hier Fehler einübt, dauert das Korrigieren später länger. Die nächsten Takte zusammenfügen, Beat überprüft mit Metronom, ob er das Tempo hält: ja. Es gibt nichts zu entscheiden, zu überlegen, zu denken.

Sollte es nicht anders sein?, fragt er sich plötzlich. Wenn auf Quantenebene alles offen ist, Überlagerungen möglich sind, Quanten sich nicht festlegen müssen, welchen Zustand sie annehmen, wenn sie sich ständig austauschen, die Orte wechseln, immer in Bewegung –

sollte Musik nicht ein Abbild davon sein? Beat liebt das Unvorhergesehene, auch deshalb ist ihm die quantentheoretische Beschreibung des Universums, soweit er sie versteht, sympathisch. Allerdings erscheint ihm dieses Üben wie der größtmögliche Gegensatz, Determinismus, völlige Unfreiheit. Er bricht ab. Aus den Nebenräumen hört er donnernde Klaviere, unsaubere Oktav-Übungen auf der Viola. Schon kommt ihm seine Verweigerung albern vor. Also fängt er wieder an, probiert, wie weit er gekommen ist: von vorne, viel zu schnell dafür, dass er kaum die Noten kennt. Verheddert sich, reiht falsche Rhythmen aneinander; dilettantisch, sinnfrei. Stopp. Zurück zum Anfang, die ersten acht Takte in Zeitlupe, unter voller Kontrolle. Sein Körper stochert vor sich hin, die Bewegungen weit davon entfernt, ins Gedächtnis überzugehen. Warum dauert es so lange? Vom Bewusstsein her hat er das Stück längst begriffen, fühlt sich bereits unterfordert. Da gibt es nichts herauszufinden, kaum Freiraum. Einerseits gut, denkt er an seinen letzten Übversuch mit der Chaconne, als er nichts Eigenes fand. Andererseits, eine Maschine könnte das ebenso erledigen, wahrscheinlich besser. Wieder steigt Wut auf. Du bist nichts Besonderes, andere Menschen führen monotonere Arbeiten aus.

Nein – heftige Ablehnung erfasst ihn. Ihm wird übel, der Körper wehrt sich gegen die Pflicht. Jede andere Aufgabe wäre mir lieber! Obwohl er weiß, dass es arrogant und irrational ist, so zu denken, kann er sich nicht bremsen. Er würgt, das ist nicht mehr normal: Aggression baut sich auf, ergreift vom Bewusstsein Besitz, schwillt an, jetzt – Beat knallt die Schlägel aufs Fell, tritt fest gegen den Fuß der Kleinen Trommel, sie wackelt, tritt mehrmals an den seitlichen Metallkorpus, fester, bis sie umfällt. Das Musikstudium beenden, die Musik aufgeben – wann tust du es endlich?

Sein Fuß schmerzt. Die Kleine Trommel kullert langsam über den Boden, entfernt sich, rollt wieder zu ihm hin, fast bekommt er Mitleid. Dann erschrickt er, ist das Instrument kaputt?

Erst hebt er die Trommel auf, setzt sich hin, probiert, sie hat keinen Schaden genommen. Dann nimmt er sein Smartphone, spielt einige Runden «Cro-Mag Rally», fährt allein durch den Schneekanal. Ist es nicht offensichtlich? Alle Symptome (Wut, Anfälle, Störungen) in den letzten Wochen traten auf, wenn er Musik spielte oder hörte. Mittlerweile kann er weder langsame noch schnelle Stücke üben. Bringt nichts, es immer wieder zu versuchen und sich vorzumachen, da wäre etwas, wenn da nichts ist. Auch dass es seinem Spiel an Ausdruck mangelt, hat sich eher bestätigt. Hat er nicht letztens die Tonaufnahme eines Konzerts angehört, in dem er Abes *Lachrimae Pavana* spielte, und war enttäuscht, wie eindimensional es klang? Zwar dachte er da noch, es läge am Stück oder der Aufnahmequalität, jetzt dagegen kann er klarer sehen. Beat steht auf. Er nimmt sich vor, in den nächsten Wochen nur ans Instrument zu gehen, falls er wirklich Lust dazu spürt, und sich einen Ausgleich zu suchen, am besten ein anderes Leben. Bloß darf er niemandem davon erzählen.

Zur Wohnung geht er einen Bogen durch den Park, es wird schon dämmerig. Eigentlich eine gute Zeit, um Fledermäuse zu beobachten. Vor Jahren im Urlaub in der

Toskana hat Beat sie gesehen, kurz bevor es zu dunkel war, um etwas zu erkennen. Er mag ihren unruhigen Flug, als würden sie gegen eine Wand fliegen, und im letzten Moment schaffen sie es, rechtzeitig abzubiegen. Es sieht ziellos aus, in Wirklichkeit nutzen sie diese Bewegungsart, um sich zu orientieren. Auf einmal kann er den graugrünen Park, die vermooste Mauer an einigen Stellen nicht mehr erkennen. Da hängen helle, fast weiße Flecken im Bild. Sofort fühlt er sich wach, sieht genauer hin. Die Flecken sind monochrom, transparent und in ihrem Inneren in Bewegung. Fasziniert bleibt er stehen. Beat friert, als wäre er eben im Winterurlaub aus der Skihütte ins Freie getreten, reibt sich wärmend über die Arme. Er starrt hin, bis die weißen Flecken sich allmählich auflösen, kaum noch zu sehen sind; auch das Kältegefühl endet. Ein Besuch beim Neurologen oder Augenarzt wäre wohl sinnvoll? Jetzt fühlt er sich unerschöpflich müde, freut sich auf sein Zimmer, das stille Bett.

5

Kann etwas so vertraut klingen, dass es wehtut?

Schon von Weitem, mit hundert Metern Abstand, *ihr* Klang auf der Straße: Posaunendreiklänge vermischt mit ornamentalen Flötentrillern, Vibratoübung auf der Violine, zugleich abgebrochene Stücke aus Klavierkonzerten, Fetzen einer Jazzbandprobe, alle Töne wachsen ineinander. So klingt nur die Musikhochschule – fast ein Zuhause. Während er auf sie zugeht und die zufällige Klanginstallation lauter wird, spürt Beat, dass er schon jetzt nicht mehr richtig hierhin gehört, was ein bisschen schmerzt. Die große Abschlussprüfung in acht Monaten (du musst üben), er bleibt vor den Steinstufen stehen. Doch allein bei der Vorstellung, die nächsten drei Stunden in der engen Kammer zu verbringen, erfasst ihn körperliche Ablehnung wie beim letzten Übversuch. Und danach noch mal drei Stunden; bis vor wenigen Wochen kein Problem, eher eine Daseinsform als ein Studium, aber jetzt: bloß nicht. Kann nicht wahr sein, stell dich nicht so an. Aber was –? Ein älterer Mann mit Halbglatze und Locken kommt lächelnd auf ihn zu, er trägt eine Strickweste.

«Junger Mann, Sie gehören bestimmt hierher. Können Sie mir sagen, was das für eine Institution ist?», nuschelt er und mustert Beat eifrig.

«Keine Ahnung, was das für ein Haus ist», entgegnet Beat, ohne nachzudenken, ganz sicher keine Lust, jetzt mit einem Fremden zu sprechen, geht schnell weiter.

Sekunden später: Ich habe sie *geleugnet*. (Was für ein altmodisches, zugleich passendes Wort.) Halb belustigt ihn der Gedanke, halb wünscht er sich, es ungeschehen machen zu können. Nach hundert Metern dreht er sich doch noch um und sieht in einem Moment gleichzeitig: 1.) das Abbild der Harfenistin mit den blonden Locken auf einer Litfaßsäule und 2.) sie selbst in der Ferne in die Musikhochschule eilen, fast rennen.

Keine Zeit zu winken, sie ist schon wieder weg. Ihr Anblick genügt, ihn aufzumuntern, er entspannt sich. Und das Plakat verrät, dass sie Viktoria Schmidbauer heißt – passender Name, sie machte so einen entschlossenen Eindruck. Beat nimmt sich vor, trotzdem, wenn er sie wiedersieht, nach ihrem Namen zu fragen. Der nahe Gongschlag des Tamtams fügt sich zu den anderen Instrumentenklängen in der Ferne hinzu, sein Klingelton. Das Foto seiner Mutter blinkt auf dem Display (längst wäre es Zeit, ihr von seinem Problem mit der Musik zu erzählen, aber wie die richtigen Worte finden, sich erklären, wenn man es selbst so wenig begreift?). Beat drückt sie nicht weg, sondern hält das Handy in der Hand, bis das Klingeln endet. Währenddessen wählt er sich in das WLAN-Netz seines Lieblingscafés ein, das gerade in Sichtweite ist, das Passwort kennt er natürlich auswendig (STARCOFFEE1). «Die Finanzkrise legt schonungslos offen, welche Lücken in der Regulierung bestehen. Die fehlende Regulierung habe die Finanzkrise nicht hervorgerufen, aber doch erst ermöglicht», liest er vor den bodentiefen Glaswänden des Cafés stehend auf tagesschau.de, und fast kommt es ihm vor, als ob hier gleichzeitig über sein eigenes, entgleitendes

Leben gesprochen wird. «Nicht eine starke Regulierung schadet einer Volkswirtschaft, sondern vielmehr schwache Regeln.» Vielleicht liegen meine Probleme genauso an einer fehlenden Regulierung?, denkt er, geht weiter. Im Abschlussjahr muss er keine Nebenfach-Lehrveranstaltungen mehr besuchen, und Hennig ist seit drei Wochen krank, die wöchentliche Doppelstunde Unterricht fällt aus, könnte noch länger dauern, sagen die anderen. Niemand kontrolliert, was Beat tut. Es ging aber schon früher los: War diese völlige Freiheit (Orientierungslosigkeit?) vor vier Jahren, in der er sich fürs Musikstudium entschied, wirklich hilfreich? Woher soll ich wissen, ob ich jetzt zufriedener wäre, würde ich Physik oder Philosophie studieren? Er geht langsamer. Noch eine Parallele zur Finanzkrise fällt ihm auf. Wie bei einer nun drohenden Inflation das vorher sichere Geld an Wert verliert, scheinen auch die Dinge, die ihm bisher am wichtigsten waren, sich zu entwerten, an Bedeutung zu verlieren. Unsinn, das hat nichts miteinander zu tun.

Vor der in einem Barockschloss untergebrachten Universität bleibt er stehen und sieht junge Menschen über den kopfsteingepflasterten Hof in die beiden Flügel hineinströmen, so zielstrebig und schnell, als wüssten sie genau, wo es sie hinführt und dass sie dort drinnen exakt das bekommen, was sie brauchen. Beat hat sich die Studiengangliste im Internet angesehen, könnte immer noch anfangen. Doch beim Anblick all der verpflichtenden Veranstaltungen, Hausarbeiten, Prüfungen: schwer vorstellbar, genug Energie für ein neues, mehrjähriges Studium in sich zu finden. Nicht noch etwas anfangen, ohne es abzuschließen. So unbeirrbar, gleichförmig und selbstverständlich laufen die jungen Männer- und Frauenkörper immer weiter über den Schlosshof, dass er sich für eine Sekunde fragt, ob in jedem von ihnen ein Mensch lebt, sie wirklich denken, fühlen, sich selbst steuern. Wie ließe sich das feststellen? Und ich? Würde ich es merken, wenn – Beat schüttelt sich und setzt sich wieder in Bewegung, in Richtung des Wohngebiets, in dem sein Fitnessstudio liegt.

Ein Auto mit halb offenen Fenstern, aus denen laute Opernmusik (Verdi?) herüberzieht, bringt ihn zum Lächeln. Wie er als Sechzehnjähriger mit der Schulklasse eine Aufführung von Offenbachs *Orpheus in der Unterwelt* besuchte, am Landestheater der Nachbarstadt, fällt ihm ein, und – im Gegensatz zu den anderen Jungs des Jahrgangs – einfach alles daran liebte: die weichen Samtsessel, das dunkel werdende Licht, die schwarz-weiße Kleidung, Fräcke der Musiker im Lichtfleck des Orchestergrabens, den er auf der Stuhlkante von der Empore aus den ganzen Abend über im Auge behielt, den Geruch von Kunstnebel, buntes Licht, die übertriebenen Gefühle und Bewegungen der Sängerinnen. Hier fand für ihn das wahre Leben statt, alles viel frischer, lebendiger, bunter, echter als sein Alltag. Er konnte nicht erwarten, dass die Schule endlich endete, er sein Leben ganz *dieser* Wirklichkeit, der Musik, widmen würde. Den damaligen Beat mit dem jetzigen zu vergleichen, tut ein bisschen weh.

Es wird dämmrig, die Straßen schmaler. Etwa hundert Meter vor sich – Beat zuckt zurück, reibt sich die Augen. Doch, da liegt ein Mensch auf der leeren Straße, zusammengekrümmt, mit dem Kopf nach unten. Er spürt etwas Flaues im Bauch, niemand sonst in der Nähe, Beat rennt los. Ein Fahrradfahrer taucht aus einer Seitengasse auf, nähert sich dem Körper, fährt daran vorbei, als wäre nichts. War es schon vorher so dunkel? Ein gedrungener Körper, regungslos in irgendwie verkrampfter Position, lebt er noch? Etwas neblig ist es und noch weit weg. Beat rennt, er sorgt sich um den am Boden Liegenden, ärgert sich über den Radfahrer: Wieso ist der nicht abgestiegen und versuchte zu helfen? Weiterrennen, den Körper immer noch nicht erreicht. Dunkle, lockige Haare erkennt er nun, die hellbraune Lederjacke, die er selbst –

Das muss nichts bedeuten, sein Herz jagt. Jetzt gehen auch zwei junge Frauen vorbei, ins Gespräch vertieft, mit Händen gestikulierend. Kann nicht sein, dass sie den Körper am Boden übersehen!

Ein lautes Knallen hinter ihm, er wirft den Kopf zurück. Nur ein Motorrad, schon wieder weg. Als Beat erneut zu der Stelle schaut, müsste fast angekommen sein, ist da – nichts. Er hält inne, muss husten, sieht zu allen Seiten, glaubt es nicht. Sinnesstörungen? So schnell kann den Körper doch niemand weggetragen haben? Er schüttelt sich. Die Straße leer, ein blauer Golf fährt über die Stelle. Hätte ich doch etwas geraucht, denkt Beat. Hat er aber nicht.

Raumgreifende Müdigkeit erfasst ihn. Schwer atmend setzt er sich auf den Gartenzaun eines Privathauses mit verkommenem Vorgarten. Kisten, Geräte, Schüsseln stehen vor dem Haus herum, teils unter Sträuchern. Den Krankenwagen rufen? Die Polizei? Ihm ist übel. Jede Bewegung mühsam, er zieht sich hoch und weiter, endlich das Ende der Straße erreicht.

Eigentlich wollte er noch trainieren heute Abend, nun steht er in der dunklen Straße, sieht von Weitem durch die hauswandgroße Fensterfront in sein Fitnessstudio, Querschnitt des innen hell erleuchteten Gebäudes: Hunderte Menschen auf mehreren Ebenen, teils in gemeinsamen, teils in abgetrennten, farbig belichteten Räumen auf Fahrrädern strampeln, die sie keinen Millimeter vorwärtsbewegen, auf Rollbändern minutenlang auf der Stelle gehen, schwergewichtige Hebelkonstruktionen nach oben stemmen und wieder zu sich heranziehen, rastlos, immer wieder, ohne dabei irgendetwas in Gang zu setzen. Oder doch?

Vor dieser Glasfront steht er und denkt, es könnte ebenso sein, dass – und beobachtete er als Außerirdischer das Treiben auf der Erde, würde er denken, es ist so – dass diese Menschen dazu gezwungen sind, ihre Fähigkeit zu körperlicher Anstrengung, ihre Bewegungsenergie in diese Maschinen fließen zu lassen, Menschen statt Wasserkraft und Windrädern, Energie, erzeugt, um an eine andere Stelle zu fließen. Aber wohin? Wofür all die Arbeit? Ein junger Mann in armfreiem Top, sechsmal so muskulös wie er selbst, streift ihn im Vorübergehen, Beat schüttelt sich, verwundert über die Versponnenheit seiner Gedanken. Das Fitnessstudio betritt er an diesem Abend nicht mehr – was nicht gut ist: Als Schlagzeuger musst du fit sein, es braucht große körperliche Kraft und Ausdauer. Stattdessen stößt er beim Streunen durch die Stadt auf erleuchtete Ausstellungsräume, eine kleine Galerie in einer Nebengasse, an der er schon öfters vorbeigekommen sein muss, doch die er noch nie bemerkt hat. «Montags von 21 bis 23 Uhr geöffnet», steht da, und es ist

Montagabend. Durch das bodentiefe Fenster sieht er alte Stiche von Berglandschaften, kaum größer als Handydisplays, reine Naturpanoramen, in denen aber weiße Kästen, Kuben schweben, vielleicht hineingeritzt. «Eingang auf Rückseite», liest Beat auf einem handschriftlichen Schild, dem er folgt.

Doch bevor er die Galerie betreten kann, kommt ihm ein Paar entgegen, sie mit Dauerwelle und Brille, etwas größer als er, mit Hosenträgern und fülligem Bauch. «Herzlich willkommen.» Sie begrüßen ihn mit einer Selbstverständlichkeit, als hätten sie ihn erwartet, und ziehen ihn sanft durch eine Tür: nicht in die Galerie, eher in eine Abstellkammer, bis zur Decke vollgestopft mit Regalen, Schachteln, Plakaten, Krimskrams, kein Zentimeter des Bodens ist frei. Um einen niedrigen Tisch sitzen fünf oder sechs Menschen auf einer heruntergekommenen Sofagruppe. Alle grüßen herzlich, Musik läuft keine. Eine rothaarige Frau im Alter seiner Mutter drückt ihm eine Bio-Limonade in die Hand und zeigt auf einen noch freien Stuhl. «Du kommst genau richtig.» Beat stolpert über einen Getränkekasten am Boden, fängt sich gerade noch. Die Augen des Hosenträgermanns blinzeln zu ihm herüber, auch die anderen sehen ihn erwartungsvoll an. «Ich heiße Harry», sagt der Mann mit Hosenträgern und drückt ihm eine Bierflasche in die andere Hand. Den Namen Harry spricht er deutsch aus. Alles wirkt harmlos, was sonst mit dem Abend anfangen, also warum nicht?

Sobald Beat sitzt, nehmen zwei Frauen zu seiner Rechten und Linken ihm die Flaschen ab und schieben mit Klebestreifen zusammengehaltene Kappen aus

Papier auf seine Fingerkuppen. Offensichtlich selbst gebastelt. Zwei davon lösen sich und segeln sofort herunter. Die Rothaarige setzt sie ihm tiefer auf die Finger, beide schweigen.

Die Ansammlung aus Schuhkartons, Bechern, leeren Marmeladengläsern, Murmeln, kurz: Krimskrams auf dem Tisch zieht ihn an, vielleicht weil auch die Blicke der anderen immer wieder dorthin gleiten. Obwohl nur Abfall daliegt, wirkt es irgendwie absichtlich angeordnet, ja, jemand hat diese Teile zusammengeklebt. Wie die Landschaft einer Modelleisenbahn ohne Zug und Gleise.

Erst jetzt bemerkt er die kleine, auf einem Stativ stehende Kamera, nach unten auf die Tischmitte gerichtet.

«Was wird das?», fragt er.

«Wir spielen *Titanic* nach, den Film, und ich nehme mit der Kamera auf», sagt Harry mit drängender Bestimmtheit, leuchtenden Augen und einer Stimme, die an ein glückselig spielendes Kind erinnert. Harry gibt einige Anweisungen, wie weit sich Beat vorbeugen, wo er seine Arme und Finger anordnen, welche Bewegungen er vollziehen solle, Beat versucht es gleich, «natürlich erst später, und bitte genau im richtigen Augenblick». Harrys Begeisterung, wenn auch etwas aufgesetzt, übt eine unverständliche Macht aus, stellt er fest, nicht störend, doch es wäre äußerst mühsam, sich dem zu widersetzen. Drei der anderen unterhalten sich flüsternd, worüber, ist nicht zu verstehen. Es handle sich um eine Sequenz von fünf Sekunden, erklärt Harry mit heller Stimme. «Wir sehen zuerst das Original, danach ein Testlauf, dann filme ich zweimal die Szene.»

Die Titanic ist bereits mit dem Eisberg zusammengestoßen. Beat lässt seine Finger flackern, als aufgeregte Menschenmenge auf dem Deck des Schiffs. Mit einem Finger, der Leo spielt, rennt er über ein Rohr, eine lang gezogene Schiffsbrücke, und springt eine Ebene tiefer. «Super, ja, genau!», feuert Harry ihn an. «Noch einmal. Kannst du etwas später und dann schneller rennen?» Natürlich, es ist nicht schwer. Auch die Mitspieler sind still und üben konzentriert mit wackelnden Armen und Fingern die ihnen zugewiesenen Rollen aus. Für ein paar Sekunden sind sie tatsächlich alle dort auf dem Schiff, in der kalten Luft.

Ob sie Beat im Abspann und im Internet erwähnen dürfe, fragt die Frau mit Dauerwelle anschließend. «Nur den Vornamen», bittet Beat. Die Spannung hat sich gelöst. Drei der Leute auf dem Sofa fangen an, sich lauter miteinander zu unterhalten. Schnell steht Beat auf und verabschiedet sich, zwei halb volle Flaschen unter dem Stuhl zurücklassend. Harry und die Rothaarige rufen ihm mehrmals «Danke» hinterher.

Draußen ist es immer noch recht warm. Erneut ruft seine Mutter an, er nimmt nicht ab. Gäbe es etwas Dringendes, würde sie wohl auf den Anrufbeantworter sprechen ...

Ginkgoblätter sind neben zertrampelten Flyern, Kondomen und Kaugummifolien auf abwärts führende Stufen gefallen. Beat gerät in eine unterirdische Passage, von der er gehört hat, viele Menschen fürchteten sich sogar tagsüber davor, sie zu betreten. Die Beleuchtung ist teils ausgefallen. Der Boden klebt, abgeriebene Pfeile neben den Schuhen weisen in eine Bar mit Spielautomaten, die geöffnet ist. Ältere, einsam aussehende Männer sitzen mit Bier darin. «Life is more than an illusion», schrieb jemand auf die Wand. Ein Plakat ist so unsauber geklebt, dass der Mund über der Schulter schwebt. Leuchtend grünes Moos, auf einem Abflussgitter lebend. Sonst passiert nichts, niemand begegnet ihm. Nicht einmal hier kann ich in dieser angeblich so unruhigen Stadt etwas erleben, denkt er und ärgert sich. Er darf zwischen zwei Ausgängen wählen. Aufzug und Rolltreppe sind stehen geblieben, er schleppt sich selbst nach oben.

Wieder zu Hause. Aus dem Bildschirm drängen Aufnahmen von Ländern, in denen Beat noch nie gewesen ist, die er aber schon hundert Mal gesehen zu haben meint. Obwohl sich seine rechte Hand zuckend wünscht, ein weiteres Sichtfenster auf dem Laptop zu öffnen und nebenbei etwas Neues zu erfahren, zwingt er sich, wenigstens heute die Aufnahmen wirklich wahrzunehmen. Schläfrig fühlt er sich, die Farben werden intensiver, träumt Plasma, glührot und durchscheinend, die Masse durchzogen von gelben Fäden, in Bewegung, und fließt von innen nach außen. Im Hinter- und Vordergrund sich bewegende Kugeln, die – Lichtblitz – aufeinandergeprallt, jetzt verbunden sind, sie treiben weiter.

«Wenig überraschend», liest die Nachrichtensprecherin, «gewinnt in diesem Jahr der deutsche Forscher Beat Grimm den Physik-Nobelpreis für seine Entwicklung eines Verfahrens zur Energiegewinnung durch Kernfusion.» Ihre Mundwinkel ziehen sich nach oben.

Nun ist sein Gesicht zu sehen, er trägt einen Anzug und die goldenen Manschettenknöpfe seines Großvaters, der als Jurist und Vorstandsvorsitzender von Kaufring Karriere machte.

Beat spricht so schnell, als bräuchte er keine Luft: «Weitaus eleganter, als etwas zu zerstören, wie bei der Kernspaltung, ist es doch, etwas, das in der Natur ohnehin vorhanden ist, zu verschmelzen! In einem Gramm Kernfusionsbrennstoff steckt so viel Energie wie in elf Tonnen Kohle. Wir erschaffen eine künstliche Sonne, die wir kontrollieren, wir erhalten unerschöpfliche Energie!»

Eine Brennkammer in den Ausmaßen einer Kirche sei dafür nötig gewesen, fügt die Nachrichtensprecherin hinzu. Es folgen Einschätzungen aus der Forschung weltweit.

Die Nachrichten sind zu Ende, Beat zuckt auf: Ich und Nobelpreis, lachhaft, geht ins Bad, Zähne putzen. Er fühlt sich unsicher auf den Füßen, in seinem Körper. Wer bin ich, wenn ich nicht den ganzen Tag übe? Und: Wann hat es angefangen, dass ich mich so merkwürdig fühle? Die Opernaufführung, bei der ein Brand ausbrach? Doch das erklärt nichts, auch einen anderen Anfangspunkt kann er nicht erkennen.

6

Kartoffeln in schmale Spalten schneiden. Manchmal versucht Beat, in seiner Wohnung selbst zu kochen. Ungeübt ist er, ein unaufmerksamer Moment – da schneidet er sich in den Daumen, säbelt die Kuppe ab, greller Schmerz durchfährt ihn, sofort ist das Schneidebrett voller Blut, die Kuppe ab, Beat schreit auf, brüllt, du wirst nie wieder einen Schlägel richtig halten können, du kannst nicht mehr spielen, rennt ins Badezimmer, reißt Toilettenpapier ab und drückt es auf den Daumen.

Als er das durchtränkte Papier hebt, vorsichtig, um es auszutauschen: *Die Kuppe ist da.* Es ist ein tiefer Schnitt, jede Berührung des Daumens extrem schmerzhaft, aber die Kuppe ist da. Was für eine Erleichterung! In der Panik muss er seinen früheren Albtraum gesehen haben … Tatsächlich hat er immer viel zu gut auf seine Hände aufgepasst, als dass ihnen je etwas Ernstes passiert wäre, hatte sich extra ein ärztliches Attest schreiben lassen, dass er nicht am Volleyballtraining in der Schule teilnehmen könne. Beat drückt frische Tücher auf den Schnitt, die Blutung wird allmählich schwächer. Wie er als Vierzehnjähriger einen Fahrradunfall hatte, kurz nachdem er mit der Bach-Chaconne eine neue Landschaft für sich gefunden hatte, in der es viel mehr zu erkunden gab als irgendwo sonst: auf den linken Arm geknallt, der nicht gebrochen war, doch anschwoll und über Wochen schmerzte. Ausgerechnet während der langen Sommerferien, in denen er so viel hatte üben wollen, war sein Arm dreimal so dick wie normal! Keiner der Ärzte, die er aufsuchte, konnte erklären, warum die Schwellung anhielt, sie hatten ihm streng verboten zu üben oder zu spielen. Beat muss lächeln, wenn er an den übereifrigen, während der Sommerhitze in Trauer versinkenden Vierzehnjährigen denkt, der auf keinen Fall schwimmen gehen wollte, sich lieber im Dachzimmer unter dem Giebel einsperrte, Brahms- und Bruckner-Symphonien anhörte, gelegentlich allerdings auch Iron Maiden (er bewunderte das immer weiter vorwärtstreibende Schlagzeug von Clive Burr bei *Run to the hills*), Bücher über Komponisten las und sich die Technik des mentalen Übens aneignete. Die Blutung hat fast ganz aufgehört, er wickelt ein frisches Taschentuch um den Daumen, klebt Pflaster darauf. Kein Drama, es wird nur ein paar Tage dauern, bis er wieder spielen kann (falls er das will).

Erst für Boris' Konzert verlässt Beat am Abend sein Zimmer. Im Eingangsbereich seines Wohnhauses steht er und sieht einige Briefe unter der Klappe des Nachbarbriefkastens klemmen, sie schauen heraus. Die Briefe ziehen ihn an: aus Neugier oder wegen der unwahrscheinlichen Idee, er könnte durch sie etwas erfahren. Was genau?

Mit dem Schlüssel, so dünn, dass er beinahe bricht, öffnet er *seinen* Briefkasten: Er ist leer. Unverständlich große Enttäuschung. Vielleicht ein Fehler, ist die Post im falschen Fach gelandet? Da ihn niemand beobachtet – im nächsten Moment hat er die fremden Briefe herausgefischt. Sie sind dick und prall. Schon hört er Stimmen im Treppenhaus, schiebt die Briefe in die Jackentasche. Sein Herz schlägt schneller, als er denken kann.

Endlich steht er auf dem Gehweg.

Das Konzert findet im Rittersaal des Schlosses statt, den Nicht-Musikstudenten sicher höchstens für Festakte zu Studienbeginn und -abschluss betreten. Mit Intarsien verzierter Parkettboden glänzt, Marmor an den Wänden, Lüster, über ihm wölbt sich die Gemäldedecke. Es ist schön, Orte aus anderen Jahrhunderten für sein Studium, seinen Beruf nutzen zu dürfen. Beat empfindet viele alte Kirchen, einen leer stehenden Ballsaal, in dem er mal auftrat, und sogar Säle in Schlössern wie diesen als etwas Persönliches und Eigenes, das selbstverständlich zu ihm gehört. Gehört*e*, korrigiert er sich.

Wie wenig Freude ihm das Spielen im Berufsorchester während des Praktikums im letzten Semester machte, fällt ihm wieder ein. Lag es an den Kollegen, mit denen er nicht recht warm wurde? Daran, dass ihm vorgeschrieben wurde, wann er wo zu sein habe und was er wann wie spielen müsse? Er fühlte sich eingeklemmt, unzufrieden, eine große Enttäuschung, wo er sich doch anfangs so gefreut hatte, den Praktikumsplatz zu gewinnen. Zu viel Freiheitsdrang? Vielleicht bin ich generell ungeeignet für eine Festanstellung, besonders im Orchester? Geld zu bekommen für das, was vorher seine liebste Freizeitbeschäftigung war, entwertete in seinem Gefühl die Bedeutung der Musik, auch wenn das irrational klingt und die meisten es genau andersherum empfinden … Und ein Leben als freischaffender Musiker? Dabei kommt es nicht auf die Leistung an, sondern eher, ob du bei anderen beliebt bist, sodass sie dich immer wieder fragen. Ein geselliger, witziger und unterhaltsamer Typ zu sein, wäre hilfreich – oder selbst gut Projekte organisieren zu können; beides liegt ihm kaum. Das eine Mal, als er in einem freien Muggenorchester aushalf, dessen Qualität er ziemlich unterirdisch fand, fühlte er sich nicht wohl. Nach dem Auftritt ging er nicht etwas trinken mit den Kollegen; natürlich fragten sie kein weiteres Mal. Das kann nicht das Richtige für mich sein, denkt Beat auch jetzt. Er wählt einen Platz in der letzten Reihe, um eventuell vorzeitig das Vorspiel verlassen zu können, und schlägt das Programmheft, ein gelbes, einmal gefaltetes DIN-A4-Blatt, auf. Boris wird das Konzert eröffnen (perfekt), noch ein Name fällt Beat auf: Viktoria Schmidbauer spielt ein Stück von Debussy auf der Harfe, wahrscheinlich bleibt er doch bis zur Pause.

Klatschen, Boris trägt das Cello durch den langen Gang, gefolgt von seiner Duo-Pianistin. Er wirkt ernst, kein bisschen hektisch oder zittrig. Ab dem ersten Ton weiß Beat, dass es gut wird. Die beiden spannen lange, immer höher ausgreifende Bögen. Perfekt trifft Boris den Charakter des Allegro non troppo, den Beat als «wütende Sehnsucht» beschreiben würde. Er mag es, Boris beim Spielen zu beobachten: Es sieht aus, als umarme er sein geschwungenes Instrument, völlig verbunden mit ihm; da Boris recht klein ist, verschwindet er hinter dem Cello fast, beherrscht es dennoch so gut. Mit selbstverständlicher Ernsthaftigkeit trägt er die Sonate vor, ohne je ins Publikum zu blicken. Man merkt, wie intensiv er sich mit dem Werk befasst hat, ja, er verkörpert diese Musik seiner ehemaligen Heimat, die er nicht mehr betreten darf. Auch die anderen Zuhörer spüren, dass nicht egal ist, was hier geschieht, ungewöhnliche Stille und Konzentration liegt über dem Saal, bildet den weißen Hintergrund für Boris' Töne und Klangexplosionen. Die leicht nachschwingende Akustik des Saals trägt die Vibrationen von der Bühne bis zu Beat hin, bringt nicht nur die Materie im Körper zum Schwingen, ergreift ihn, versetzt sein Denken und Fühlen in Aufruhr. Wieder einmal kommt es ihm merkwürdig vor, während des Konzerts bloß still, unbewegt dazusitzen. Müssten sie nicht alle aufstehen und in Bewegung übersetzen, was sie hören, sich frei durch den Raum bewegen, wäre das nicht viel angemessener? Das helle Licht und dass die Menschen um ihn herum keinerlei Körperbewegung zeigen, stört Beat.

Wenn du nicht mehr Musiker bist, kannst du nur noch so dasitzen, die Stücke von außen aufnehmen – der Gedanke erschreckt ihn. Schon als er durch das Foyer mit Sekt trinkenden Menschen ging, fiel ihm auf, dass er, wenn er seinen bisherigen Berufswunsch aufgibt, nichts mehr Besonderes ist, weder die Stücke besser kennt als die anderen Zuhörer noch Musik lauter hört als sie – es ist ein völlig anderes Gefühl, mitten in ihr zu sitzen, umgeben von Tönen, als mit Abstand in den Zuschauerreihen. Was es bedeutet, ausgeschlossen zu sein von dieser Sphäre, wird ihm erst jetzt klar. Dann wäre er normal, ein Arbeiter, Angestellter, der tagsüber in einem Büro sitzt und Anrufe für andere Menschen erledigt, abends oder am Wochenende sich für zwei abgezirkelte Stunden den schönen Künsten widmet, die Vorstellung macht ihn melancholisch. Wie schön es ist (war), in der

Musik verloren zu gehen, sich selbst aufzulösen. Nicht nur das Instrument zu beherrschen, sondern aus Klang zu bestehen, die Einheit aus Körper, Fühlen, Hören und Denken, das lässt sich nicht ersetzen. Der Gedanke, dass Musik etwas Göttliches, zumindest Transzendentes ist (obwohl er eigentlich nicht an Gott glaubt). Vielleicht lagen die alten Griechen mit ihrer Vorstellung richtig. Etwas so Wertvolles freiwillig aufzugeben … Aber braucht die Musik mich? Brauche nicht eher nur ich sie? Ist das ein hinreichender Grund, um Berufsmusiker zu werden?

Nach zwei Klaviersonaten (Mozart, Haydn), die Beat halb zuhörend mit solchen Gedanken verbringt, taucht Viktoria auf. Ihre blonden Locken reflektieren das Licht der Scheinwerfer, während sie die Harfe in die Mitte der Bühne schiebt und die Stimmung der vielen Saiten überprüft. Mit ihrem großen Lächeln, dem offenen Blick ins Publikum hat sie die Anwesenden schon vor dem ersten Ton umarmt und für sich eingenommen.

Dann trägt sie ein kurzes, merkwürdiges Stück namens *Voiles* von Debussy vor, *Schleier*, alles schwebt, Ganztonleiter und Pentatonik, erkennt Beat, es gibt weder ein erkennbares Metrum noch einen Grundton, der das Stück erdet, mit dem es beginnt oder zu dem es zurückkehren könnte. Gebannt sitzt er da, die Töne erscheinen ihm überirdisch. Schneller als er einen klaren Gedanken fasst, ist das Stück zu Ende, Viktoria rauscht von der Bühne. Auch die anderen Zuhörer sehen sich überrascht an, teils verwirrt, teils verträumt. Vielleicht ausgelöst durch ihren Auftritt, vielleicht durch das ganze Konzert, wird in Beat während des nun folgenden Prokofjew-Préludes der Wunsch zunehmend stärker, die Gedanken und Gefühle der letzten Wochen auszuklammern, rückgängig zu machen, umzukehren, wieder einfach der begeisterte, begabte und hoffnungsvolle Musikstudent zu sein, der er war – und für einige Sekunden scheint es ihm in der Nähe der Töne, von anderen erzeugt, möglich, sein Leben wieder ganz der Musik zu widmen. Statt herumzusuchen, zwei Stunden mehr pro Tag üben als bisher, besonders Orchester-Probespielstellen, wenn er das tut, hat er eine reelle Chance, bald nach dem Studium ein Probespiel und damit eine Stelle als Schlagzeuger in einem Orchester zu gewinnen, es muss auch nicht in Deutschland sein, du kannst dich in Sydney oder Barcelona bewerben. Ja, Beat nimmt sich vor, nach dem letzten Ton des Préludes aufzuspringen, die paar Hundert Meter hinüber zur Hochschule zu rennen und den Rest des Abends konzentriert am Instrument im Überaum zu verbringen wie er das letztes Semester noch oft tat – doch dann stellt er sich konkret vor, wie er die Stücke üben müsste, *Tornado*, die *Chaconne* und Probespielstellen wie die Nr. 45 der Krüger-Schule, und spürt wieder die Müdigkeit und lähmende Schwerfälligkeit, die ihn beherrschte, sobald er in den letzten Wochen übte. Allein im Übezimmer ist es unglamourös, fehlen festliche Stimmung, Nervenkitzel, Flow. Auch inhaltlich steckt er fest: Größere Gefühlsvielfalt bei der Chaconne kann er immer noch nicht ausdrücken, und spielt er die Noten von *Tornado* im geforderten Tempo, fühlt er sich wie eine Maschine (was er verabscheut).

Ein Endpunkt scheint erreicht zu sein. Als hätte ich den Auftrag verloren, sich ausführlich mit Musik zu befassen; nur von außen darf ich sie noch bewundern –

vielleicht Unsinn, der Gedanke, trotzdem breitet sich ein Eindruck von hoffnungsloser Sorge aus:

Wer weiß, ob er eine gute Leistung auf der Marimba liefern würde, wenn er heute hier spielte? Vielleicht träte wieder die Sinnesstörung auf, grelles Licht, Farbflecken, die Verschiebung von Bild und Ton? Du musst etwas dagegen tun, sonst bist du untauglich; wie immer Widerwillen, zum Arzt zu gehen. Die Finger der Pianistin, die Beat nicht kennt, rasen fehlerfrei über die Tasten.

Sein ganzes Verhältnis zur Musik kommt ihm gestört vor. Dass er bisher als Schlagzeuger außergewöhnlich erfolgreich war und es nirgends sonst so weit gebracht hat, hilft ihm auch nicht weiter, wenn er beim Spielen die Tiefe nicht *fühlt*, keinen eigenen, lebendigen Zugang zum Üben und den Werken mehr findet. Etwas ist zerrissen. Lässt sich das wieder kitten? Ist es nur eine Blockade, die vorbeigeht?

Nein, da ist eine allgemeine Antriebslosigkeit in sein Leben gekommen, die alles beschwert. Vielleicht haben meine Probleme nicht mal direkt mit der Musik zu tun? Wahrscheinlich würde es mir zurzeit genauso schwerfallen, mich auf etwas anderes tiefer einzulassen? Kein aufheiternder Gedanke. Was ist schiefgelaufen? Begann das mit dem Orchesterpraktikum Anfang des Jahres? Darüber will er jetzt nicht auch noch grübeln. Reiß dich zusammen, so kurz vor dem Abschluss gibst du nicht auf. In nächster Zeit nicht daran denken, sich nicht mehr sich in nutzlose Reflexionen verheddern. Alle klatschen, Beat ist froh, dass die erste Konzerthälfte zu Ende ist – und jetzt muss er schnell zu Boris, zu dem gelungenen Auftritt gratulieren.

«Das war einfach perfekt. Ich bin schwer beeindruckt», sagt Beat und umarmt Boris, der sein Cello schon im weiß glänzenden Koffer auf dem Rücken trägt. Boris sieht leicht verschwitzt und erleichtert aus, er strahlt über das ganze Gesicht.

«Ich kenne dieses Stück wirklich gut», sagt er, bescheiden wie immer.

Auch Beat versucht, fröhlich auszusehen. «Du bist zufrieden, oder?»

«Es gibt kein Stück, mit dem ich mich jemals ausführlicher beschäftigt habe, also ja.»

Beat umarmt ihn noch einmal, «Herzlichen Glückwunsch!», es ist der falsche Zeitpunkt, um zu sprechen über das, was ihn beschäftigte während des Konzerts (es zu versuchen), außerdem nähern sich Boris' Eltern, die eigens angereist sind, um den Auftritt zu hören. Auch sie strahlen. Beat winkt Boris zu und dreht sich schnell weg.

In diesem Moment beneidet er zum ersten Mal Boris, so sehr, dass es ihm einen Stich gibt und er sich schämt, dem Freund den Erfolg heute Abend nicht einfach zu gönnen: dass Boris sein Leben mit der Musik so ungestört fortführen kann, bei ihm gibt es keinen Bruch, keine Zweifel, die Musik das Einzige, was er mag, kann, tut.

Ich wäre gern ein bisschen mehr wie Boris.

Einige Meter weiter sieht Beat Viktoria, von einer Gruppe überwiegend männlicher Musikstudenten umringt, die sie alle nacheinander umarmen. Er geht nicht hin, sondern nickt ihr aus der Ferne zu, was sie sogar mit einem Lächeln in seine Richtung beantwortet.

Schnell verlässt er das Foyer, eilt die breite Treppe nach unten, als hätte er heute Abend noch etwas vor, dabei drängt es ihn nur, fortzugehen von diesem Ort, an dem sich zu viele Gefühle vermischen. Er gehört nicht mehr hierher, etwas Wertvolles, die Musik, hat ihn verlassen, oder entfernt er sich immer mehr von ihr? Über den gepflasterten Schlossplatz eilt er. Es würde wehtun, noch längere Zeit dazubleiben, schon ist er auf der Straße, schnell weiter, wirft ein altes Konzertticket, das er in der Jackentasche fand, in den Mülleimer vor einem thailändischen Schnellrestaurant.

Aber jetzt in die stille Wohnung? Neben einem quadratischen Stück Rasen nimmt er eine Rolltreppe, die aufwärtsfährt. Oben leuchtet ein Kaminfeuer in der leeren Lounge eines neuen Hotels, er sinkt in einen türkisfarbenen Ohrensessel. Ihm ist kalt, obwohl das Feuer nicht heller brennen könnte. Eine Weile lang sieht er in das Flackern, sprühende Funken, wie sich alles ständig verwandelt …

Da sackt das eben noch lodernde Feuer in sich zusammen, Ascheflocken versinken zwischen Glühstäben. Am Rand der Glasscheibe taucht ein Akkusymbol auf; der Bildausschnitt verschiebt sich leicht nach links. Dann erglimmt das identische Kaminfeuer, wieder und wieder spielt es sich ab.

Wie kann ich so müde sein, ohne heute nur einen Takt gespielt zu haben? Was würde ich jetzt gerne tun? Mit Freunden den Restabend im *Enchiladas* verbringen, wären sie noch in der Stadt. Nein, sie könnten ihn ebenso wenig verstehen wie Boris. Es wäre peinlich, vielleicht unmöglich, ihnen zu erklären, was passiert ist. Die Briefe in seiner Jackentasche fallen ihm ein, er nimmt einen heraus.

«Sehr geehrter Herr Raulff, für Ihre neue Stelle schicke ich Ihnen wie besprochen das Infomaterial zur Vorbereitung an Ihre neue Adresse. Wir wünschen Ihnen einen guten Anfang, sowohl in der neuen Wohnung als auch bei uns, und freuen uns, Sie als Mitarbeiter am 18.10. persönlich begrüßen zu dürfen! Lisa Schnack, Manager Haricot & Escape», liest er im ersten Brief. Ihm wird warm, auf einmal fühlt er sich wach und offen. Er blättert durch das beigefügte Informationsmaterial, Flyer, aufwendige Broschüren mit Hochglanzfotos. «Zu wenig Gefahren in deinem Leben? Wir erschaffen erlebnisreiche Räume für dich», steht auf einem Flyer mit 3-D-Effekt. «Actionreiche Aufgaben, herausfordernde Rätsel sind zu lösen. Schaffst du es, dich aus dem Escape-Room zu befreien?» Hinter der weißen Schrift ein in farbigem Licht und Nebel verschwimmender Regenwald, der ihn aus irgendeinem Grund fasziniert. «Du tauchst ein in unsere täuschend echte Erlebniswelt. Kein Bildschirm, bei uns wird in realen Räumen gespielt (bitte beachte, dass es in manchen Fällen zu Schwindel oder leichten Aufschürfungen kommen kann).» Interessant, daran würde ich auch gerne mal teilnehmen, denkt er. Nie zuvor davon gehört.

Wie wäre es, einfach hinzugehen und sich als Felix Raulff auszugeben, in ein anderes Leben hineinzurutschen? Für ein paar Sekunden findet er die Idee witzig, dann doch zu filmhaft. Sicher würde Herr Raulff bald bei der neuen Stelle erscheinen, es könnte peinlich werden. Trotzdem: kann kein Zufall sein, dass ich ausgerechnet diesen Brief fand und geöffnet habe, es hat etwas von einem persönlichen Auftrag. Ist das eine Chance, das

Neue, wonach er sucht? Vielleicht gut, die eigene Seifenblase mal zu verlassen und das andere, echte Leben kennenzulernen? Auszuprobieren, wie es sich anfühlt als Arbeitnehmer in einem anderen Feld fernab der Kunst?

Aus Neugier öffnet er die Website der Haricot & Escape, in der Herr Raulff bald anfängt. Eine Praktikumsstelle ist ausgeschrieben; da er gerade nichts Besseres zu tun hat und ohne viel nachzudenken, klickt er sich durch zwei «Selbsttests», beantwortet erstaunliche Fragen (Sie wurden geschrumpft: Was würden Sie am liebsten tun? Welches Küchengerät wären Sie gerne? Würden Sie lieber gegen eine Ente kämpfen, die so groß ist wie ein Pferd, oder gegen hundert Pferde, die so groß sind wie Enten?), beweist sich in einem Schnelligkeits-Reaktionstest und findet den Stern im Labyrinth eines kurzen Jump-'n'-Run-Spiels. «Herzlichen Glückwunsch! Sie haben uns neugierig gemacht. Sehr gerne würden wir Sie persönlich kennenlernen.» Nicht einmal nötig, sich als Herr Raulff auszugeben: Ich kann auch so bei der Haricot anfangen, wenn ich möchte!

Es tut gut, den Tag mit einem Erfolgserlebnis zu beenden. Zufrieden steht Beat auf und verlässt die Hotellobby, sogar die Lichterketten an den Außenwänden des Hotels freuen ihn, auch wenn es dafür im Oktober eigentlich noch zu früh ist.

7

Während er um 13 Uhr frühstückt, durchstreift Beat seine Mails und stellt fest, dass für heute um 15 Uhr ein Termin geplant ist, den er fast übersehen hätte. Es geht um ein Assessment-Center bei der Haricot & Escape, für das er sich am Abend nach Boris' Konzert online qualifiziert hat. Die Einladung zum Vorstellungsgespräch kam am nächsten Morgen und landete im Spam-Ordner. Vor vier Tagen, doch noch ist es nicht zu spät, der Termin ist erst um 15 Uhr. Soll ich hingehen? Jetzt, da es konkret wird, steigen die Zweifel: Passt das wirklich zu mir? Lohnt es, damit Zeit zu verbringen? Andererseits: eine willkommene Abwechslung zur Musikhochschule. Mit Sicherheit wird er von dort niemanden treffen. Es könnte ein gutes Gefühl sein, nicht als Musiker gesehen zu werden, sondern – ja, als was dann? Beat ist gespannt darauf, wie die anderen ihm begegnen, welche Fähigkeiten er noch einsetzen kann, welche Möglichkeiten sich daraus ergeben. Je länger er überlegt, umso besser gefällt ihm der Gedanke, herauszukommen aus den Kreisen, in denen er sich sonst bewegt. Auch etwas Sportliches zu tun, ist sinnvoll, lieber dorthin als den ganzen Tag in der Wohnung herumsitzen wie gestern und vorgestern. Eine halbe Stunde lang duscht Beat heiß, bis er sich wach und energievoll fühlt: Es ist richtig, etwas Neues zu probieren, ist er jetzt überzeugt und zieht frische Kleider an. Wer weiß, vielleicht ergibt sich später ein netter Nebenjob daraus, als Sound-Designer oder so. Ob er die intensive

Playstation-Phase zu Teenagerzeiten im Bewerbungsgespräch erwähnen soll?

Am frühen Nachmittag macht er sich – ausnahmsweise pünktlich – auf den Weg. Es regnet flüssige Wände. Vor dem Wohnhaus steht verlassen das Fahrrad der Briefträgerin. Die offen stehenden Taschen, die unter dem Lenker hängen, sind prall gefüllt. Beat sorgt sich um die dicken und dünnen Briefe, die vom Regen gegossen werden, als wären sie Pflanzen. Zwei handbeschriftete Briefe fallen fast heraus, ihre Adressen verschwimmen schon.

Wie leicht er, wie gerne … Die pferdeschwänzige Postbotin wird es nicht bemerken, die im Hausflur mit dreißig Briefkästen beschäftigt ist, sie spricht am Handy mit ihrem grippekranken Kind.

Schirm hat Beat keinen, findet Schirme spießig. Stattdessen würde er jetzt gern eine Aktentasche durch die Straßen tragen, sich wie ein Fremder, ein richtiger Arbeitnehmer fühlen. Noch nie an einem Assessment-Center teilgenommen, er wird etwas Neues kennenlernen, freut sich darauf. Fast schwebt er durch die Straßen.

«Angenommen, du darfst wählen: Als welches Tier würdest du gerne wiedergeboren werden?» Die Finger der hellblonden Frau, die diese Frage stellt, bilden ein umgekehrtes Zelt, das sie auf Höhe ihrer Gebärmutter hält. Sie gefällt ihm, auch wenn sie sicher ein paar Jahre älter ist als er. Das Zimmer wird durch bis zur Decke reichende Videowände begrenzt, statt Fenstern und Tapete weitet das Standbild einer Marslandschaft den engen Raum: dunkelrote Steine, Krater, Ödnis. Als Fledermaus, fällt ihm zunächst ein, es klänge zu skurril. «Als Blauwal», sagt er. Sekunden später wechselt das Standbild auf allen vier Wänden zu einer ozeanischen Unterwasserlandschaft. Seine Armhaut prickelt, er ist angenehm aufgedreht. Den Geschmack seines Smoothies durfte er anfangs selbst wählen, er entschied sich für Thymian und feuchten Waldboden.

Die Atmosphäre war sofort entspannt, nachdem Beat seinen Namen erklärt hatte: dass seine Eltern ihn zwar ['be:a:t] genannt hätten (ein üblicher Jungenname in der Schweiz, aus der sein Vater stammt), er von seinen Schlagzeugfreunden aber früh [bi:t] (wie das englische Wort für Rhythmus) genannt wurde und sich diese Aussprache, zum Glück, durchgesetzt hat. Die Hellblonde findet den Namen «super» und duzt ihn sofort.

Nur warum spielt sie ihm keine weiteren Fragen zu? Stattdessen erklärt sie zum zweiten Mal, dass die Haricot & Escape auch Firmenevents und Erlebnis-Teambuilding anbiete. Sie malt mit einstudierten Gesten die Philosophie der Agentur in die Luft. Ihre Sätze präzise gesetzt, auswendig gelernt, hundertmal vorgetragen. «Menschen fehlt es in ihrem zunehmend reglementierten Alltagsleben an existenziellen Erfahrungen. Die Folgen? Erschlaffung, Energielosigkeit, Depressionen.» Ob das auch mein Problem ist?, fragt er sich. Zumindest fehlt es mir an berauschenden, befriedigenden Erfahrungen, seit ich mich von der Musik entfernt habe. «Die Lösung? Neue, spannungsreiche Erfahrungsräume. Die Haricot & Escape erschafft maßgeschneiderte, gefahrvolle Situationen. Einem anderen Menschen das Leben zu retten …» Die dunkelblaue Decke fängt Beats Blick ein. Er hielt sie für einen künstlichen Sternenhimmel, bemerkt jetzt, dass unzählige eingelassene LEDs «Die Elf Gebote» der Eventagentur als Schrift formen. Er fragt sich, ob er auch heute (wie ihm schon manchmal rückgemeldet wurde) leicht abwesend wirkt, obwohl er in Wirklichkeit genau zuhört. Vorsichtshalber reißt er die Augen etwas weiter auf als nötig, um Aufmerksamkeit zu zeigen. «Das Konzept von Escape-Rooms ist dir grundsätzlich bekannt?», fragt die Managerin plötzlich. «Eine oder mehrere Personen werden in einem Raum eingeschlossen, müssen Aufgaben und Rätsel lösen, um wieder hinauszufinden und das Erlebnisspiel zu gewinnen. Also sie erleben in dem Raum mit ihrem Körper eine Art Geschichte, machen eine intensive Erfahrung», zum Glück hat er die Website der Haricot vorher durchgelesen. «Schöner könnte ich es nicht ausdrücken», die Hellblonde nickt heftig. «Übrigens eignen sich Escape-Rooms hervorragend, um einen interessanten Bewerber wirklich kennenzulernen. Ja, dich. Du schlägst dich durch unseren Jungle Room, ich werde dich beobachten. Viel Vergnügen!» Ein großer rothaariger Mann steht auf einmal vor ihm, stellt sich nicht vor, sondern bedeutet nur mit Gesten, ihm zu folgen. Beat freut sich und fühlt sich verwirrt, da alles so schnell geht. Ohne weitere Erklärung wird er an einem Großraumbüro mit Glaswänden vorbeigeführt, junge Menschen, die sich zwischen Schreibtischreihen und Sitzgruppen mit ausgefallenen, bunten Designermöbeln hin- und herbewegen, ein Stockwerk höher vor einem Büro abgesetzt, das er allein betritt.

Der Grund wankt, gibt bei jedem Schritt nach. Wo ist der Lichtschalter? Geruch nach Papaya, Regenwasser und Süßlich-Verwestem, jemand schließt die Tür von außen ab. Vogelkreischen setzt ein, Beat hört Wasserglucksen und knarzende Bäume, darunter liegt ein lang gezogener Synthesizerklang. (Unangenehm feucht und heiß hier.) Endlich den Lichtschalter gefunden: grünes Licht, ein Regenwald in einem langen, hohen Zimmer, von unten bis oben mit Palmen, Sträuchern und hohem Gras gefüllt – damit hat er nicht gerechnet! Die Pflanzen verschwinden wie in einem echten Wald im Boden, der sich beim Gehen weich anfühlt und etwas übertrieben wankt. Dass es so aufwendig gestaltet ist. Dampf steigt auf. Beat fasst eines der großen Bananenbaumblätter an, bohrt einen Finger hinein; Saft befeuchtet seine Hand, die Pflanzen sind echt! Dann fällt ihm ein, dass er nicht zum Vergnügen da ist, zwei weiße und tropfenförmige Kameras, einander zugewandt, beobachten ihn: worum geht es, welche Fähigkeiten soll ich hier beweisen? Schnelligkeit? Doch Beat freut sich, wollte sowieso gern mal einen Escape-Room ausprobieren … Er folgt einem schmalen Pfad, tiefer in den Regenwald hinein, Weihrauchgeruch beißt in seiner Nase (warum Weihrauch?). Mitten auf dem Pfad liegt eine digitale Taschenuhr. In dem Moment, als Beat sie aufhebt, fängt sie an zu laufen, fünfzehn Minuten rückwärts, die Sekunden und Millisekunden anzeigend: alles klar, er rennt los – rennen bald unmöglich, weil Schlingpflanzen und Farne über den Pfad wachsen und er wegen des stärker werdenden Dampfs kaum etwas sieht. Der Weihrauchgeruch nervt, soll ihn das benebeln? «Finde den Schatz der Maya», die kühle Stimme der Hellblonden, Beat zuckt zusammen: Er hört sie nicht durch Lautsprecher, sondern direkt in seinem Kopf, ohne den Umweg über die Ohren – wie machen die das?, keine Zeit aber, darüber nachzudenken. «Orakel: Dieser Ort wird in fünfzehn Minuten von einem schweren Erdbeben erschüttert werden. Bringe dich vorher in Sicherheit! Wenn du es nicht schaffst …» Ziemlich reißerisch, denkt Beat, befürchtet natürlich nicht, dass die Erde aufreißt, doch er mag das Indiana-Jones-Gefühl. Eine Spalte, einen Meter breit, tut sich im Boden auf, sie reicht tief nach unten. Kein Problem, mit Anlauf springt er darüber. Leises Brummen, er dreht sich um, schaut hoch. Eine Drohne fliegt in geringem Abstand über ihm, anscheinend schon die ganze Zeit, wieso bemerkt er sie erst jetzt? Der Versuch, noch schneller voranzukommen, misslingt.

Beat erreicht eine Lichtung. Moosiger Boden, er fühlt etwas Raues, das Widerstand gibt, an seinen Händen, bleibt stehen. Aber da ist nichts, die Lichtung ist frei. Trotz der Helligkeit sieht er nicht, woran seine Hände stoßen. Höher und tiefer tastend, fühlt er etwas Hartes, Ungeschliffenes wie eine Wand aus rohem Holz, doch er sieht keine Wand und die nächsten Bäume stehen zwei Meter von ihm entfernt. Die Drohne fliegt nach unten, direkt neben sein Gesicht, vielleicht um seinen Gesichtsausdruck zu filmen – Beats Puls beschleunigt, seine Haut fängt an zu jucken, in diesem Zustand will er nicht beobachtet werden! Obwohl er steht, wird ihm noch heißer. Er schließt die Augen.

Sobald sich seine Atmung beruhigt hat, geht er einige Schritte zurück, dort ist alles frei, er versucht es mit Anlauf – stößt sich hart das Schienbein, so wird das nichts. Problemlösekompetenz? Stück für Stück tastet er nun die Umgebung ab, springt nach oben, kriecht auf dem Boden herum, seine Hose spannt und er schwitzt noch mehr. Seine Hand fasst ins Leere, endlich, da ist es! Weit links befindet sich in Kniehöhe ein Loch, Beat robbt hindurch – anstrengend, dieser Raum. «Du liegst gut in der Zeit», hört er die Stimme der Hellblonden im Kopf. Er fühlt sich besser, atmet aus. Wie zur Belohnung sammelt er ein Metallstück ein, das vollkommen offensichtlich auf dem Pfad liegt – vielleicht ein Schlüssel? Seine Form erinnert an die einer Achtelpause. Danach gibt es einiges Geklettere, über eine Strickleiter, die sich dauernd verdreht, steigt er vier Meter nach oben – starker Weihrauchgeschmack im Mund, ruft eine elektrische Reaktion auf der Zunge hervor (lass dich nicht beirren), weiter über Äste auf Höhe des Blätterdachs zum nächsten Baum klettern, bemüht, nicht hinunterzuschauen.

Sind die verrückt? Er kommt nur noch weiter über eine Hängebrücke ohne Wände, Haltegriffe oder Sicherungsnetz! Für einen Moment überlegt er aufzugeben, das Risiko ist es nicht wert. Gibt es ein unsichtbares Netz?

Doch die Gefahr lässt sich leicht umgehen: Er hangelt sich an dem unter der Hängebrücke gespannten Seil hinüber zu einem Baumhaus (danke, Hennig, dass du mich dazu gebracht hast, Krafttraining zu machen). Es läuft besser als erwartet, freut er sich, während er das Baumhaus betritt. Die Tür fällt zu, lässt sich nicht mehr öffnen. Kein Licht, Beat tritt dagegen – was nichts ändert. Da setzt sich der Holzkasten in Bewegung, fährt nach unten wie ein Aufzug, gleichzeitig springen kleine Bildschirme an, Beat ist umgeben von ihnen, überall, an der Tür und allen Wänden, hängen sie, schwach leuchtend, auf Höhe seines Beckens, er berührt den Bildschirm direkt vor sich mit Zeige- und Mittelfinger; zieht sie mit leisem Aufschrei wieder weg, das war ein Stromschlag, seine Kuppen kribbeln unangenehm. Heruntergebeugt zu dem Bildschirm, bloß nichts mehr anfassen, wundert er sich über das harmlose Bild: ein Trampelpfad mit hohem Gras, Beat kennt ihn gut, er befindet sich hinter dem Haus seiner Mutter. Allerdings ist es ein gewöhnlicher Pfad zwischen Gartenmauern, vielleicht nur ein ähnlich aussehender? Beat dreht sich zu den Bildschirmen rechts von ihm, kein Zweifel, ob das privat ist: Seine Mutter lächelt ihm entgegen, einen Säugling auf dem Arm (mich selbst – wie sind sie an das Foto gekommen?), daneben das Porträtfoto eines rothaarigen Manns mit weißen Augenbrauen, den er nicht kennt (warum das alles?), gegenüber der Tür dagegen eine Aufnahme von Beat in Unterwäsche als sechsjähriger Junge mit rot gepunktetem Oberkörper, den ganzen Stall aus Kuscheltieren stolz auf dem damaligen Doppelbett seiner Eltern ausgebreitet (das geht niemanden etwas an). Beat schüttelt den Kopf, als er auf dem vorletzten Bildschirm die von der Litfaßsäule strahlende Viktoria erkennt (ich habe sicher nie dem Zugriff auf meine Handyfotos eingewilligt!), zum Schluss ein versehentlicher Schnappschuss vom Boden seines Zimmers, vergessen zu löschen, zu sehen ist unter anderem der Rand des nicht abgeschickten Briefs an seine Mutter, in dem er nach Worten rang, ihr zu erklären, dass er am liebsten aufhören würde, Musik –

Soll er eine Szene machen, etwas von «Datenschutz» in die Kameras brüllen? Der Aufzug bleibt stehen und das Schloss springt hörbar auf, Beat hechtet hinaus, zurück auf die Ebene des Regenwaldbodens. Aber was würde das nutzen, ist es dafür nicht schon zu spät? Machen die das mit allen Bewerbern?, fragt er sich, noch unsicher, wie reagieren. Die Lust, weiter den Raum zu erkunden, ist ihm vergangen, es sind erst fünfeinhalb Minuten vorbei. Müde findet er nach wenigen Schritten eine ovale Steinplatte im Grund, auf die ein Skarabäus geritzt ist, das Logo der Haricot & Escape. Beat kann sie drehen und abheben wie einen Kanaldeckel, wundert sich über sich selbst, dass er einfach weiß, wie es geht.

Eine Einbuchtung, darin liegt ein Würfel aus massivem Glas, nicht kleiner als ein alter Röhrenfernseher. «Öffne den Schatz der Maya», flüstert die Hellblonde in seinem Ohr. Um nach einem Türchen oder Unebenheiten in der glatten Oberfläche zu suchen, streckt Beat seine Hand aus. Als er den Würfel berührt, zuckt er zurück: Seine linke Hand, ja, kann durch das Glas fassen, es fühlt sich an wie extrem langsam rieselnde, um seine Hände streichende Sandkörner: Was er sieht (festes Gefäß aus Glas) und fühlt (rauer Sand), passt nicht zusammen. Er möchte das hier so schnell wie möglich beenden. «Gut», haucht die Hellblonde und lacht, ein neonblauer Pfeil leuchtet auf dem Pfad vor ihm auf, Beat fasst ihn an, er ist aus gewöhnlichem Plastik. Anscheinend ist die Aufgabe gelöst? Froh, Aufzug und Glaswürfel hinter sich lassen zu können, stolpert er durch jetzt dichter wachsenden Regenwald, bahnt sich einen Weg zwischen quer liegenden Stämmen, Farn und kleinblättrigem Gesträuch.

Gerade noch lagen weitere Baumreihen vor ihm, mit dem nächsten Schritt klappt das Bild um: eine flache, ruhige Felsebene. Auch die Geräusche sind weg. Er bremst ab, geht einen Schritt zurück – und sieht nur Grün, dichtes Pflanzenwerk, die Waldgeräusche setzen wieder ein. Ausgefuchst, denkt er, wippt ein paar Mal vor und zurück, wobei sich beide Bilder überlagern, doch auch das gibt keinen Aufschluss. So rennt er weiter, über rotbraunen Fels.

Erneut eine Felsspalte im Boden. «Hallo», hört er eine zarte Stimme. Während er darüberspringt, sieht er aus dem Augenwinkel ein Mädchen mit hellen, überschäumenden Locken, tief unten liegend. Kann das Viktoria sein, vielleicht? Er dreht sich um, bleibt stehen, schaut nun richtig hinunter. Aber das Mädchen hat kleine Augen und eine Stupsnase. «Hilf mir nicht», sagt sie, «du musst weiter.» Beat bemerkt ihr verdrehtes Bein und erschrickt. «Wer bist du?», ruft er, «wie kann ich dir helfen?» Sie antwortet nicht, wiederholt nur, er müsse weitergehen. Kein Seil oder Hilfsmittel weit und breit. Sicher ist das ein psychologisches Spielchen, ein Test? Wenn du dich ablenken lässt, ihr hilfst und dadurch zu spät aus dem Raum herausfindest, bekommst du die Stelle nicht? Beat entfernt sich langsam von der Felsspalte, dreht sich um, geht einen Schritt zurück. Er bleibt stehen.

Die Strickleiter, damit könnte er! Doch die Armbanduhr zeigt an, dass er sich beeilen muss. Bestimmt geht es nur um Zielstrebigkeit? Muss er einfach weitergehen? Das kann nicht – Wut auf die Haricot & Escape erfasst ihn, dass man ihn in diese Lage bringt, findet das Setting geschmacklos. Zielstrebigkeit und Hilfsbereitschaft gegeneinander auszuspielen. Was aber, wenn das Mädchen wirklich Hilfe braucht? Mach dich nicht lächerlich. Unwillig läuft er weiter über die Felsebene.

Wenig später säumen zwei menschenhohe Säulen den Pfad. Sobald er zwischen ihnen steht, geht das Licht aus und eine Fanfare, die Indiana-Jones-Titelmelodie, stürmt auf ihn ein. Licht strahlt ihn an, während die Hellblonde lächelnd auf ihn zukommt: «Herzlichen Glückwunsch, wir haben unseren neuen Praktikanten gefunden.»

Sie führt ihn in ein kleines Zimmer mit Sitzgruppe und bodentiefem Fenster an einer Seite, Beat lässt sich in einen moosgrünen Sessel sinken, der Kerl von vorhin, mit roten, nach hinten gegelten Haaren, deutlich größer und muskulöser als er, kommt herein und reicht ihm die vorher abgegebene Aktentasche und den Mantel. «Herzlichen Glückwunsch», er drückt Beats Hand so fest, dass es wehtut, und bleibt in der Tür stehen. Wer oder was soll hier beschützt werden? Die Hellblonde lächelt ihm unsicher zu. Durch die Scheibe starrt Beat nach draußen. In einem von Wohnhäusern eingefassten Innenhof fährt ein Kind zickzack mit einem Dreirad. Ein Vogel wiederholt in gleichmäßigen Abständen einen einzigen Ton. Sinnlos – die Hellblonde (heißt sie Lisa oder Lena?) setzt sich auf das Sofa, hält ihre Hände wieder wie ein umgekehrtes Zelt vor ihren Bauch und sieht Beat neugierig an.

«Sensationell. Das hatten wir noch nie! Du hast nur sieben Minuten gebraucht, um den Raum zu lösen!» Sie wirkt ehrlich begeistert, sogar ihre Hände lockern sich. Nur eine Formsache, sie müsse noch mit der Personalabteilung sprechen, dann könne er nächste Woche losleɡen. «Du wirst Kundengespräche, Spielleiteraufgaben übernehmen, und natürlich darfst du am Brainstorming zur Optimierung und Neuerschaffung unserer Escape-Rooms teilnehmen, herzlich willkommen!» Das Kind auf dem betonierten Innenhof fährt seit Minuten im Kreis. Was jetzt noch, denkt Beat, während Lisa oder Lena Wasser aus einer Karaffe in zwei Gläser gießt und ihn mit ihren grünen Augen (Kontaktlinsen?) fixiert. «Ich wollte eigentlich Polizistin werden», fängt sie an, als berichte sie einer Freundin eine intime Geschichte, «mein Vater und Großvater waren beide Berufssoldaten, ich fand es immer so faszinierend, was die beiden erzählten, so abenteuerlich. Dann habe ich durch Zufall die Haricot & Escape kennengelernt und war begeistert, dass es – ob als Begleit- und Fitnessprogramm des Alltags oder als Urlaubsangebot – diesen sicheren, sauberen Weg gibt, Abenteuer zu erleben. Mittlerweile arbeite ich seit acht Jahren hier. Trotz all der virtuellen Möglichkeiten, finde ich, ist es für Menschen wertvoller, sich durch echte Räume zu bewegen, Dinge anfassen zu können, sie mit allen Sinnen zu erleben.» Sie hält inne. «Ich rede zu viel. Hast du irgendwelche Fragen?»

Soll er die Handyfotos ansprechen? Doch das wäre mühsam, und da er im Moment nicht weiß, ob er überhaupt hier anfangen will … Was mit dem Mädchen in der Felsspalte ist, wüsste er gerne. «Die Sache mit dem Schatz», sagt er stattdessen zunächst, «was hatte es damit auf sich?»

Sie lächelt ihm zu. Es gebe Überlieferungen, dass die Maya die sichtbare Welt für eine Illusion hielten, darauf spiele der Raum an. Dem Kunden eine besondere Sinneserfahrung zu ermöglichen, sei der «Schatz», «hat unsere IT-Abteilung das nicht großartig hinbekommen?».

«Oh, ja», murmelt Beat, «es war wirklich irritierend.»

Merkt sie, dass er sich immer noch wundert, wo er hier hineingeraten ist? Sie sieht auf ihr Handy, steht abrupt auf. «Wir melden uns Anfang nächster Woche bei dir», sie führt ihn zur Tür, «und ich bin zuversichtlich, dass es eine gute Nachricht sein wird.» Ihre Finger klappen nach unten, deuten ein Winken an. Der Rothaarige, immer noch neben der Tür stehend, nickt Beat unfreundlich zum Abschied zu.

«Felix, wir könnten jetzt sprechen über den …», hört Beat noch von außen, während er die Tür schließt, zuckt zusammen. War das Felix Raulff? Hoffentlich weiß er nicht, dass Beat, aber wie sollte er ahnen, dass seine Briefe –

Schnell atmend steht Beat allein im Gang, eilt auf den offen stehenden Aufzug zu, innen mit roséfarbenen, nach Ingwer riechenden Stoffwänden bespannt. Er setzt sich sofort in Bewegung, gleichzeitig gibt Beats Smartphone einen durchdringenden Ton von sich, Schrift erscheint auf dem Display: «Wie zufrieden waren Sie heute mit uns?». Niemand kann von den Briefen wissen, ich habe sie nicht mal fotografiert, beruhigt er sich.

Etwas fällt ab, sobald er draußen ist. Durch einen Spalt zwischen zwei Häusern, der vom Innenhof abgeht, drängt er, vorbei an Lüftungsschlitzen in der wassergrauen Betonfassade. Endlich steht er auf der Straße – und trifft nach wenigen Metern auf eine Litfaßsäule mit ihrem Plakat. Liebe Viktoria, was soll ich tun? In die Hochschule und üben, antwortete sie vielleicht. Auf keinen Fall. Stattdessen betritt er ein weißes Gebäude in Wellenform schräg gegenüber.

Als wäre er in einen leuchtenden Farbfilm getreten. Eiscreme in Pastell- und grellen Farben schwillt über Behälter, springt ihm ins Gesicht. Glänzende Gänge voller Geschäfte, bunt wie Bilderbücher. Ein älterer Mann mit Kopfhörern drückt jedem ein Päckchen Flyer in die Hand, schließt die Augen wieder und tanzt tonlos vor sich hin. Armer Kerl, denkt Beat, was ist mit ihm? Gummiweicher Boden und künstlich fruchtig-süßer Geruch, der ihm entgegenschlägt – Beat dreht sich um; noch keine fünf Schritte gegangen, will er wieder ins Freie, doch die Schiebetüren rühren sich nicht. Kann nicht sein, dass sie sich nur von außen öffnen lassen! Auch als er einige Schritte zurücktritt, dann wieder nach vorne, verweigern die Glastüren jede Bewegung. Er versucht es noch viermal, erfolglos.

Jetzt haben sie mich, schießt es in seinen Kopf, ich werde überwacht; dann: Das hier hat nichts zu tun mit … Doch über den Schiebetüren hängen zwei weiße, tropfenförmige Kameras, die ihn beobachten.

8

Beat dreht sich um, geht unwillig tiefer in das Shoppingcenter hinein, einen anderen Ausgang zu suchen. Loungemusik fächert mehrere Ebenen aus raschelnden und elektronisch ploppenden Geräuschen über der beruhigenden Basslinie und einer gelangweilt hauchenden Frauenstimme auf. Der Gedanke an seine Großeltern sticht, während er den Ausgang sucht: ihre Wohnküche, die altmodischen, kompliziert geschliffenen Gläser, überall bestoßen, dennoch kann man aus ihnen trinken. Die Möbel, nach dem Krieg gekauft und nie ausgewechselt. Die meisten der Lebensmittel, die sie essen, selbst gefüttert, getränkt, gegossen, wofür er sie bewundert. «Ihr seid Kinder der Spaßgesellschaft», tönt die Stimme seines ehemaligen Deutschlehrers im Kopf. Vorwurfsvoll, als hätte einer der Anwesenden es sich ausgesucht, in genau dieser Zeit zu leben. Spaß, denkt Beat, umgeben von strahlenden Gesichtern auf Plakaten und Bildschirmen, auf denen Zahlenkolonnen wie Spruchbänder vorübereilen vor einer Nachrichtensprecherin mit ausdruckslosem Gesicht.

Noch immer ist kein Ausgang in Sicht, Schaufenster sitzt neben Schaufenster. Nur ein Plakat öffnet vor ihm eine Straße, die in einem gelb verschwimmenden Abendhimmel verschwindet. «Wir machen den Weg frei», steht darunter. Beat würde das Bild gerne betreten.

Die Beleuchtung eines Schaufensters erinnert ihn an die einer Bühne: helle Strahler diagonal von oben, alles schwarz unten und sorgfältig drapierte Schuhe statt eines Instruments. Der Anblick macht ihn traurig: Werde ich je wieder eine Bühne betreten? Der Moment, wenn er dort oben stand und wusste: Jetzt müssen mir alle zuhören, ich gestalte eure Zeit –

Besser nicht stehen bleiben. Es fühlt sich an, als ob dicht hinter ihm jemand ginge. Abrupt dreht er sich um, doch da ist niemand. Tropfenförmige Kameras über jeder Ladentür und hinter der Säule, die aussieht wie aus einer Barockkirche gestohlen (der rothaarige Kerl aus der Agentur?) – nein, da ist niemand.

Endlich findet er ein Stockwerk höher, neben Großaufnahmen des Regenwalds, die (warum nur?) für Edelkleider werben sollen, eine unscheinbare Tür. Da, endlich, ein Notausgangsymbol! Unverputzte Wände. Er steht in einem kahlen Treppenhaus. Sogar einen Aufzug gibt es, er steigt hinein. Im Erdgeschoss angekommen, ist der Flur vor dem Aufzug versperrt: Eine Baustelle, von Bändern umgürtet, beginnt direkt hinter der Aufzugschwelle. Stillgelegt, keine Arbeiter sind zu sehen. In geringer Entfernung, hinter der Baustelle, eine nach außen führende Notausgangstür. Dort draußen liegt die Dreiheiligenstraße, auf dem Bürgersteig vor der Glastür geht ein Passant vorbei. Erleichtert steigt Beat mit einem Bein über das Abtrennband.

In dem Moment, als seine Sohle den offenen Boden berührt, kreischt ein Alarmton auf. Er zuckt zusammen. Die Aufzugtüren bewegen sich rasch aufeinander zu, klemmen sein Bein ein. Durch den Spalt zwischen den Türen sieht er noch den rothaarigen, muskulösen Mann (Felix Raulff?) auf dem Gehsteig stehen, lächelnd, Beats Bein wird noch fester zusammengepresst, Wut, seine

Hose schrammt auf, als er sich befreit, er fällt mit dem Rücken gegen die Fahrstuhlwand, was mehr wehtut, als er sich vorstellen konnte. Nichts geschieht, obwohl er die Taste mit den auseinanderstrebenden Pfeilen drückt. Wieso? Was soll das alles? Es kann, etwas stimmt hier nicht –

Er hämmert gegen die Aufzugtüren, die spiegelnden Wände, tritt alle Tasten gleichzeitig, brüllt in die Mikrofonlöcher, so laut er kann, die ekelerregendsten Wörter, die ihm einfallen, die Türen lassen sich nicht mehr öffnen. Er sieht sich im Spiegel verschwimmen. Das darf, irgendwas stimmt –

Sein Kopf schwillt an. Seine Haut glüht, er will sie sich abreißen. Husten bringt ihn wieder mehr zu sich. Jetzt kniet er und spuckt den Boden an, sich aus, alles heraus, den ganzen Tag.

Wie er sich langsam beruhigt, als streichle man ihm über den Kopf. Unerwartet setzt der Fahrstuhl sich in Bewegung.

«Ich weiß nicht. Ich fühle nicht mehr – ich habe die Musik verloren oder verlassen, es ist eher passiert. Eigentlich will ich nicht», fängt Beat in der alten, ungelüfteten Praxis in der Dreiheiligenstraße an, dem Hausarzt gegenübersitzend, der seine Unterlagen sortiert. Die Wörter sind zu groß, sie passen nicht mehr in seinen Mund, er verstummt. Beat sieht hinunter auf den mit Holzfigürchen und Steinen übersäten Schreibtisch, vielleicht um Kinder, die hierherkommen, abzulenken?

Als er aufblickt, lächelt der Arzt und streicht durch seine weißen Locken, ohne etwas zu sagen. Also versucht

Beat es noch einmal: «Bisher war mein Leben als Musikstudent von morgens bis abends durchgetaktet. Nicht nur die Tage mit Üben zum Überlaufen gefüllt. Auch die Wochen, Monate bekamen erst durch die Konzerte Struktur: Bis dahin musst du das Stück draufhaben, erster Probeauftritt, zweiter Auftritt, dann ein wichtiges Konzert oder ein Wettbewerb, es gibt immer ein Ziel. Das alles ist jetzt weg, aber noch mehr fehlt mir –»

Der Arzt unterbricht ihn. «Das geht vorbei. Außerdem ist es Herbst. Wenn die Blätter fallen, meinen manche Menschen, diesen Prozess emotional mitvollziehen zu müssen.» Er empfiehlt ihm regelmäßige, entspannende Vollbäder, beschreibt genau, wie sie durchzuführen sind. Mit der Geste eines signierenden Künstlers beschriftet er ein Rezept und reicht es Beat zum Abschied. Die Hand reicht er ihm nicht.

Erneut steigt Wut auf: «Entschuldigung, aber: Es liegt nicht an mir, dass ich mich schlecht fühle», ruft Beat, während der Arzt sich zur Tür bewegt. «Ich habe nichts falsch gemacht. Außerdem habe ich fast elf Stunden geschlafen heute Nacht, ich brauche mich nicht auszuruhen.»

Der Arzt dreht sich um: «Ich wünsche Ihnen gute Besserung», gibt ihm doch die Hand und eilt ins nächste Zimmer.

Unnötiger Ausbruch, Beat ärgert sich über sich selbst, als er wieder auf der schmalen Straße steht, Fallgasse, sagt das Schild. In der Apotheke nebenan löst er das Rezept ein, erfährt, dass es sich um ein Antidepressivum mit schwerwiegenden Nebenwirkungen handelt; einnehmen will er es nicht.

In dem Spalt zwischen Apotheke und thailändischem

Restaurant befindet sich ein verwitterter Briefkasten. Aus dem Schlitz hört er tiefe Stimmen hallen, die sich überlagern mit helleren, fistelnden Stimmen. Der Briefkasten ist blassgelb, heruntergelaufene Regenwasserspuren und Kritzeleien lassen ihn älter wirken, als er vermutlich ist. Als Beat beide Hände auf den klebrigen Deckel legt, schwillt das Geräusch an. Einzelne Wortränder erfasst er, aber durch die ständig neu einsetzenden Stimmen ist es unmöglich, sinnhaften Zusammenhang zu erkennen.

Was für ein Unsinn – Beat stapft los, möchte nur nach Hause. Sorge, der eigenen Wahrnehmung nicht mehr trauen zu können; zum Nachdenken aber zu müde, während sich ein Fuß vor den anderen setzt: genug für heute, jetzt schlafen, endlich. Das Assessment-Center letztlich ja gut gelaufen; nur das Ergebnis abwarten, bestimmt melden sie sich bald. Warum aber die Ernüchterung? Wäre es mir lieber, sie sagten ab? Dann hätte ich gar nichts, lieber doch das Praktikum versuchen, interessant war der Raum ja schon. Bloß die Datenschutzverstöße, und versäumt, sie noch anzusprechen. Ich weiß nicht, was ich will, nicht mehr, kann man auch einfach nichts wollen? Genervt von der eigenen Unentschlossenheit nimmt er sich vor, für eine Weile an nichts zu denken.

An einem Spielplatz, von hohen Linden umringt, ist der Bürgersteig mit gelben Blättern überhäuft. Beat mag es, seine Füße, wenn er langsam geht, unter die dichte Blätterschicht zu schieben, ganz bedeckt sind seine Füße jetzt, umhüllt, kein Knirschen ist zu hören, die Blätter sind noch frisch: Das ist das Beste, was mir heute passiert ist. Nur noch platt getretene Kaugummis und

Zigarettenstummel zwischen den Ritzen auf den blätterfreien Gehsteigsteinen. Dann folgt Asphalt, auf den Boden gegossen, Beat hat die Tür seines Wohnheims erreicht.

9

Seit zwei Wochen hat die Agentur sich nicht gemeldet; zählt das als Absage? Auch sonst hat sich nichts getan, es muss doch irgendetwas geschehen, denkt er. Wie sich um ihn herum alle unerträglich langsam bewegen, in Zeitlupe fast, die Luft eine zähe Masse, durch die sie sich durchkämpfen müssen. Die Farben durch einen bläulichen Filter, der alles kühl und abweisend aussehen lässt. Das tiefe Vibrieren einer Baugrube, kreischende Bremsen und das hohe, wie ansaugende Geräusch der Straßenbahn beim Anfahren, ineinanderwabernde Stimmen – Beat steht in der Mitte des Paradeplatzes, wo sich die meisten Straßenbahnlinien der Stadt kreuzen, neben verschmutzten Blumenbeeten, und die Umgebung zieht sich langsam zusammen, als ob die Ränder näher kommen. Nicht sichtbar, doch in der Nähe verdichten sich die Ereignisse, er weiß, dass nicht weit von ihm entfernt wesentliche Dinge geschehen. Und auch hier, ihm selbst wird gleich etwas Wichtiges zustoßen. Es ist schon nah. Beat fängt an zu zählen: 10 (wenn er bei 0 ist, wird etwas geschehen), 9 (er sieht auf und weiß, dass am Ende der Straße gleich ein weißes Auto auftritt), 8 (gefolgt von einem roten und grünen), 7 (ein weißes Auto fährt vorbei, gefolgt von einem roten, dann grünen), 6 (er fokussiert die Tür des großen Kaufhauses, wenn sie sich das nächste Mal öffnet), 5 (wird eine blonde Frau mit zwei Taschen heraustreten), 4 (danach eine Schwangere, dann ein älterer Mann), 3 (alles geschieht wie vorausgesagt), 2 (bald, abwarten noch), 1 (gleich ist es da!), 0.

Nein. Nichts Großes passiert. Gar nichts, die Szenerie ist unverändert. Enttäuschung schlägt Beat (hätte es wissen müssen). Nur eine kleine Gruppe Demonstranten versammelt sich am anderen Ende des Platzes. Einige schütteln Rasseln, ein älterer Mann ruft Unverständliches in ein Megafon. «Gebt uns unser Geld zurück!», «Banken = Räuber» steht auf ihren Schildern, doch niemand der Passanten beachtet das Häuflein aus Grau- und Weißhaarigen. Glauben die ernsthaft, dass ihr Aufstand etwas nutzt?

Raumgreifende Müdigkeit erfasst seinen Körper. Er wünscht sich, dass es jetzt sofort anfängt. Was? Egal, Hauptsache, dass sich etwas öffnet. Obwohl er heute Abend einen Auftritt haben wird und nicht einmal dafür vorbereitet ist (Özgür rief gestern Abend an und bat, ob er einspringen könne, drei kurze Stücke bei einer Ausstellungseröffnung – kein Problem), erscheint ihm der ganze Tag banal, bedeutungslos, langweilig. Wie anders war es noch Anfang des Jahres, als er vor Auftritten tagelang unter Adrenalin stand, alles spannte sich unter diesen Bogen, schien auf diesen einen Punkt hinzulaufen – bis zur Entladung, dem Konzert, fast orgiastisch; danach eine tiefe Erleichterung, Losgelöstheit, wie er sie sonst nirgends erlebt hat.

Wie sähe der perfekte Tag vor einem Auftritt aus? Er würde lange ausschlafen, gemütlich duschen, etwas Gutes, Leichtes essen und sich in Ruhe einspielen, die Stücke oder kritischen Stellen noch einmal in langsamem Tempo durchgehen; ansonsten nur entspannen und den Tag in einer gespannten, prickelnden Schläfrigkeit verbringen. Alles kam ihm wertvoller vor an solchen Tagen, er selbst fühlte sich als etwas Besonderes – und das war nötig, man muss sich etwas absondern vom sonstigen Leben, um mehr auf der Bühne geben zu können als das Übliche, oder? Darauf auf Dauer zu verzichten, wenn ich die Musik aufgäbe, würde mir schwerfallen, denkt Beat, wie dann den nötigen Adrenalinkick bekommen? Wie erfüllen sich andere dieses Bedürfnis? Indem sie Bungeespringen machen (was ihn nicht interessiert)? Trotzdem bleibt er stehen, bewegt sich nicht in Richtung Überaum. Er setzt sich auf eine Bank, steht auf, setzt sich wieder hin. Aus dem Mülleimer nebenan riecht es nach verwesendem Essen. Jetzt, bitte, endlich: kann nicht sein, dass es so lange dauert und er immer wartet! Nichts von all dem Wuseln in der Umgebung ist ein *Ereignis*. Aber darf überhaupt irgendetwas, das er erlebt hat, Ereignis heißen? Was wäre ein Ereignis? Etwas, das so bedeutend ist, dass es den Fortgang der Dinge beeinflusst und in Erinnerung bleibt.

Das Handy in seiner Jackentasche vibriert, unbekannte Nummer, er hebt ab. Eine belegte Männerstimme fragt: «Sind Sie Beat Grimm?»

«Ja.»

Der Mann atmet einmal aus, dann sagt er mit fester Stimme: «Ich bin Dr. Hubertus. Leider muss ich Ihnen mitteilen, dass Ihre Mutter einen schweren Unfall hatte, Hirnblutung und Rückenmarkverletzung, es ist ernst. Tut mir leid. Können Sie schnell kommen?»

Das Blut schießt in Beats Kopf, ihm wird rasend heiß, er fühlt sich eingeklemmt und kann nicht mehr frei atmen. In Pulswellen steigt Panik vom Bauch in den Kopf.

«Wo befinden Sie sich gerade?», fragt der Arzt.

«In Mannheim, in der Stadt», stammelt Beat.

«Wie schnell können Sie hier sein?»

Das ist ein Albtraum, mir war nicht klar, dass ich diese Situation so fürchte –

Das Handy liegt unbenutzt in seiner Jackentasche. Nichts hat sich verändert, das Vibrieren der Baumaschinen, die Stimmen der Passanten und das ansaugende Geräusch der Straßenbahn sind immer noch zu hören. Sogar die Gruppe Demonstranten am anderen Ende des Platzes rasselt und ruft weiter. Beat geht die Liste der letzten Anrufe im Handy durch – doch er findet keine verpassten Anrufe, überhaupt keine unbekannte Nummer in diesem Monat. Natürlich, langsam sickert es durch, der Puls beruhigt sich wieder und ein warmes, befriedigendes Gefühl breitet sich im Bauch aus, alles gut. Er muss lächeln. Jetzt ist er richtig gut durchblutet, fühlt sich wach und lebendig, so klar wie den ganzen Tag nicht.

Er springt auf, rennt los (schnell die kostbare Energie nutzen, Hauptsache, er ist in Bewegung), rennt durch die ganze Hauptstraße, bis er auf Höhe der Kapuzinerplanken einbiegt, wo die Häuser enger stehen. Langsamer wird er, atmet tief ein und aus. Eine neue Baustelle reißt einen tiefen Spalt in den Boden, das Krachen des Presslufthammers bohrt sich unter die Haut. Vielleicht ausgelöst durch die Vibrationen, tauchen Bilder vor seinem Auge auf. Ein leerer Konzertsaal, er selbst hinter vier Pauken sitzend, durch einen blauen Vorhang getrennt vom Orchester auf der anderen Seite des Vorhangs. Probespiel beim Philharmonischen Orchester Heidelberg, und Beat bewirbt sich hier, obwohl sein Studium nicht einmal abgeschlossen ist, auf die Stelle «stellvertretende Solopauke». Er hat weder Professor Hennig noch sonst jemandem davon erzählt. (Mag sein, dass es etwas früh ist, doch schließlich sind es nicht die Berliner Philharmoniker, hatte er gedacht.)

Er hört die Musiker auf den Stühlen rücken, während er spielt, die Bayer-Etüde Nr. 5, Pflichtstück im Probespiel, Prüfstein für jeden Paukisten. Beat hat es öfter als jedes andere Stück geübt, könnte die Etüde gut abliefern, selbst wenn ihn jemand um drei Uhr nachts weckte und sagte: «Spiel!» Während die Schlägel auf das weiche Fell prallen, Tremolo-Crescendo bis zum Fortefortissimo, dann drei Schläge Pause, die Spannung halten, der Raum wird zwei Nuancen dunkler, seine Zunge prickelt, wird noch dunkler, fast ist ihm schwarz vor Augen – dann kann er sich nicht mehr bewegen. Eingefroren wie das Bild eines Computerspiels, Totalausfall, Blackout. Er weiß keine Note weiter, seine Arme verharren in der Luft, Statue aus Peinlichkeit. Stille. Ich kann es nicht. Jeder im Raum weiß, was das heißt. Das ist ihm noch nie passiert. Sein Körper ein unkontrolliertes Schwanken, trotzdem versucht er weiterzuspielen, verheddert sich schon nach drei Tönen.

Es gibt kein zweites Mal. Entweder du bringst es sofort oder bitte gar nicht. «Danke, vielen Dank», hört er nun auch hinter dem Vorhang. Füßescharren, am anderen Ende des Saals öffnet sich laut quietschend eine Tür. Das war's. Beat steht auf.

Sogar jetzt noch wird ihm flau, wenn er daran denkt, obwohl es mehr als ein Jahr her ist. Ich will mich nicht mehr daran erinnern. Es ist ein Einzelfall geblieben, vorher und nachher nie so etwas passiert. Er spricht mit niemandem darüber.

Existieren seither Zweifel und manchmal die Unlust zu üben? War das der Anfang? Aber die Motivationsprobleme kamen erst später, kurz vor den letzten Semesterferien.

«Hast du zwei Euro?», wird er aus den Gedanken gerissen. Ein Junge, nicht älter als Beat, auffallend dünn, mit verwaschenen Augen, steht vor ihm. Beat schüttelt den Kopf, geht schnell weiter; Sekunden später tut es ihm leid (ich würde nichts missen). Er dreht sich um, sucht in seinem Geldbeutel nach Kleingeld und nimmt, da er keines findet, einen Zehneuroschein heraus, doch der Dünne ist nicht mehr zu sehen. Um ihn zu suchen, geht Beat zurück zu dem Rasenstück, wo er ihn vermutet, vorbei an den Bögen, dem Spielplatz – bis er ihn doch noch findet, mit anderen auf einem Geländer sitzend.

«Bitte», er drückt ihm den Schein in die Hand. Der Junge starrt ihn an, auch die anderen schweigen. Beat dreht sich um, geht schnell weiter.

Hunger drückt, doch er möchte nicht an einem öffentlichen Ort essen. Wieder muss er an den dünnen Jungen denken, fühlt sich noch schlechter. Trotzdem beschließt er, in seiner Wohnung eine Pizza aufzubacken.

Noch keine Minute geübt, eigentlich müsste er dringend in die Hochschule. Lässt es bleiben, heute würde sowieso kaum Gutes dabei herauskommen.

Ist es nicht merkwürdig, dass er Viktoria nicht mehr trifft?

Andererseits, so wenig Zeit, wie er in den letzten Tagen, Wochen in der Hochschule verbrachte … Ohnehin möchte er ihr lieber außerhalb der Hochschulräume begegnen, dort wo sie nicht von ihren Freundinnen gestört werden können. Nach dem Essen rafft Beat sich auf und fährt mit der Straßenbahn in Richtung des Trampelpfads und Zeitungsgebäudes, vielleicht treffe ich sie wieder in dem Supermarkt?

Doch sie ist nicht dort, und die andere Kassiererin nach ihren Schichten fragen möchte er nicht, zu aufdringlich. Eine Weile noch drückt er sich vor der Glasscheibe herum.

Wieder zu Hause gibt er (nicht zum ersten Mal) ihren Namen in die Suchmaschine ein, findet ein neues Video und lässt das Gerät laden: eine tanzende, über den Teppichboden kriechende Gruppe von Kleinkindern, die zusammen mit Viktoria ein Schneckenherbstlied singt. Studiert sie etwa auch Elementare Musikpädagogik? (Da dieses Fach in der künstlerischen Ausbildung wenig angesehen ist, nicht verwunderlich, dass sie es nicht erwähnte.) Wie sie herumtollt, die Kleinen anfeuert, hat nichts Peinliches, im Gegenteil, sie strahlt dieselbe Wärme und Selbstverständlichkeit aus wie auf der Bühne oder im Supermarkt. Sein Herz öffnet sich, doch bald schämt er sich auch, weiß nicht, ob mehr, weil sie so viel arbeitet und, im Gegensatz zu ihm, sinnvoll etwas für andere tut, oder weil er versucht hat, sie heimlich zu beobachten, sie verfolgt, vielleicht möchte sie das nicht und fände es unheimlich. Schon jetzt weiß ich zu viel über sie dafür, dass wir kaum ein paar Sätze gesprochen haben.

Sein Handy klingelt, Özgürs aufgeregte Stimme: «Gestern habe ich gedacht, ich werde krank, Halsschmerzen, aber jetzt fühle ich mich wieder voll fit, ist es bitte, bitte doch okay, wenn ich selbst wie geplant bei der Ausstellungseröffnung spiele?»

«Kein Problem, spiel du den Auftritt», antwortet Beat; es ist ihm nicht wichtig.

«Der Kuratorin ist es auch lieber, und ich muss Geld verdienen», sagt Özgür eindringlich.

«Alles klar, kein Problem!»

«Danke, danke», ruft Özgür.

Erstaunlich, dass das Leben es mir so leicht macht, mich von der Musik zu entfernen, denkt Beat noch. Als sollte es genau so sein, nicht wahr?

10

Zuerst hört Beat nichts. Dann das Rauschen vom Meer, es muss bereits vorher da gewesen sein. Früher Morgen, der lang gezogene Strand weitgehend leer. Ein Kinderschrei aus der Ferne. Badetuch ausbreiten. «Hammer, was da hinten abgeht», hört er die Stimme eines jungen Manns hinter sich sagen. Beat blickt auf und sieht eine weiß quellende, heranrauschende Wellenwand im sonst glatten, hellblauen Meer. Eine Frau hinter ihm antwortet auf Thailändisch, was Beat nicht versteht. Die Wellenwand bewegt sich näher, ist aber noch sehr weit entfernt. Neben Beat fängt eine ältere thailändische Frau an zu schreien, «RUN, RUN, GO, GO!». Beat beobachtet ihre aufgeregten Armbewegungen, offenbar will sie die Badenden unbedingt warnen. Merkwürdigerweise fühlt er sich gut. «Was ist das?», fragt der junge Mann wieder, «Tsunami», antwortet ein anderer. «Ja?», fragt der erste, neugierig, fast hoffnungsvoll. Kinder und Erwachsene rennen aus dem Wasser und Beat entgegen, an ihm vorbei. Ein einzelner Mann ist nah am Wasser im nassen Sand stehen geblieben, will er sich nicht mehr bewegen oder steht er unter Schock? Angst vermischt sich mit Faszination, als die Wellenwand über dem Mann bricht. Die braunschlammige, schäumende und hochhausgroße Wand rast sehr schnell über den nassen Sand, Menschen, Schiffe, kleine Häuser, Autos schieben sich unter die sich überschlagende Masse. Beat sieht nur noch verschwommene, abgehackte Bilder, während er rennt, den Boden, die bunten Kleider anderer Touristen, rennt, Palmenbäume, asphaltierter Boden jetzt, so frisch fühlte er sich seit Tagen nicht, so lebendig. Es ist nicht zu leugnen, er blüht auf angesichts der realen Gefahr, umgeben von Leid, das seinen seit Tagen störenden, sinnlosen Trauergefühlen endlich Grund gibt. Brummen und Rauschen schieben sich herein, von Kaffeemühlen, Siebträgermaschinen, auch fröhliche Stimmen hört er. Die Rufe in thailändischer Sprache werden leiser, glatte Bossa-Nova-Musik erfüllt den Raum, orangefarbenes Abendlicht streut durch die bodentiefen Fensterscheiben und in Beats Augen, das ist sein Lieblingscafé, überfüllt wie immer, die Stimmen der Gäste, der Mädchen am Tresen vermischen sich, Beat hört alles, aber hört es gedämpft. Er fühlt sich wie betäubt, sind seine Ohren zu?

Als bestünde da eine Glaswand zwischen ihm und der Umgebung. «SHOCKING – SCARY WAVES», liest Beat am Bildschirmrand über weiteren Videos, die ihm vorgeschlagen werden. Er scrollt herunter zu den Kommentaren, «Thank you so much for posting this video, it's great», schreibt jemand. «Did the man die?», will eine Nutzerin namens Kitara wissen. Beat klappt den Laptop zu, konzentriert sich ganz auf den Caféraum, die orangefarbenen Gläschen, in denen echte Teelichter brennen. Durch die Scheibe sieht er das vertraute Teppichgeschäft, seit drei Jahren «Jetzt Total-Ausverkauf, 70 % Preisnachlass» verkündend. Widersteht der Versuchung, nachzusehen, ob auf den Nachrichtenseiten etwas Neues zu finden ist. Seit zwei Stunden sitzt er allein hier. Wie ein Besessener hatte er immer wieder Tagesschau und die Nachrichtenportale der großen Zeitungen auf neue

Ereignisse hin gecheckt, hatte gedacht: Was muss noch geschehen, damit sich jemand auflehnt? Milliarden werden den Banken zugeschoben, doch niemand geht auf die Straße, was für eine Lähmung. Dass er selbst so langsam und handlungslos geworden ist – ist es die Atmosphäre des ganzen Lands, die ihn angesteckt hat? Ausgerechnet in dieser Zeit als junger Mensch zu leben … Wird je wieder etwas Überraschendes, Neues passieren hier in Deutschland, wo gefühlt seit der Wiedervereinigung, seinem Geburtsjahr, keine wesentlichen Ereignisse mehr stattgefunden haben? Das Land ist zu satt, langsam und langweilig geworden, unmöglich, dass sich etwas ändert. Für einen Wimpernschlag wünscht er sich, dass etwas Schlimmes passiert. Haben die anderen recht, seit Jahren keine Zeitung zu lesen?

Dicht vor der Scheibe geht Boris vorbei, den weiß glänzenden Cellokoffer auf dem Rücken. Er sieht müde aus, winkt aber und schlägt mit Gesten vor, hereinzukommen, zusammen etwas zu trinken. Beat schüttelt den Kopf und tippt auf seine Uhr am Handgelenk, als habe er keine Zeit, sodass Boris sich wieder in Bewegung setzt. (Seit dem Konzert im Schloss haben sie sich nicht gesehen; wie erklären, warum alles so kompliziert geworden ist, er sich kaum noch in der Hochschule blicken lässt, Boris würde es nicht verstehen.)

Es muss doch möglich sein, irgendetwas Sinnvolles zu tun, denkt er weiter vor sich hin, als Boris nicht mehr zu sehen ist, Probleme gibt es wohl genug, doch er weiß nicht, wie anknüpfen, wie mit echten Problemen, Menschen in Kontakt kommen? Soll er etwa Kleine Trommel für sie spielen? Lieber einen substanziellen Job finden, mit dem er anderen helfen kann! Doch er hat auch seine Schulkollegen nie ganz verstanden, die nach dem Abitur nach Ghana oder Eritrea gingen, konnten die dort wirklich etwas bewirken? Würde ich mit einem Jurastudium nicht mehr in Gang setzen können? (Ein Fehler, Jura als Fach früh auszusortieren, weil seine Mutter Anwältin ist, er nicht in ihre Fußstapfen treten wollte, ohne etwas Eigenes zu finden?) Du willst nur, dass es dir selbst besser geht, indem du dich für andere einsetzt. Herzlichen Glückwunsch, schließt er den Gedanken ab, zahlt Kaffee und angeblichen «homemade carrot cake» und packt den Laptop zurück in die Tüte, auf der, er bemerkt es erst jetzt, «Everything is going to be alright» steht. (Nimmt sich vor, die Tüte wegzuwerfen, sobald er zu Hause ist.)

Als Beat das Café verlässt, ist das Licht immer noch orangefarben, alle Gegenstände, seine Umgebung in dieses betäubende Licht getaucht, das andere Wellenlängen als die seinige aufzusaugen scheint. Er spürt etwas Kühles und Glattes an der Hand, doch als er hinsieht, ist da nichts. Das Gefühl verwischt unter dem ausströmenden Klang eines Tamtams, zwei weiche Gongschläge. Wie er den Klingelton vor mehr als einem Jahr selbst aufnahm, erinnert er sich. Gleichzeitig das blinkende Bild seiner erschreckt in die Kameralinse blickenden Mutter. So lange hat er ihre Stimme nicht gehört, trotzdem lehnt er den Anruf ab (mit ihr zu sprechen, noch schwieriger als mit Boris). «Kannst du das entbehren?», hört er, einen Bogendurchgang passierend, unter dem zwei Obdachlose beieinanderstehen, den einen zum anderen sagen (der, der fragte, steckt einen Geldschein ein, den der andere ihm anscheinend leiht, nur wozu?).

Entbehren, was für ein schönes Wort, denkt Beat und empfindet einen Schwall Sympathie. Dann ist das orangefarbene Licht weg, und alle Farben sehen aus wie gewohnt.

So weit bin ich also gekommen? An diesem Abend liegt er bloß noch regungslos herum, seine Augen tasten die Oberflächen des Raums ab, den rauen Stoff des Ecksofas, das Glas des zwölfeckigen Couchtischs, finden auf dem Regal Poes *Meistererzählungen*, Graphic Novels und CD-Stapel, eher aus Nostalgiegründen aufbewahrt. Der Schreibtisch das Einzige aus seinem Jugendzimmer. Als er vor vier Jahren einzog, hat er antiquarische und Designermöbel aus dem ganzen Land herbringen lassen, jedes Stück ausgesucht, ihm wertvoll. Die Kommode, der eine Schublade fehlt, weil er versuchte, daraus Sticks zu schleifen. Jetzt wundert er sich: wofür all die Formen, Oberflächen, Farben? Zu viele Dinge liegen in diesem Zimmer.

Dumpfe Töne rasen über seinem Kopf, Boris übt, obwohl es vor dem Fenster schon dunkel wird, gedämpft. Immer wieder dieselbe Stelle in verschiedenen Tempi, Punktierungen, Rhythmen. Was für eine Demut, denkt Beat, sich der Musik und ihren Zwängen so zu *unterwerfen*, ich kann das nicht, nicht mehr.

Auf dem Sofa liegt er, will sich nicht bewegen. Ein Glas Wasser steht auf dem Schreibtisch. Allein durch seine Gedanken will er es zu sich hintreiben, das wäre lässig, versucht es einige Minuten lang. Es gelingt ihm nicht einmal, sich einzubilden, dass es sich regt. Ihm ist kalt, da das Fenster offen steht. Eisige Luft strömt herein. Müsste aufstehen. Es schließen.

So weit ist er gekommen. Er will sich nicht mehr bewegen. Er wird nirgends hingegangen sein. Wohin hätte er gehen sollen?

Er verbringt keine Zeit. Sein Zimmer hat sich entkleidet, die Zeit ausgezogen, Leib ohne Kleid.

Liegen bleiben. Er schließt die Augen, sieht Hendrik Hennig, der andere junge Männer unterrichtet, in die Hände klatscht, «Yes, yes» ruft. Eine Trauerfeier, ein Geiger zieht langsame Töne aus seinem Instrument. Seine Mutter, sie wirkt gefasst und sagt: «Ich habe keine Kinder.» Endlich schläft er ein.

Lautes, durch Rohre fließendes Wasser, die Leitungen des Hauses sind nicht schallisoliert. Ohne sich wach zu fühlen, schiebt er sich unter der Decke hervor. Starker Hunger treibt ihn aus dem Haus (in der Wohnung nicht einmal eine Dose Tomaten).

Restlicht vom Himmel mischt sich mit Straßenlaternenlicht. Fast läuft er in einen Laternenpfahl, reibt sich die Augen. Aber die Augen sind nicht das Problem, die Brille ist so schmutzig, dass er alles durch einen vernebelten Film sieht. Fühlt es sich deshalb an, als ob der Boden schwankt? Als er die Straße überquert, kommt Beat ein Paar entgegen, sie deutlich jünger als er, beide strahlen. Für einen Moment wünscht er sich, eine Frau zu sein: Wäre sein Leben nicht leichter?

In der Fressgasse kauft er einen Döner, schluckt ihn stehend in großen Bissen. Mit Papiertuch über die klebrigen Finger wischen, die Verformungen, rauen Stellen, Schwielen in der Handmitte, zwischen Daumen und

Zeigefinger (wie lange meine Hand noch aussieht wie die eines Schlagzeugers?). Um nicht sofort in die Wohnung zurückzumüssen, steigt er in eine Straßenbahn, die direkt vor seinen Füßen hält, fährt bis zur Haltestelle «Dalbergstraße».

Eine Taube liegt auf dem Gehweg, dünn zusammengepresst wie ein Abdruck. Es sieht aus, als hätte sie versucht, in den Boden zu fliegen.

Dann endet die Straße mit einem Drahtzaun, dahinter schlaksige Bäume, Gesträuch, ein Fluss, der Wohn- und Industrieviertel durchschneidet. Jemand zündet vom Wasser aus ein Feuerwerk, rote und gelbe Streifen ziehen in den Himmel, sinken in Spiralform wieder ab. Hier ist kein Durchkommen, ein weiter Bogen über die nächste Brücke nötig – Beat kehrt um. Jetzt nach Hause zu gehen, würde sich aber anfühlen wie eine Niederlage, er biegt in eine Seitengasse, wo es süßlich-verwest riecht, obwohl keine Mülleimer zu sehen sind. Auf den Gehweg hat jemand ein Oval mit drei Linien im Inneren gekritzelt, einen Skarabäus? Beat wechselt die Straßenseite.

Ein Häuschen, das wie eine Scheune aussieht, fällt ihm auf. Es ist viel kleiner und älter als die übrigen Häuser, auch liegt es einen Meter tiefer. Ob jemand darin wohnt? Ein paar Stufen führen ihn nach oben, zu einem Briefkasten aus verbeultem Metall. Kein Name, nur ein Schild hängt darüber, «Nr. 23», schwarze Schrift auf weißem Grund. Dass es in dieser vom Krieg geschichtslos gewordenen Stadt so ein altes Haus gibt! Der Briefkasten ist aber leer. Gerade als Beat die Stufen hinabsteigen will, bemerkt er am Ende der Gasse – es stimmt – einen rothaarigen Mann mit groben Gesichtszügen, deutlich größer und muskulöser als er selbst, in großen Schritten auf sich zukommen. Das darf nicht – Beat begreift zu spät, fängt an zu rennen, wird nur allmählich schneller, noch schneller rennen, nur mit den Beinen denken, die kalte Luft fühlt sich an wie eine zu dichte, zähe Wand, seine Lunge und die Ohren schmerzen, weiterrennen, wenn mir gleich die Beine zusammenklappen, lässt nicht nach, keine Zeit, den Kopf nach hinten zu werfen, er biegt um die Ecke, muss nur noch bis zur nächstgrößeren Straße, wo es (bitte!) andere Menschen gibt –

Geschafft, helleres Straßenlaternenlicht, Autos brausen an ihm vorbei, sogar ein Taxi wartet am Bürgersteig. Beat reißt die Beifahrertür auf: «Können Sie mich mitnehmen?»

Der Taxifahrer, kaum älter als er, hat einen Pferdeschwanz und extrem schmale Arme. «Klar», er grinst ihm zu.

«Feudenheim», stößt Beat hervor, «bitte schnell», und lässt sich in den Polstersitz fallen.

Der Junge fährt mit quietschenden Reifen los, strahlt ihm zu, als hätte er das schon immer tun wollen. Beat lächelt zurück, fühlt sich ein bisschen wie in einem amerikanischen Actionfilm. Feudenheim: Obwohl er in diesem Viertel noch nie war, nicht einmal weiß, wo es sich befindet, fiel ihm das Wort zuerst ein. Doch es ist gut, nicht auf direktem Weg nach Hause zu fahren, wenn man verfolgt wird, denkt er, kann allmählich wieder ruhig atmen. «Ich heiße Till», sagt der Taxifahrer. Den Rest der Fahrt über sagt er nichts.

Es ist 23 Uhr 20. Schon liegt der Innenstadtring hinter ihnen. Werbende Leuchttafeln tauchen auf, Beats Sitz wird angenehm heiß.

Schwungvoll biegt Till auf einen mit Moos und hohem Gras überwucherten Parkplatz ein, dessen Schranke offen steht. Das gelbe Leuchtschild über dem Gebäude ist noch intakt, ein ehemaliges Verwaltungsgebäude der Post, vermutet Beat.

«Was tun wir hier?», fragt er laut.

Schweigend nimmt Till eine Auffahrt, deren Ende von unten aus nicht zu sehen ist. «Aber das ist nicht der Weg nach Feudenheim», wirft Beat hilflos ein, abrupt fällt die Straße abwärts, der Wagen beschleunigt. Till schaut starr geradeaus, der Motor heult auf. «Halt», brüllt Beat und versucht in das Lenkrad zu greifen, wird vom Gurt zurückgehalten, der Wagen fährt immer schneller, obwohl es jetzt in Spiralform aufwärts geht. Er sieht eine gebogene Wand näher kommen, hält sich an seinem Sitz fest, die Wand ist aus Beton –

Im letzten Moment reißt Till das Lenkrad herum, rast in ein Parkhaus. Es ist unbeleuchtet und leer. Till lehnt sich zurück und lässt den Wagen, langsamer, auf einen sauberen Stellplatz rollen.

«Bitte schön», seine Hand weist auf eine unscheinbare Tür am Ende des Stellplatzes, die die Scheinwerfer des Wagens anstrahlen.

«Eigentlich wollte ich gar nicht hierhin», sagt Beat.

«Bitte schön», wiederholt Till, es klingt wie eine Bitte. (Ob er wirklich so heißt?)

Till steht auf und öffnet Beats Tür von außen. «Der Eingang», sagt er, deutet auf die Tür.

Zu müde, ihm weiter zu widersprechen, und mit einem Restflackern Neugier steht Beat auf, drückt Till fünfzig Euro in die Hand, der sich sofort wieder in den Wagen begibt und zurücksetzt.

Mit dem Handy schafft Beat sich etwas Licht in dem dunklen Parkhaus. Vorbei an hellgelben, frisch gestrichen aussehenden Wänden bewegt er sich auf die unscheinbare Tür zu. Sie besitzt keine Klinke, doch bei leichtem Anlehnen des Körpers gibt sie nach. Sich jetzt zurückzuziehen, kommt nicht infrage. Er macht einen Schritt vorwärts, hört das Aufsetzen des Fußes einen Sekundenbruchteil früher als erwartet. Doch das kennt er schon, beim zweiten Mal ist es nicht annähernd so erschreckend.

Direkt hinter der ersten eine zweite, viel schwerere Tür, die er aufstößt – es öffnet sich ein weißer Raum. Untertrieben, die Luft kalt zu nennen, solche Temperaturen kennt er nicht mal aus dem Skiurlaub. Beat lässt die Tür zufallen, hört das Geräusch im richtigen Moment.

11

Ich bin wertvoll, bin erhoben worden –

Mit einem Schlag ist er grellwach, obwohl er noch auf dem blauen Sofa liegt und kein Wecker klingelt. Er springt auf, ignoriert das schmerzende Steißbein, rennt unter die Dusche. Die heißen Wasserspritzer Leuchtpunkte auf seiner Haut. Fünf Minuten später ist er abgetrocknet, angezogen, keinen Hunger, wer braucht schon Kaffee? Und rennt neun Stockwerke nach unten – auf den Aufzug warten würde zu lange dauern –, steht auf der Straße und eilt in den menschenleeren Park, nur durch eine schmale Straße von seinem Wohnhaus getrennt. Den neongrünen Rasen betreten, so grün, dass es in den Augen schmerzt. Die Farben leuchten alle von sich aus, als ob sie überlaufen und zu ihm hin. Beat hält inne, noch etwas ist verändert, was? Er hört eine Trompetenfanfare, dann hohe Geigen mit einer erfüllten Melodie, lacht auf. Ein Paukenwirbel bricht herein, erneut das Trompetensignal samt Schlagwerk. Kommt das von der Musikhochschule? Soweit er weiß, gibt es heute keine Orchesterprobe, auch klingt es dafür zu laut, zu perfekt, so nah. Beat dreht sich um, rennt ein paar Schritte weg, steht wieder, hält sich die Ohren zu – der Ton unverändert, ebenso laut wie vorher. Er wirft sich ins Gras. Um ihn herum gibt es keine Gegenstände, nur Farbflecken, kaum voneinander abgegrenzt. Er freut sich, von Zeit zu Zeit solche Farberscheinungen zu erleben, sie gehören jetzt zu ihm als eine zusätzliche Realität, und heute leuchten sie stärker als je zuvor. Dann bellt ein Hund, und von einer Sekunde auf die nächste verblassen die Flecken. Der Soundtrack dagegen bleibt. Wieso fühlt er sich so aufgedreht, als hätte er ein großes Geschenk bekommen? Er reibt seine feuchten Hände an der Jeans trocken, folgt einige Schritte lang dem vorgegebenen Parkweg.

Es geht nicht bloß um diese Musik. Er fühlt sich gefüllt mit einem künstlich-glücklichen Etwas, Überquellen in seiner Brust, dessen Grund er nicht kennt. Es kommt zu plötzlich. Normalerweise freut man sich doch über oder auf etwas? Aber nicht er hat dieses Glücksgefühl, es besitzt ihn (so jedenfalls fühlt es sich an), hat sich auf ihn geklebt, sich seiner bemächtigt. Da er ihm nicht traut, möchte er es loswerden. Wie ein Hund, der sein Fell von Wasser befreit, schüttelt Beat alle Glieder. Er atmet ein und aus.

Es bringt nichts, ruhiger wird er dadurch kaum.

Nach einer Weile bewegt er sich trotzdem zurück in Richtung des Wohnhauses. Der Aufzug kommt minutenlang nicht. Neun Stockwerke zu Fuß nach oben gehen. Im Zimmer fühlt er sich plötzlich so müde, als besäße er keinen Körper, legt sich auf das blaue Sofa und schläft ein.

Gegen ein Uhr mittags wacht er auf, sein Steißbein schmerzt beim Sichaufrichten. Beim Frühstück kommen Bilder und Empfindungen in sein Bewusstsein, erst gedämpft, wie durch Widerstand, dann ganz plastisch: ein weißer, museumsähnlicher Gang, Geruch nach Chlor. Es ist eiskalt, doch das bringt ihn mehr zu sich, der Eindruck, viel klarer, offener denken zu können, den er genießt. Aus Richtung einer unauffälligen Tür hört er einen lang gezogenen Ton, ist nicht sicher, ob von einem Menschen, einer Maschine oder einem Tier, in mittlerer Lage, der Ton klingt irgendwie in sich verschoben, wie von mehreren Quellen erzeugt. Dazwischen Knirschen, Heruntergluckern, verzerrt. Wieder näselnde – ja, das müssen menschliche Stimmen sein. Er nähert sich, legt die Hand auf die metallisch-kühle Klinke, wartet aber, bevor er eintritt. So einen Ton hat er noch nie gehört, er will ihm etwas sagen, das Beat dringend wissen möchte, doch nicht versteht. Ein höherer Ton kommt dazu, auch tiefe Töne, die sich überschneiden, nicht zueinanderpassen, eine perspektivische Überlagerung, immer tiefer hinein, zusammen bilden sie einen Raum, in den er eintreten will, unbedingt. Ist es das? Wird er hier erfahren, weshalb das alles? Warum ausgerechnet er, Beat Grimm, da ist? – Sorge, enttäuscht zu werden, hält ihn noch zurück. Vielleicht doch, hofft, seine Neugier ist größer, Beat reißt an der Tür, jetzt, ja, das ist:

Dann bricht die Erinnerung ab. Aber er hat etwas Bedeutendes dort erfahren, etwas über sich selbst, seine Zukunft – Beat schüttet Milch über die Cornflakes. Er kaut lange auf ihnen herum, findet nicht zurück, die Töne, Bilder bekommt er nicht mehr zu fassen. Eine Welle Traurigkeit erfasst ihn: Etwas Wesentliches ist abhandengekommen. Wüsste so gerne … Mit den Fingern fährt er über das Display des Handys, ein neuer, diagonaler Riss ist seh- und fühlbar. Wie sein Smartphone auf den Boden fiel, der dumpfe Knall auf den Parkplatzasphalt, meint er sich zu erinnern, er selbst währenddessen auf einer Feuerleiter, in Aufregung –

Aber was war das, diese Nacht? Er geht im Zimmer auf und ab, ins Badezimmer, drei Schritte an der Kochnische vorbei und zurück, denkt nach, versucht es. Wie sehr er sich auch bemüht, er erinnert sich nicht.

«Jung Traumdeutung» in die Suchmaschine getippt, Schwachsinn, schließt schnell wieder alle Browserfenster. Ein heller Glockenton, eine Nachricht erscheint auf dem Display. «Herzlichen Glückwunsch zu deinem ersten Tag als glücklicher Praktikant. Ab heute wirst du manche Dinge anders sehen. PS: Schau mal auf dein Konto.» Per Onlinebanking sieht er auf dem Konto nach: 500 Euro hat die Haricot & Escape GmbH überwiesen, um 0 Uhr 5 diese Nacht, Verwendungszweck «Honorar Oktober 2008». Auch wenn er bisher nicht sicher war, ob er dort arbeiten will, jetzt freut sich Beat. Aber wo soll er hinkommen, wie geht es los? Sekunden später die zweite Nachricht: «Zuerst bekommst du nur Aufträge von uns, die du von zu Hause aus und unterwegs erledigst. Nächste Woche dann Treffen in der Fichtestraße, wo du deinen Vertrag unterschreibst.» Alles klar, ist mir auch recht, denkt Beat und wartet auf die dritte Nachricht, eine konkrete Aufgabe. Doch es kommt nichts.

Stundenlang spielt er auf dem Handy «Cro-Mag Rally Desert». Durch orangefarbene Wüstenlandschaft fahren und Knochen, Öltropfen oder Blitze aufsammeln, so entspannend. Immer wieder driften seine Gedanken zu dem grasüberwucherten Parkplatz, dem ehemaligen Postgebäude, der letzten Nacht. Könnte er noch einmal dorthin fahren, alles bei Tag betrachten, anfassen. Doch er kennt weder die Adresse noch den Weg, auf der Taxifahrt versuchte er nicht, ihn sich zu merken.

Wenn er die Augen schließt, sieht er wieder den weißen Gang, die Tür, hört Knirschen, Heruntergluckern, verzerrt. Die näselnden Stimmen, sie schwellen an, riecht Chlor, er spürt die kühle Klinke in der Hand, will die Tür öffnen, unbedingt – dann bricht es ab. Jedes Mal, sobald er versucht, sich zu erinnern.

Till wiedersehen, den unkonventionellen Taxifahrer, auch wenn der ihn am Ende etwas rüde absetzte … Er wirkte geheimnisvoll, mit ihm ließe sich bestimmt noch mehr Unerwartetes erleben. (Warum ist dir das so wichtig? Weil mir etwas fehlt, da ist ein Mangelgefühl, das regelmäßig auftritt und danach schreit, dass etwas passiert. Aber früher hattest du das nicht. Stimmt, früher hatte ich die Musik.) Je länger die Taxifahrt zurückliegt, umso unsicherer ist Beat allerdings, ob es sie und seine Zeit dort überhaupt gab. Doch der Riss im Handydisplay –

Während er Zähne putzt, kribbelt seine Kopfhaut. Das Gefühl, als schwebte sein Bauch auf Höhe der Brust, er ist gleichzeitig schläfrig und aufgedreht.

Da aber an den nächsten zwei Tagen keine unerwarteten Körperempfindungen oder Erkenntnisse auftauchen, arrangiert er sich fast damit, verliert es an Bedeutung. Vielleicht fiel er nachts aus dem Bett, knallte sein Handy herunter und bekam den Riss? Im halb wachen Zustand ist das Kurzzeitgedächtnis weniger ausgeprägt als normal, er könnte es einfach vergessen haben …

Nach drei Tagen meldet die Haricot sich immer noch nicht. Stattdessen eine Nachricht von Özgür aus der Schlagzeugklasse, Professor Hennig habe sich schon wieder für einen Monat krankgemeldet. Ob Beat ihm eine Stunde gebe? «Treffen wir uns morgen um halb zwölf vor Hennigs Raum?», antwortet Beat. «DANKE-DANKE», schreibt Özgür zurück.

«Kommst du heute um 14 Uhr zur Besprechung in die Fichtestraße? Ich freu mich auf dich, Lisa.» Endlich doch, nach vier Tagen, eine Nachricht von der Hellblonden aus der Agentur. Es ist 13 Uhr. Beat sagt zu, springt noch unter die Dusche und schließt die Wohnungstür.

Der Aufzug riecht leicht nach Chlor, irgendwie sauer, merkwürdig, in diesem Haus gibt es doch kein Schwimmbad. Beat erinnert sich, gelesen zu haben, dass man nach Analyse der Moleküle auf der Marsatmosphäre vermutet, dass es dort ungefähr so riecht, und dass Parfümdesigner auch übel riechende Anteile wie Chlor in ihre Kreationen mit aufnähmen – unnützes Wissen merkt er sich leicht. Aber warum dauert die Fahrt so lange? Das Haus hat elf Stockwerke, im neunten ist er eingestiegen, und die Kabine ist immer noch in Bewegung, Beat hört das leise Tackern des Seils, 7/8-Takt wechselnd mit 8/8-Takt, dazwischen 3/2.

Endlich hält der Aufzug, schiebt die Tür sich auf – und Beat stolpert fast in Viktoria hinein.

«Willst du zu mir?», schon schämt er sich für die Frage.

«Eigentlich zu Boris, aber dich kann ich auch gebrauchen.» Sie lacht und sprudelt los: «Ich habe eigene Stücke geschrieben und nehme sie bald auf. Marimba fehlt mir als Klangfarbe. Spielst du mir drei Stücke ein, es dauert bestimmt nicht lang?»

«Klar, gerne», Beat antwortet schneller, als er denkt. Wärme schießt in seine Hände, seinen Kopf. Natürlich will er, versucht, sich nicht anmerken zu lassen, wie sehr er sich freut.

Im Januar, sie habe vor Weihnachten zu viel zu tun. «Aber im neuen Jahr legen wir los.» – «Im Januar», sagt Beat, bekommt – ihretwegen? – seit Tagen, Wochen zum ersten Mal wieder Lust, Marimba zu spielen. Sie strahlt ihn an, eilt in den offen stehenden Aufzug und winkt mit der Hand, in der sie das Handy hält.

Beat zuckt zurück, möchte am liebsten gar nicht eintreten. Lisas «Büro» ist ein rundes, vollkommen weißes Zimmer ohne Fenster. Könnte in einem Turm angeordnet sein, doch von außen hat er keinen gesehen. Nicht nur alle Möbel, sogar die Zimmerpflanze, ein Ficus benjamina, ist mit weißer Farbe angespritzt – oder aus Kunststoff? Er lässt sich auf einem der weißen Sitzsäcke nieder, während Lisa stehen bleibt, die Hände wieder zu einem Zelt auf Höhe ihrer Gebärmutter verschränkt. «Bevor wir dich ins Alltagsgeschäft einbinden, fragen wir deine unverbrauchten Ideen ab. Antworte am besten ohne langes Nachdenken. Wenn du drei neue Escape-Rooms konzipieren dürftest, wie sähen sie aus? Was würde man dort fühlen, hören, riechen? Fünfzehn Minuten Zeit», sie deutet auf Stift und Papier auf dem Tischchen neben Beat und verlässt stöckelnd das Zimmer.

Von so viel Weiß umgeben zu sein, ist irritierender, als er gedacht hätte. Je länger er dasitzt, desto weniger sicher ist es, dass draußen, außerhalb dieses Raums, irgendetwas Farbiges existiert. Könnte auch sein, dass er sich das ausdachte, die Farben innerlich vorstellte, und wenn er später hinaustritt – er hört sich nähernde

Stöckelschuhschritte, beginnt, schnell das Papier vollzuzeichnen, die Schritte entfernen sich wieder. Bald sitzt Lisa ihm erneut gegenüber.

Es macht Spaß, von den eigenen Ideen zu berichten, gerade kommt er richtig in Fahrt: «und einen Raum, in dem die Schwerkraft verringert ist, sodass man ganz leicht nach oben springen kann.» Lisas Blick wandert dauernd zu seinen Blättern. Sie nickt, lässt sich aber nicht anmerken, was sie davon hält. «Ein hoher Raum, mit Palmen bis zur Decke, an denen man hochsteigt und verlangsamt durch die Luft heruntergleitet.»

«Haben wir schon, alle drei Räume.» Beat starrt Lisa an, kann das sein, existieren genau diese Räume bereits?

Ja, sie hoffe, seine künftigen Vorschläge seien von größerer Originalität. Entgegen ihrer Aussage sieht sie nicht unzufrieden aus, eher fröhlich. «Was unsere Kunden vermissen, ist Intensität. Sie wollen das Leben in sich spüren, das einzigartige Neue. Steigerung ihrer Erfahrungen. Elektrisierung.» Beat zieht die Hände von seinen Papieren zurück. Sie, in ihrer neongelben Bluse, nimmt die vollgeschriebenen Blätter rasch an sich. Kann es sein, dass sie die Vorschläge gar nicht schlecht fand?

«Auf diese Wünsche müssen wir reagieren, besonders in dieser unsicheren Zeit. Die Finanz- und Wirtschaftskrise bekommen auch wir zu spüren …» Ach ja, die Krise, denkt Beat, gibt es die immer noch? Dass er seit Tagen keine Nachrichten gehört oder gelesen hat, fällt ihm auf. «Trotzdem danke, du wirst dich sicher steigern, wenn du unsere Kunden kennenlernst. Womit wir beim Thema wären: In den nächsten vier Wochen liegt dein Fokus auf der Kundenbetreuung.» Es gebe große Datenmengen älterer Kunden, die aktualisiert und in das neue System eingepflegt werden müssten. Beat versucht, nicht allzu desinteressiert auszusehen. «Außerdem benötigen einige unserer Premiumkunden spezielle Aufmerksamkeit. Du sollst für sie da sein, ihnen zuhören, Wertschätzung und Interesse zeigen.» Ich soll sie betütteln, denkt Beat, auch von dieser Aufgabe keineswegs begeistert. Doch er hält den Mund.

Beim Abschied fragt er noch: «Kann es sein, dass ich in den letzten Tagen nachts Zeit in Räumen der Haricot verbracht habe? Das lässt sich doch nachsehen? Es gibt eine Videokontrolle.» Er hat da einen Verdacht, ist aber nicht sicher. «Könnte ich, ja, ist aber aus Datenschutzgründen nicht möglich.» Sie betrachtet ihn neugierig. «Ich melde mich morgen mit der Adresse des ersten Kunden, den du besuchst.»

Während er nach Hause läuft, möchte Beat am liebsten nicht an die Agentur denken, das Praktikum ist vielleicht nicht das Richtige, die Aufgaben klangen anödend. Doch es ist zu früh, um – nein, das kann. Eben, der rothaarige Kerl: In dem Moment, als er um die Ecke bog, war er für einen Sekundenbruchteil zu sehen, zog sich hinter eine Hauswand – Beats Puls beschleunigt, der Hals fängt an zu brennen –, war Felix Raulff auch, hat er zu tun mit –? Beat atmet zu viel durch den Mund, jetzt dringt ungehindert eine überraschende Kälte in ihn, zieht bis tief in die Lungen, durch die Verästelungen. Wo kommt das her? Warum diese Panik? Er findet es selbst übertrieben. Es reicht, bitte nur schnell nach Hause. Er rennt zwei Häuserblocks weit, dreht sich abrupt um, niemand ist da. Offenbar abgeschüttelt, Beat geht ruhiger.

Auf den Kapuzinerplanken stößt er auf ein Plakat für ein Konzert des SWR-Sinfonieorchesters. Beat erschrickt, direkt von dem komplizenhaft lächelnden Martin Grubinger angesehen zu werden. Friedrich Cerhas Schlagzeugkonzert mit Grubinger als Solist! Unter normalen Umständen würde er auf jeden Fall hingehen, sicher ist Hennigs ganze Schlagzeugklasse dort. Aber jetzt – es wäre zu unangenehm, ich möchte das nicht hören.

Mitten in der Nacht wacht Beat auf von dem Gedanken an die restlichen Briefe aus dem nachbarlichen Briefkasten, seit Wochen stecken sie ungeöffnet in seiner Jackentasche. Er macht die Augen auf. 3 Uhr 50 zeigt das Smartphone. In dem Wohnhaus gegenüber aus roten Ziegeln sind alle Fenster dunkel. Im Licht, das durch die Straßenlaterne in sein Zimmer fällt, sucht er sich den Weg zur Tür, zum Garderobenhaken, fischt vier Briefe aus der Jackentasche. Zurück im Bett, als er sie mit dem Smartphone-Licht beleuchtet – auf jedem steht sein Name: Beat Grimm, Beat Grimm, Beat Grimm. (Nur der vierte ist an Beate Grimm adressiert, ein häufiger Fehler, der ihn nicht irritiert.) Ihm wird warm, also sind sie für ihn bestimmt, wie die Briefe in dem verwitterten, murmelnden Briefkasten, sie haben zu ihm gesprochen, möchten etwas Dringendes mitteilen, vielleicht über seine Zukunft oder ihn selbst?

Rasch reißt er den ersten Umschlag auf, das Papier innen ist mit einer fließenden Handschrift beschrieben. «Lieber Beat, endlich komme ich dazu, dir zu schreiben. Es gibt so viele Dinge, die ich dir erklären möchte, und mittlerweile bist du alt genug, sie zu verstehen. Auf meinen Brief zum 18. Geburtstag hast du nicht geantwortet. Bald müsste dein Studium zu Ende sein? Ich bin sicher, du wirst mich verstehen, wenn», verärgert klappt Beat das Papier zu und wirft es, zusammen mit den anderen Briefen, in den Mülleimer. Es gibt nichts mehr zu «verstehen». Wer seinen achtjährigen Sohn verlässt und sich zehn Jahre lang nicht meldet, kann nicht erwarten, noch am Leben des erwachsenen Sohns teilnehmen zu dürfen. Vor vierzehn Jahren hätte Beat sich über eine solche Nachricht vielleicht gefreut, aber jetzt? Ich will ihn nicht sehen – Beat steigt zurück unter die Decke. Vor Wut liegt er eine Stunde lang wach, schaltet kein Licht an. Er steht auf, legt die Briefe in die unterste Schublade der Kommode. Erst eine Dokumentation über Fische, die ihre Farbe ändern können, rieselt ihn in den Schlaf.

12

«Spirkelstraße», gibt Beat hektisch in das Navigationsgerät ein, während er an der Ampel wartet, im alten, hellgrünen Mercedes, Geschenk seines Vaters zum 18. Geburtstag, den er nur selten, meist für Auftritte, nutzt. Er vertippt sich, wird nervös, weil er acht Minuten zu spät dran ist. Den Straßennamen noch nie gehört, es muss irgendwo außerhalb liegen. Rettig-Strümer, «einer unserer ältesten Kunden, von dem wir seit Längerem nichts hörten», warte auf ihn. «Businesskleidung, Höflichkeit und derber Humor», hatte Lisa geschrieben. Er werde ihm Räume zum Mieten anbieten, seine Firma sei gerade umgezogen. «Notiere dir alle Details, schicke uns möglichst viele Fotos, Entscheidungsgrundlage für uns, ob Besichtigung lohnt.» Immerhin ein richtiger Auftrag, Beat trägt Anzughose und weißes Hemd. Das Navigationssystem führt ihn in ein Industriegebiet. Er rollt auf ein Grundstück mit grasüberwuchertem Parkplatz. Vor der Schranke, dem leeren Pförtnerhäuschen bremst er ab. Die Schranke öffnet sich von selbst. Ein großes, heruntergekommenes Gebäude, die Rollläden sind an allen Fenstern heruntergezogen, das blaue Leuchtschild auf dem Dach ist ausgefallen. Ausgeblasste Fahnen an der Seite bewegen sich nicht. Es wirkt vertraut und doch verändert. Nur ein Cabrio weit hinten auf dem weitläufigen Parkplatz, ein weißes, in dem jemand sitzt. Ist das Rettig-Strümer? Während Beat sich ihm nähert, steigt ein hoher, breiter Mann in Anzug aus. Diese leuchtend roten

Haare, den langsamen, zurückgelehnten Gang kennt Beat, schon wieder dieser Kerl? Sein Puls beschleunigt, etwas reißt ihn fort, Flüssigkeit rauscht einen Wasserfall herunter, er fällt nach unten, Wasser dringt in Ohren, Nase und Mund, bekommt keine Luft (ich möchte ihn bitte bloß nicht mehr wiedersehen). Beat bremst abrupt ab, das Handy fliegt an ihm vorbei, prallt im Fußraum auf, er legt den Rückwärtsgang ein, stößt zurück und dreht den Wagen.

Um ruhiger zu werden, schließt er die Augen, versucht, langsam, lange hörbar auszuatmen. Den Ausatemstrom ausdehnen, manchmal beruhigt sich dadurch auch der Herzschlag. Nach etwa einer Minute fühlt er sich tatsächlich besser. Jemand hämmert an die Scheibe auf der Beifahrerseite. Beat öffnet die Augen: Er befindet sich wenige Zentimeter vor einem Pfosten, rollt langsam darauf zu. Steigt auf die Bremse. Aus dem Augenwinkel sieht er, dass der rothaarige, muskulöse Riese neben dem Wagen steht, ihn angrinst und versucht, die Beifahrertür zu öffnen, zum Glück automatisch gesperrt. Beat sieht nicht hin, lässt den Motor aufheulen. Zurücksetzen. Rast auf die Ausfahrt zu, in der, Glück, die Schranke noch offen steht, hindurchrauschen, bevor sie sich schließt, pfeilt Richtung Stadtmitte, ein tiefer, vibrierender Ton setzt in den Ohren ein, umschließt seinen Kopf, für Sekunden sind das Motorsummen und alle äußeren Laute überdeckt.

Und nun? Je weiter er sich entfernt, umso stärker schämt er sich. Du musst umkehren. Was hast du dir gedacht? Der Mann war Rettig-Strümer, wieso sollte Felix Raulff kommen statt des Kunden? Warum würde Raulff überhaupt, ein paar Briefe, so schlimm ist das nicht – die Unlogik seiner Ängste ist es, die ihn überzeugt. Zeit, es zu beenden, sein Leben nicht dirigieren zu lassen von dieser absurden Angst. Er kehrt um, konzentriert sich auf die Straße. Hoffentlich ist Rettig-Strümer noch da.

Als Beat auf den Parkplatz rollt, steht das weiße Cabrio an derselben Stelle, doch leer. Gegen inneren Widerstand kämpfend, parkt Beat direkt daneben. Vielleicht ist Rettig-Strümer in das Gebäude gegangen? Aussteigen, zum Eingang laufen, der Puls zu schnell und sein Blickfeld leicht verschwommen. Durch die Glastür erkennt Beat ein weitläufiges Foyer: beigefarbener Teppich, zwei Rolltreppen in der Mitte nach oben führend, dahinter ein Notausgangsschild. Außer einem braunen Retro-Cordsofa und dem goldenen Geländer, das Ein- und Ausgangsweg trennt, ist das Foyer leer. Beat mag den Retro-Eindruck, der Raum macht etwas her. Sein Herzschlag wird ruhiger, das Sichtfeld klar. Keine Klingel zu finden, er hämmert mit der Hand an das Glas.

Rettig-Strümer kommt lächelnd hinter der Rolltreppe hervor, mit ausgebreiteten Armen geht er auf Beat zu, öffnet die Tür. Seine Augenbrauen sind weiß, die Haare dagegen rötlich und etwas abstehend, trägt er eine Perücke? Er macht einen selbstzufriedenen Eindruck, wirkt aber keineswegs furchteinflößend, Beat schämt sich, lächelt auch.

«Wie schön, dass Sie doch noch kommen», sagt Rettig-Strümer mit einer Stimme, die hauptsächlich aus Geräusch und Luft besteht, vermutlich langjähriger Raucher. «Entschuldigung für die Verspätung, ich war vorhin nicht sicher, ob ich am richtigen Ort bin», und trotz der unbefriedigenden Erklärung nickt Rettig-Strümer: «Kein Problem, folgen Sie mir gerne, ich zeige Ihnen alles. Das hier war bis vor Kurzem mein Reich, vor zwei Monaten sind wir umgezogen, es ist zu klein geworden, in die Jahre gekommen, vielleicht passt es für die Haricot!»

Er ist schon losgelaufen, während Beat mit seinem Handy das Foyer aus verschiedenen Perspektiven fotografiert. «Das Foyer sieht richtig schön retro aus, kommt mir vor, als wäre ich in die Siebzigerjahre gefallen. In so gutem Zustand sieht man das heute nicht oft», Beat möchte etwas Nettes sagen. Rettig-Strümer strahlt ihn an. Beat schätzt ihn auf etwa sechzig, wie konnte er ihn vorhin mit Felix Raulff verwechseln? «Haben Sie auch einen Plan wegen der genauen Raumgrößen für mich?», fragt er.

«Den Plan schicke ich direkt an Lisa», sagt Rettig-Strümer.

«Sie studieren Musik», meint er plötzlich, während Beat Badezimmer und leer geräumte Zweierbüros fotografiert. Die Abdrücke einer anderen Zeit an den Wänden. Hat die Hellblonde ihm das erzählt?

«Ja, Schlagzeug», gibt Beat zurück, und Rettig-Strümer beginnt krächzend, aber herzhaft zu lachen: «Und dann bekommen Sie ein Triangel-Diplom? Was macht man da den ganzen Tag?»

«Üben», sagt Beat, ohne mitzulachen, «oder man beginnt eben ein Praktikum bei der Haricot.»

«Ihr jungen Menschen sucht alle die Selbstverwirklichung im Studium, im Beruf. Meine Nichten, meine Kinder auch. Denkst du, ich hatte Lust, Maschinenbau zu studieren? Es geht darum, etwas aufzubauen, etwas zu produzieren und anzubieten, das die Gesellschaft braucht. Den Spaß kannst du in deiner Freizeit haben. Da bleibt dir genug Zeit, um auf Trommeln herumzuhauen.» Er lacht wieder los.

Danke, ich möchte hier nicht über meine berufliche Zukunft belehrt werden, denkt Beat, doch er bleibt still, nach der Fluchtaktion von vorhin kann er sich keine weitere Auffälligkeit erlauben.

«Ich spiele übrigens Posaune.» Beat geht nicht darauf ein.

In den oberen Stockwerken sind zwei schöne größere Räume, die durch schlichte, in weiten Abständen aufragende Steinsäulen etwas fast Sakrales ausstrahlen. Waren das einmal Großraumbüros? «Was produziert Ihr Unternehmen?», fragt Beat. «Büroartikel, aber nicht hier, hier saß der Vertrieb, oben das Management. Kommen Sie, ich zeige Ihnen mein ehemaliges Büro.» Es wird allmählich zäh, Beat möchte sich lieber bald verabschieden, doch er muss alle Räume fotografieren.

Als er Rettig-Strümers altes Büro betritt, bleibt er überrascht stehen, lacht auf. Eindeutig die Handschrift der Haricot: Die ganze Wand wird von einem Bildschirm ausgefüllt, eine weite Marsebene wölbt sich an den Rändern bis zum Himmel. Er sieht, riecht den fliegenden Sand, die Oberfläche in gebogenen Linien geriffelt wie Gehirngewinde … Beat würde sie gerne betreten, endlich weg von hier.

«Den könnte ich dalassen, ist wie neu, vielleicht kann ihn die Haricot gebrauchen», reißt der Firmenchef ihn aus den Gedanken. Beat fotografiert das Zimmer von allen Seiten und versichert, die Bilder und Informationen weiterzuleiten.

«Die Dachbar muss ich Ihnen noch zeigen, dann sind wir durch, außer Sie möchten in den Keller?» – «Dachbar klingt super», wirft Beat ein, dann müsse er gehen, er habe heute noch einen Termin für die Haricot – was stimmt, in vierzig Minuten beginnt seine Einführung in das Kundendatensystem.

Dreißig Jahre alter Rauch hängt in braunen Polstermöbeln, die dicht an dicht in Sitzecken um schwere Tische angeordnet sind. Dunkelbraune Kordeln, die als Wald von der Decke baumeln, dazu Glasfenster an allen Seiten, bis zum Boden reichend – ein besonderer Ort, hier würde ich gern ein Konzert spielen, welche Stücke könnten passen?, denkt Beat, auf jeden Fall Steve Reich, und auch – dann fällt ihm ein, dass er sich vorgenommen hat, nicht mehr aufzutreten.

«Gibt es noch irgendwelche Besonderheiten des Gebäudes, von denen wir wissen sollten?», fragt er beim Abschied, sorgt sich, etwas Wichtiges übersehen zu haben.

«Die Klimaanlage spinnt manchmal, da hatten wir schon mal gefühlt um die null Grad in einem Zimmer – aber das lässt sich sicher richten.» Rettig-Strümer lacht wieder krächzend-herzhaft. Beat bedankt sich und gibt ihm zum Abschied die Hand.

War doch harmloser als gedacht, auf dem Rückweg tritt er erleichtert aufs Gas. Schöne Räumlichkeiten, doch nichts von dem hier Gesehenen hat mit seiner Erinnerung zu tun. Sicher, es gab weiße Gänge, Türen, wie in fast jedem Gebäude, und auf den Toiletten roch es nach Chlor, vom Reinigungsmittel? Vollkommen gewöhnlich und unbedeutend, es gelingt ihm beim besten Willen nicht, hier ein Geheimnis hineinzulesen. Zum Ausruhen bleibt keine Zeit. Das Auto lässt er im Parkhaus unter seinem Wohnhaus stehen, eilt zu Fuß durch die Straßen in Richtung Agenturgebäude.

Er steht vor einer weißen Hausmauer, die einen Privatgarten schützt. Erkennt hinter dem Gittertor antikisierende Statuen, gepflegten Rasen, eine künstlich saubere Garageneinfahrt. Aber an dieser Stelle war sonst kein Haus, sondern ein betonierter Fußgängerdurchgang, den er immer nahm. Beat entfernt sich, nähert sich wieder – natürlich bleibt alles gleich. Auch als er es in der Parallelstraße versucht, in den angrenzenden Straßen, verfehlt er die Passage. Es ist nicht möglich. Er ist den Weg schon mehrmals zu Fuß gegangen. Bin ich falsch abgebogen? Er kehrt zurück, gerät aber nur immer zur selben Privatvilla, der weißen Hausmauer ... Drehe ich jetzt durch? Bis es ihm reicht und er aufgibt.

Auf den Kapuzinerplanken stehen zwei Straßenmusiker mit Klarinette und Akkordeon. Sie spielen *Petite Fleur*, ein Lied, das Beat, obwohl es schlicht ist, mag und das ihn in diesem Moment merkwürdig berührt. Sie beginnen, über die Harmonien zu improvisieren, immer unabhängiger von der Melodie. So eine Freiheit habe ich beim Musizieren nie gehabt, denkt Beat. Erstaunlich auch, was ein paar Harmonien, die einfache Melodie auf der Straße an einem belanglosen Donnerstagnachmittag bewirken. Sie heben die Situation, lassen alles – die Autos, die beiden herumstehenden Jugendlichen und einen alten, sehr langsam schreitenden Mann – sinnhafter erscheinen. Seit Boris' Konzert im Schloss kein einziges Musikstück angehört, fällt Beat auf, es erschreckt ihn: Obwohl er nicht einmal exmatrikuliert ist, nimmt Musik nur noch so wenig Platz in seinem Leben ein? Er vermisst es, einen Raum aus Tönen, Rhythmus, Klang zu begehen, sich in ihm zu verlieren. Alles fehlt.

Von seinem Zimmer aus ruft Beat bei der Haricot an. Zehn Minuten lang abwechselnd bei Lisa, dem Kollegen, der die Einführung geben wollte, und der allgemeinen Agenturnummer; immer nur dieselbe Warteschleife mit cool-veraltet synthetischer Computerspielmusik. Sein Termin begann vor einer halben Stunde, doch niemand beschwert sich über sein Fehlen. Also spielt es keine Rolle, ob ich da bin oder nicht? Beat beginnt, eine Nachricht an Lisa einzutippen: «Leider fühle ich mich sehr unwohl, Magen verdorben vielleicht, können wir die Einführung», er hört auf. Es muss nicht sein.

Es gibt keinen besonderen Grund. Auf einmal weiß Beat es einfach: dass er dieses Praktikum weder braucht noch will. (Plötzlich fühlt er sich leicht.) Die Aufgaben öde, sinnlos, das Konzept der Agentur oberflächlich. Nichts daran schlimm, nur warum sollte ausgerechnet er so viel Zeit damit zubringen, nichts würde dadurch besser. Diese Beliebigkeit – egal, wie er's dreht und wendet, er sieht darin keine Zukunft, und dass sein Fehlen niemanden kümmert, macht den Absprung leicht.

Es hat gedauert, doch nun ist Beat sicher: Er öffnet sein Onlinebanking, überweist 500 Euro zurück an die Haricot & Escape GmbH mit dem Verwendungszweck «Vielen Dank, ich beende dieses Prakt», mehr passt nicht in die Zeile, auch egal.

Gute Laune steigt auf, endlich der Eindruck, etwas

Stimmiges zu tun. Den Schwung nutzen: Er schnappt sich einen Stift und die geöffneten Briefe aus der Kommode, lässt die Wohnungstür zufallen. Rennt die Treppen nach unten, in den zweiten Stock, klopft an bei Felix Raulff. Beat möchte ihn von Nahem sehen, ein paar Worte plaudern bei Tageslicht, vielleicht so diese Angst endgültig loswerden?

Keine Schritte, niemand öffnet. In der Wohnung daneben klappern Töpfe, jemand telefoniert in großen, melodischen Bögen auf Spanisch.

«Sorry, die Briefe waren im falschen Briefkasten gelandet und ich habe sie aus Versehen geöffnet, ohne den Namen zu lesen», schreibt er auf den obersten der fünf Briefe. «Hier hast du sie zurück!» Er zögert. «Komm doch mal auf ein Bier vorbei, Beat.» Bestimmt wird Felix Raulff das sowieso nicht tun. Beat schiebt sie unter der Tür durch. Endlich gelöst.

Am Frühabend kommen zwei Nachrichten gleichzeitig an: eine von seiner Mutter, dass es schön wäre, sich wieder zu sprechen – warum ihr vom Durcheinander der letzten Zeit erzählen? (Wie schizophren sein Verhältnis zu ihr ist, fällt Beat auf. Einerseits denkt er oft an sie, vielleicht zu oft; ist es merkwürdig, mit Mitte zwanzig emotional noch so abhängig von seiner Mutter zu sein? Andererseits nicht möglich, mit ihr über Dinge zu sprechen, die ihn ernsthaft sorgen. Weil ich das Bild aufrechterhalten will, das sie von mir hat?) Die andere eine Anfrage für einen Auftritt, sehr gut bezahlt – und Beat sagt zu. Schade, dass Viktoria sich nicht meldet, auch wenn es nicht zu erwarten war. (Kurz überlegt er, ob er losziehen, versuchen soll, sie zu finden, und fragen, ob sie etwas trinken – oder sie erneut heimlich beobachten? Nein, du musst warten, bis Januar.) Von draußen hört er Stöckelschuhschritte, von oben gedämpfte Cellotöne. Was für eine Befreiung, nichts mehr mit der Haricot zu tun zu haben.

Die Begegnung mit Viktoria hat aber etwas ausgelöst. Dass sie eigene Stücke schreibt, stachelt ihn an: Zwei Wochen später sitzt Beat im Überaum der Hochschule am Klavier und versucht, etwas Eigenes zu finden, Zusammentreffen von Rhythmen, Tönen … Es müsste ein erhebendes Gefühl sein. Allerdings darf er sich nichts ausdenken, die Klänge müssten da sein wie ein Naturereignis, nur aufgeschrieben werden. Hat nicht Beethoven seine neunte Sinfonie im Kopf gehört, als er taub war? Und Ravel schrieb den *Boléro*, während er an einer seltenen Gehirnerkrankung litt, bald darauf konnte er nicht mehr komponieren. «Ich habe so viel Musik im Kopf. Ich habe noch nichts gesagt. Ich habe noch alles zu sagen», soll er behauptet haben. Beat dagegen findet eine kurze Melodie, die ihn zuerst elektrisiert – er schreibt sie auf die weiße Rückseite einer Etüde für Kleine Trommel –, ihm dann läppisch erscheint, sie lässt sich nicht fortspinnen. Noch einmal spielt er sie an, bricht aus Langeweile ab. Die Stille klingt interessanter als das, was er eben –

Das ist keine Idee, das ist ein Ende. Ich bin nicht wie Viktoria. Er nimmt das Handy heraus, spielt für eine Weile «Cro-Mag Rally Desert», es fühlt sich ebenso sinnlos wie richtig an. Eine Bemerkung des Komponisten John Cage, dessen Biografie er im Sommer las, fällt ihm ein, im Anflug von Begeisterung hatte er sie im Handy notiert: «Ich höre nicht die Musik, die ich schreibe. Ich schreibe, um Musik zu hören, die ich noch nicht gehört habe. Inspiration ist kein besonderer Anlass.» Vielleicht will Beat es noch einmal neu probieren, ein anderes Mal.

Der weiße Gang, die weiße Tür, näselnde, sich überlagernde Stimmen, hört Knirschen, Heruntergluckern, verzerrt. Geruch von Chlor, die Stimmen schwellen an – nicht schon wieder, es nervt, immer dieses Bruchstück, Beat lässt die Klinke los, drückt die Tür mit der Handfläche zu.

13

Trockener, süßlich riechender Nebel umgibt ihn, steigt nach oben. Rote und blaue Lichtstrahlen überkreuzen sich auf Augenhöhe, sie nähern sich und fahren wieder zurück. Beat sitzt wieder auf einer Bühne, als Hintergrundschlagzeuger für die Aufzeichnung einer Fernsehshow. Eine an Banalität nicht zu überbietende Basslinie vibriert durch seinen Körper: *Ohne dich* heißt das Lied der Schlager-Boygroup *Adoro* (als er zusagte, wusste er nicht, worauf er sich einlässt). Der Stick in seiner linken Hand bewegt sich auf das Fell der Snare-Drum zu, bremst kurz vor dem Berühren ab. Beat hört den Ton, den er eben beinahe gespielt hätte, eine Millisekunde zu früh. Trotz der ihn von allen Seiten anstrahlenden Scheinwerfer, diese Hitze, ich hasse Schweinwerfer, strengt er sich an, die Augen offen zu halten, zieht seine Lippen, wann immer es ihm wieder einfällt, zu einem künstlichen Lächeln, ja, bewegt sich viel mehr, als nötig wäre, um diesen Allerweltsrhythmus zu spielen, damit die Bewegung ihm das Gefühl gibt, überhaupt etwas zu tun. Kann es sein, dass Play-back (heute sein erstes Mal, die Bezahlung stimmt und er hatte sowieso nichts anderes vor) mühsamer ist, als tatsächlich zu musizieren?

Als endlich das Klatschen einsetzt und er zusammen mit den Geigen- und Celli-Mädchen, denen allen die Haare je kranzförmig um den Kopf geflochten sind, den niedrigen Raum verlässt, fällt ihm auf, dass die Sitzreihen nur an einer Seite besetzt sind, die restlichen

Plätze weitgehend im Dunklen liegen. Dass Fernsehshows wie *Verstehen Sie Spaß?*, die er als Kind gerne sah, in unscheinbaren Allzweckhallen wie dieser am Rand der Stadt aufgenommen werden, hätte er nicht gedacht. Auch die Umkleidekabinen lassen nichts von Glamour oder wenigstens Komfort erahnen; Geruch nach gammligen Turnschuhen, Schweiß. Zudem muss Beat sie sich teilen mit den zehn Mädchen, die nun für das nächste Lied ihr Make-up auffrischen, ihn immerhin konsequent ignorieren. Zu eng hier – er flieht in einen langen Gang, findet ein leeres Zimmer, in dem nur ein Schreibpult steht, darauf ein aufgeklappter Laptop. Es riecht nach Chlor – oder bildet er sich das nur ein? Er tritt näher und tippt auf eine Taste des Laptops; tonlos springt er an. Auf dem Sperrbildschirm ein langsam strömender Wasserfall, Beat vertieft sich eine Weile in das Bild – bis er nichts mehr darin findet; er verlässt das Zimmer.

«Zu den Toiletten geht's da lang», sagt ein leicht geschminkter Mann zu Beat und zeigt auf eine weiße Wand neben sich. «Danke, ich möchte gar nicht», sagt Beat und bemerkt, dass es sich um einen der vier Solosänger von *Adoro* handelt, mit denen er gleich erneut auftreten wird. «Ich habe früher auch Musik studiert, klassischen Gesang», sagt der Mann mit hoher Stimme und dass er Alex heiße. Mit einer zarten Armbewegung gibt er Beat die Hand. Nur wenige Jahre älter als Beat ist er, also für einen Schlagersänger überraschend jung, unruhige Augen, seine Hände fließen beim Reden durch die Luft. «Später sang ich in einem Theaterchor, aber die Qualität gefiel mir nicht, ständig Koordinationsprobleme im Chor, zwischen Chor und Orchester, schlechte Dirigenten, schlechte Solisten, deshalb bin ich hier gelandet.» Bevor Beat antwortet, spricht Alex schon weiter: «Mag sein, die Musik ist schlichter, dafür wird hier alles bis zur Perfektion getrieben: der Soundcheck, die Kamerafahrten, der Moderator hat ein ausgeschriebenes Drehbuch, alles perfekt organisiert, die ganze Perfektion ist sonst kaum zu finden. Mir ist lieber, ich mache das, was ich mache, richtig gut, es ist nicht einfach, perfekt Play-back zu singen, gute Unterhaltung abzuliefern, kannst du mir glauben.» Stille – der Mann sieht Beat Hilfe suchend an. Beat nickt ihm zu, während eine Frau in großen Schritten auf sie beide zustakst. Sie bleibt stehen (sind alle, die fürs Fernsehen arbeiten, so herausgeputzt?), strahlt eine Selbstverständlichkeit aus, die Beat irritiert. «Hier bist du», sagt sie zu Alex, in einem Tonfall, dem man nicht widerspricht. «Ihr müsst in drei Minuten wieder raus.» Die Mädchengruppe steht bereits aufgereiht mit ihren Instrumenten im Gang vor der geschlossenen Tür. «Und denkt daran, bevor ihr rausgeht, noch einmal in die Bäckchen kneifen, die Lippen fest zusammenpressen für die Durchblutung», sagt die Frau. Sie kneift Beat als Vorbild für die anderen in die Wangen. «Ich möchte nur glückliche Gesichter sehen!» Schon eilen die Mädchen und Beat leise zurück in die Halle, während der Moderator immer noch spricht. Hinter dem Sofa mit zwei Gästen ist ein großer Bildschirm mit einem fließenden Wasserfall aufgestellt. Zunächst läuft alles glatt, Beat lächelt sogar hinüber zu Alex, sein Körper bewegt sich zur Musik.

Die Farben werden blasser. Diese Zähigkeit, als bewegten sich seine Umgebung und die Musik in Zeitlupe, nur er selbst in schnellerem, zu schnellem Tempo. Wie kann es ihn derart anöden, auf einer Bühne zu sitzen? Sein Blick bleibt an dem langsam strömenden Wasserfall hängen, an Kaskaden, fließenden Fäden, die ihn schläfrig werden lassen, angenehm ist das.

Er öffnet die Augen, zuckt zusammen –

An die letzten Sekunden erinnert Beat sich nicht. Er bewegt sich nicht mehr im Takt. Seine Hände fangen an zu zittern, Herzrasen, was soll das? (Als wäre dieser Auftritt es wert, nervös zu sein, peinlich.) Er muss aufpassen, die Sticks in den Händen zu behalten, eine Kamera auf einem durch die Luft fahrenden Gestell kommt gerade auf ihn zu.

Während er sich zwingt, wieder zu lächeln und im Takt Play-back zu spielen, erfasst ihn Wut, unpassend und aus einer anderen Zeit. Wie er als Dreizehnjähriger das Schlagzeug im Keller malträtierte, etwas aus sich herausschlug, stundenlang, ohne Rhythmus, kontrolllos, antimusikalisch. Auch jetzt möchte er das Schlagzeug hauen, es malträtieren. Aber er darf höchstens leicht die Felle und Becken berühren. Dass er hier Töne von sich gibt, ist nicht erwünscht. Ob er allein mit dem echten Schlagzeug vor sich die laut vom Band dröhnende Musik zerschlagen könnte?

Es reicht – Beat lässt beide Sticks gleichzeitig fallen; doch der Ton des Aufpralls ist viel zu leise. Alles unverändert: keine Blicke; die Musik vom Band, der Nebel, das Licht spulen sich weiterhin ab. Bemerkt niemand, dass der Schlagzeuger einfach aufgehört hat? Niemand reagiert auf ihn!

Er putzt sich die Nase. (Hätte er doch wenigstens Nasenbluten.) Wie lange dauert dieses Lied noch? Er betrachtet die lächerlich kleine, billig aussehende Bühne, wieso wirkt alles im Fernsehen viel größer und hochwertiger?

Die Mädchen verausgaben sich in ihren Bewegungen, die vier Sänger drehen sich alle gleichzeitig einmal um sich selbst, endlich setzt das Klatschen ein. Beat steht schnell auf und zieht sich aus der Halle zurück. Genug gesehen. Seine Kontodaten sind hinterlegt. Kein Bedürfnis, sich von irgendjemandem zu verabschieden.

Stille Erleichterung, als er wieder im Wagen sitzt, sein eigenes Schlagzeug unberührt, unbeschmutzt, denkt er fast. Er fährt los. Müdigkeit ergreift seinen Körper. Habe ich das wirklich nötig? Wenn die Berufszukunft so aussieht, will ich sie nicht. Seine Kollegen aus der Schlagzeugklasse sind aber begeistert über solche gut bezahlten Muggen, in Zukunft wird er sie ihnen überlassen.

Die hart hereinbrechenden Paukenschläge in Strawinskys «Danse Sacral» aus *Sacre du Printemps* kommen ihm in den Sinn, 4/16- und 5/16-Takt abwechselnd, dann 2/16- und 3/16-Takt, was für eine Energie, roh, ekstatisch, verrückt und so geil, Kopf ausschalten, reinstürzen, ausbrechen aus den normalen Gefühlen. Mit dem Bundesjugendorchester, in dem nur Vierzehn- bis Neunzehnjährige spielen, hat er es vor Jahren intensiv geprobt und oft aufgeführt, durfte auf der Japantournee die Pauke übernehmen. Das rauschhafte Gefühl, perfekt eingebunden zu sein in die Klangcluster der Streicher und Bläser, ihnen etwas entgegenzusetzen und doch mit ihnen zu agieren! Feiern, hervorragend musizieren, sich betrinken und Reisen in andere Länder (China, Japan) fielen untrennbar zusammen. «I think the future of orchestras is safe in your hands», hatte Sir Simon Rattle in seiner Rede gesagt, und so hatten sie sich gefühlt, als Musikelite Deutschlands. Die Konzerte waren richtig gut, wie viel sie während der Aufführung musikalisch miteinander kommunizierten. Wie sie sich geheime Zeichen gaben, wenn etwas besonders glückte (witzig und irgendwie süß, aus heutiger Sicht). Und die Begeisterung aus dem Orchester übertrug sich aufs Publikum, das beinahe auf den Stühlen tanzte, so etwas hat Beat sonst nirgends erlebt. Was ist aus den anderen BJO-Leuten geworden? Bestimmt sind sie viel erfolgreicher? Ein Drängen in der Brustgegend, Beat schüttelt sich, körperliches Mangelgefühl zieht. Dorthin kann er nie mehr zurück.

Hinter ihm betätigt jemand die Lichthupe, fängt an, laut zu hupen. Beat kontrolliert, ob er vergessen hat, das Licht anzuschalten – nein. An der nächsten Ampel kurbelt er das Fenster herunter, fragt, was los sei. Die stark geschminkte Frau mit Pferdeschwanz zeigt aufgeregt auf den hinteren Teil seines Wagens: «Haben Sie eben getankt? Die Klappe steht offen!» Beat bedankt sich, steigt aus und schließt das Türchen per Hand.

Im Berufsorchester zu spielen dagegen, denkt er weiter, als er wieder im Wagen sitzt, fühlt sich völlig anders an als im Jugendorchester (was ich damals nicht wusste), viel sachlicher, unfreudiger, *professioneller* (ich fange an, dieses Wort zu hassen). Trotzdem nimmt Beat sich vor, heute Abend endlich mal wieder richtig zu üben. Es kann nicht so schwer, ich bin nicht so weit davon entfernt –

14

Ohne nach Hause zu gehen, betritt Beat den Altbau der Hochschule und trägt sich für einen Nachtüberaum im Keller ein, von 22 bis 1 Uhr, nimmt den Schlüssel an sich. Zuerst noch etwas zu essen holen und frische Luft schnappen. Wieder einmal muss er schmunzeln, als er am Neubau der Hochschule vorbeiläuft: Das Haus grenzt an einen mehrstöckigen Kinokomplex, in die trennende Innenwand sind Fenster eingelassen, sodass sich auf Filmplakate, Teppichboden, Bars und Popcornmaschinen blicken lässt. Hat der Architekt sich einen Spaß erlaubt? Würde ich jetzt nicht besser ins Kino gehen? Nein, er *wird* heute drei Stunden lang hoch konzentriert üben, komme, was wolle.

Auf dem (abgesperrten) Flügel liegt neben Beats Smartphone samt Aufladegerät ein Stapel Noten, obenauf Ravels *Boléro*, Probespielstelle, die er für die Abschlussprüfung braucht. Auf dem Boden davor die dazugehörige Kleine Trommel, ein Hocker, ein Notenständer. Er hält sich an der zufallenden Tür fest, kennt diesen fensterlosen Ort zu gut: den Teppichboden, mit Essensflecken Hunderter Studenten imprägniert. Das entblößende Licht einer Neonröhre, die zudem einen hohen Ton abgibt. Die Kakofonie aus den Nebenräumen, alle so fleißig. Geruch nach Schweiß, Einschränkung, stickiger Luft, Keller. Übelkeit tritt auf bei dem Gedanken, hier – (seit einem Monat hat er es nicht versucht).

Wie betäubt lässt er sich auf den Hocker in der Mitte

der Kammer sinken. Gegen die ihn beherrschende Müdigkeit, Schwere und den Wunsch, nach Hause zu gehen, ankämpfend, legt er die Noten aufs Pult, fühlt sich durch den Verlauf der letzten Wochen dazu genötigt: Wenn er sein ganzes bisheriges Leben führen musste, um hierherzukommen, ist das offenbar jetzt seine Aufgabe – egal, was er will. (Es spielt keine Rolle mehr, was ich will.) Freudlos nimmt er die beiden Schlägel in die Hände und beginnt, den berühmten *Boléro*-Rhythmus in das hell scheppernde Fell zu schlagen. Triolen wechseln sich ab mit simplen Vierteln, dann die Triolenkette. Ein Stoß Übelkeit kommt hoch, schon nach den ersten Takten, dennoch macht er weiter. 340 Takte lang derselbe Rhythmus. Man meint, das sei einfach, durchgängig derselbe Rhythmus, aber die Kunst ist, das Tempo vierzehn Minuten lang exakt gleich zu halten, ohne technisches Hilfsmittel, allein, im Orchester wie in der Abschlussprüfung. Triolen wechseln sich ab mit simplen Vierteln, dann die Triolenkette. Von der Kleinen Trommel aus führst du das ganze Orchester, kannst den Dirigenten entmachten, hundertmal wiederholte Aussage Hendrik Hennigs.

Hart schlägt der Schlägel gegen das Fell. Die Übelkeit bleibt. Wie die Arme sich heben und senken. Umgeben von selbst erzeugten Tönen, die er kaum noch hört. Eben ist er doch schneller geworden, oder nicht? Nein, er schleppt die Töne hinter sich her. Beat braucht nichts zu essen, er hat keinen Hunger. Seit Monaten sitzt er in diesem Überaum an der Kleinen Trommel, denselben Stücken, die er übt, längst auswendig kennt, selbst die Anzahl der Pausentakte. Aber es genügt nicht. Obwohl er die Stücke schon so oft geübt hat, ist er nicht sicher, dass er sie ausreichend beherrscht. Jemand zwingt ihn, weiter zu üben.

Hart schlägt der Schlägel gegen das Fell. Da, eine falsche Betonung. Oder war es noch im Rahmen? Die Semesterabschlussprüfung in wenigen Monaten, die Noten, Bewegungsabläufe müssen so tief in den Körper eingeprägt sein, dass er keinesfalls irrt. Der *Boléro* hat etwas Lebloses, findet Beat. Er enthält keine Musik, sagte Ravel. Beat spürt keinen Hunger, braucht nichts mehr zu essen, außerdem gibt es im Gang den stets gut gefüllten Getränkeautomaten. So übt er weiter. Zeit ist ein Raum, in Abschnitte gegliedert. Mit Metronom ist es leicht, doch schaffst du es ohne das zuverlässige Schlagen des Geräts? Keine Regelmäßigkeit, Beat spürt den Schlag nicht in sich, ob sein Metrum beschleunigt oder gleich bleibt – spürt es nicht. Ich bin nicht zuverlässig. Der Körper darf sich nicht mehr irren können. Ich bin nicht wirksam. Spürt es nicht. Kann es nicht. Kann nicht. Muss. Ich bin nichts. Entweder du spielst richtig oder falsch, es gibt keinen Spielraum, die Partitur, mein Gott –

Die Kakofonie aus den Nebenräumen geht weiter, der *Boléro*-Rhythmus fehlt. Beat sitzt still auf seinem Platz. Er hat (wie lange?) keinen Muskel bewegt. Panikwellen, wieso sollte ich es ein anderes Mal beherrschen, wenn ich es jetzt nicht kann? Er steht auf, setzt sich wieder hin. Gäbe es ein Fenster, würde er lüften. Überwindet sich zu ein paar Kniebeugen und Liegestützen (zum Aufwachen, zur besseren Durchblutung). In dem Moment, als er sich hinsetzt, um es noch einmal zu versuchen, klopft eine japanische Klavierstudentin an und fragt, ob sie den Raum nutzen dürfe, er befinde sich laut dem außen an der Tür angebrachten Schild seit dreieinhalb Stunden hier, sie habe morgen eine wichtige Unterrichtsstunde, ob er bitte den Raum verlassen? Ungewöhnlich höflich fragt sie, und natürlich überlässt Beat ihr die Kammer. Es ist zu spät, ich kann es nicht mehr – unzufriedenes Durch-den-Gang-Gehen, draußen ist es dunkel, Beat wirft die Außentür des Nachteingangs zu. In der Überwachungskamera sein vor Übermüdung vertrocknetes Gesicht.

Zwei Tage später: das Licht eingeschaltet, obwohl es draußen hell ist. Beat sitzt nackt auf dem Drehhocker vor dem Schreibtisch, der sein Esstisch ist. Seine Hand liegt in dem aufgeschlagenen Buch, das er seit einer Stunde nicht umblättert. Es lohnt sich nicht, es umzublättern, auf jeder Seite dieselben Buchstaben. «356 vor Christus: Ein Königssohn wird geboren, in einem fruchtbaren Land im Norden Griechenlands», die zerkratzte Stimme des Sprechers vor aufrührender Musik. Den ganzen Tag schon spielt der Laptop Dokumentationen über fremde Orte, Landschaften und Zeiten ab; Hauptsache, der Hintergrund ist da, sobald eine ausläuft, startet die nächste von selbst. Beats Smartphone liegt nutzlos auf dem Tisch, das Ladegerät muss sich in einer Übekammer der Hochschule befinden. Sicher keine neuen Nachrichten, die letzten beiden waren die eines Schlagzeugkollegen (Özgür), 1. dass Hendrik Hennig wieder gesund sei, alle anderen aus der Klasse Hennig in seinem Haus besucht und Privatunterricht bekommen hätten, 2. dass Beat bereits zwei verpflichtende Proben des Hochschulorchesters verpasst hätte, seinen Schein nur bekäme, falls er an allen anderen Proben und Auftritten teilnähme … Wen interessiert das?

Es wird allmählich dunkel draußen, innen ist es hell. Beat sieht aus dem Fenster, ohne etwas zu sehen. (Viktoria hat sich seit Wochen nicht gemeldet.)

Dann ist es draußen dunkel.

Gegenüber, in dem Wohnhaus aus roten Ziegeln, leuchten alle Fenster gelb. Die meisten ohne Vorhänge, Beat sieht Esstische, redende Menschen, Sofas, Bildschirme, die meisten mit grünen Flächen ausgefüllt. In der Wohnung auf Höhe von Beats Zimmer steht eine Frau mit offenen Haaren am Fenster und sieht heraus. Gerade als sie sich umdreht, steht Beat abrupt auf. Sie hält inne, ihre schmale Gestalt ihm zugewandt. Beats Kronleuchter strahlt von einer Sekunde auf die nächste etwas heller, und er steigt nackt auf den schmalen Tisch. Sein beschleunigter Herzschlag. Er fixiert sie mit seinem Blick. Auch sie sieht zu ihm herüber, den Mund leicht geöffnet. Beat fasst seinen Penis an und beginnt zu reiben, vor und zurück, sein Glied wird sofort rot und größer. Es glüht in seiner Hand. Sie schaut immer noch zu ihm, bewegungslos. «Er ist der erste Europäer, der ein Weltreich begründet, das vom Mittelmeer bis zum Ende der damals bekannten Welt reicht», Beat stellt sich so hin, dass die Frau sein Profil sieht. Ja, weiter, jetzt kann er nicht mehr aufhören – im letzten Moment dreht er sich und ergießt auf die Fensterscheibe. Ein junger Mann betritt ihr Wohnzimmer, die Frau wendet sich um. Beat setzt sich und klettert vom Tisch, schaltet das Licht aus. Mit einem Papiertaschentuch wischt er die klebrige Masse von der Scheibe. Keine Befriedigung, er stößt einen Schrei aus, in der Wohnung unterhalb klopft jemand an die Decke. Mit einem Besenstiel? «Der Ruhm auf dem

Schlachtfeld bedeutet ihm mehr als das eigene Leben.»
Beat zieht frische Kleider an und verlässt das Haus, während der Laptop weiterläuft. Sicher wird er wieder die halbe Nacht sinnlos draußen herumlaufen, egal, besser, als allein zu Hause zu sitzen.

15

Kein Klatschen, als der Dirigent und die beiden Solisten vor das Orchester treten. Der Begrüßungsredner, ein Weihbischof, hatte es so gewünscht: Man befinde sich in einer Kirche. Wie man darauf kommt, ausgerechnet Anfang Dezember *Ein deutsches Requiem* von Brahms aufzuführen, weiß Beat auch nicht, doch jetzt ist er hier (um den letzten fehlenden «Schein» fürs Studium zu erspielen und vielleicht, um es doch noch mal mit der Musik zu versuchen?), in der Jesuitenkirche, inmitten des Hochschulorchesters, hinter ihm steht der Große Chor der Musikhochschule. Das Requiem beginnt so leise, dass Beat den Anfang kaum mitbekommt. Zwischen hohe, rechteckige Säulen mit grünen und blassroten Marmoreinlagen ist er gedrängt mit seinen drei Pauken, alle sitzen und stehen viel zu dicht beieinander. «Selig sind», setzt der Chor ein, schwillt immer mehr an. Selig – was für ein seltsames Wort, denkt Beat, was bedeutet das eigentlich, wie unterscheidet es sich von glücklich? «Selig sind, die da Leid tragen», beendet der Chor den Satz. Glücklich die, die leiden? Wieso das?

Über die hervorragende Gelegenheit, mithilfe der Musik in die geistige Welt einzutreten, hatte der Weihbischof in seiner Begrüßungsrede gesprochen. Die Begeisterung, mit der er sich für die Musik einsetzte, wunderte Beat, ein Eingeständnis, dass die Kirche nichts Eigenes zu bieten hat, nun ihre Daseinsberechtigung in der Musik sucht? In den Zuschauerreihen sitzen viele Menschen mit geschlossenen Augen, als wäre die Musik ihnen ein Ersatz für Religion. Beat dagegen sorgt sich vor dem nahenden zweiten und dritten Satz des Requiems: Ich weiß, dass ich schlecht vorbereitet bin. «Denn alles Fleisch, es ist wie Gras»: Als er drankommt, gelingt es ihm ohne auffällige Fehler, aber er muss höllisch aufpassen. Nach dem dritten Satz schwitzt er etwas, sein seit Monaten fehlendes Krafttraining macht sich bemerkbar, gut, dass Hennig heute nicht anwesend ist. Beat legt die Schlägel auf die Ablage neben sich, dankbar, für die nächsten zwei Sätze «tacet» in seinen Noten stehen zu haben.

«Ihr habt nun Traurigkeit»: Im fünften Satz, während er sich ausruht, passiert etwas Unvorhergesehenes. Der Dirigent nimmt das Tempo rascher als sonst und die Töne ziehen sich näher zusammen, ergeben in der Stimme der Sopranistin plötzlich eine sinnvolle Linie, die zu Beat spricht, ihn anfasst. Als sie als Überstimme zu der des Chors singt: «Ich will euch trösten, wie einen seine Mutter tröstet», ist es, als ob eine Wand durchstoßen wird. Tränen brechen durch, lässt sich nicht verhindern. Auf einmal merkt er, wie vollkommen irrelevant es ist, was er meint oder wie es ihm geht. Ich bin bedeutungslos – erstaunlicherweise fühlt sich der Gedanke nicht erschreckend an. Als ob er einen Schritt zurücktritt und in das menschengefüllte Kirchenschiff hineinsieht. So viele Menschen, sie alle sind da, diese Musik zu hören. Er fühlt sich weiter als der Kirchenraum. Alles, was er sieht, seine vorherige Umgebung, befindet sich nun *in ihm*, er sieht sie von außen, freundlich sieht er diesen Menschen zu, die sich zusammengefunden haben. Einzelheiten treten wie in einem Relief hervor: Ein glatzköpfiger Mann in der Mitte der Zuschauerbänke spielt mit seinen Fingern am Mund. Eine junge Frau bewegt sich unentwegt langsam vor und zurück, ohne es zu merken. Auch in eine Seitenkapelle hinein kann er sehen, Strahlen der tief stehenden Sonne fallen durch ein farbiges Fenster und verändern, verfälschen die Brauntöne eines langweiligen Heiligengemäldes. Es hat jetzt rote und gelbe Flecken, die leuchtend hervorspringen. Ein Gefühlseindruck erfüllt Beat, den er seit Langem nicht kennt, etwas Weites, ist es Dankbarkeit? Er lenkt den Blick zurück zum Orchester: Viktoria an der Harfe hebt den Saum ihres langen, schwarzen Kleids, lässt ihn wieder fallen. Boris, heute Stimmführer der Cellogruppe, schaut zu Beat herüber, der ihm zunickt. *Demut* – das Wort fällt Beat unverwandt ein. Hat Demut mit Mut zu tun?, fragt er sich. Und wenn Dankbarkeit, wofür? Dass er an diesem Größeren, ihn weit – Beat freut sich nun auf den nächsten Satz, in dem er wieder mitspielt, ja, tatsächlich genießt er das Konzert. Eine Frage drängt sich hervor: Warum hat sich mein Verhältnis zur Musik zwischenzeitlich so verändert? Wann genau habe ich sie verloren wie eine Geliebte oder einen engen Freund? Denn das, begreift er, ist ihm widerfahren: als wäre jemand gestorben. Mit der Erkenntnis kommt ein Schwall Erinnerungen, aus der Zeit vor etwa einem Jahr.

Damals hatte er überlegt, sich schon während des Studiums für Orchesterstellen an professionellen Orchestern in der Umgebung zu bewerben, hatte deshalb Kontakt zu einem erfahrenen Schlagwerker des städtischen Theaterorchesters gesucht, der auch gerne bereit war, sich mit ihm zu treffen. Wie schäbig er die Theaterkantine gefunden hatte, erinnert sich Beat, genauso wie die heruntergekommenen Gänge hinter der Bühne, überall abblätternde Farbe, Geruch nach veralteten Toiletten. Von dem Jägerschnitzel hatte er Kopfschmerzen bekommen, irritierender aber waren die Erzählungen Helmuts aus dem Orchesteralltag gewesen: dass das Orchester sich geweigert habe, die neue vierstündige Oper des zeitgenössischen Komponisten Sciarrino zu spielen, da darin zu viele neue Spieltechniken, Notationszeichen seien, die man eigens hätte lernen müssen. Die angesetzte Probenzeit hätte niemals ausgereicht; wie Kollegen in den Proben absichtlich schlecht gespielt hätten, ein zweiter Geiger, als die Probe um fünf Minuten überzogen werden sollte, mitten im Stück aufgestanden sei und auf die Gewerkschaftsverordnung verwiesen habe, den Raum verließ, viele andere seien ihm gefolgt. Die Selbstverständlichkeit, mit der Helmut ihm das erzählte, ja, man müsse auf seine Rechte pochen, dieser zusätzliche Arbeitsaufwand, all die neuen Techniken zu lernen, werde ja nicht bezahlt. Überhaupt, das seien nur Geräuschabsonderungen, Schwachsinn, keine Musik (Beat erwähnte daraufhin nicht, dass er Sciarrinos Oper *Das Tor zum Gesetz* fantastisch findet). Der Generalmusikdirektor hätte sich schließlich gebeugt («Der hat sowieso Angst vor dem Orchester!») und die Sciarrino-Oper abgesetzt, stattdessen eine Wiederaufnahme der *Zauberflöte* bei der Intendanz durchgesetzt. Es passte alles zusammen: dass Helmut, als Beat mit zwei (leider ungenießbaren) Kaffees zurück zum Tisch kam, gerade den aktuellen Aldi-Prospekt studierte, von dem Gartenhäuschen sprach, das er dort kaufen würde. «Hast du das Sonderangebot für Tischtennisschläger gesehen?», fragte er. Einen Monat später bewarb Beat sich dennoch auf die Stelle «stellvertretende Solopauke» am Philharmonischen Orchester Heidelberg, hatte dort das peinliche Blackout. Dass er – obwohl er von der Qualität des Orchesters noch nie angetan gewesen war, es im Grunde genommen verachtete – im Probespiel so schlecht seine Leistung abrufen konnte und die Stelle nicht gewann, erschreckte ihn zusätzlich. War es wahr, was die älteren hier erzählten, die sich jahrelang in zweifelhaften Musik-Aufbaustudiengängen herumtrieben, dass man bereit sein musste, sich für Jahre auf «Probespiel-Tour» zu begeben (wie sie das nannten), jeden Monat in andere Städte zu fahren, fünf bis zehn Minuten Solo-Vorspiel (absolute Perfektion auf Knopfdruck, bitte!), für Jahre nur die immergleichen, überall geforderten Probespielstellen, Ausschnitte aus Orchesterwerken und Solostücken üben, diese Demut, diese Hingabe, um dann, falls es denn klappte, in Pforzheim oder Nordhausen-Sondershausen bis zur Rente seinen «Dienst» im Orchester abzusitzen, Wechsel kaum möglich, wenn sie älter als 35 sind, werden sie kaum mehr neu im Orchester engagiert? Beat schüttelt sich.

Das Gespräch mit Helmut war der erste Zusammenprall mit der Berufsrealität, aber natürlich hatte er sein langjähriges Ziel nicht so schnell fallen lassen. Zwei Monate später gewann er ein Praktikum in der Staatsphilharmonie Rheinland-Pfalz in Ludwigshafen, ironischerweise ein qualitativ besseres Orchester als das Heidelberger Orchester, das ihn abgelehnt hatte. Genial, dass er das Praktikum neben dem Studium im Sommersemester absolvieren konnte. Die anfängliche Euphorie verflog jedoch schnell: Mit den Kollegen wurde er nicht richtig warm, und die Stücke, selbst Beethoven- oder Mahler-Sinfonien, die ihn früher so beglückt hatten, rührten nicht annähernd an die Gefühlstiefen, die er als Jugendlicher beim Spielen im Landes- und Bundesjugendorchester ganz selbstverständlich empfunden hatte. Es war eine Fülle von Details, die seine Freude am Orchesterspiel nach und nach abtrug wie welke Schichten einer Pflanze.

Der Chor setzt ein, Beat dagegen hat immer noch «tacet», seine Gedanken setzen sich fort. In einer bestimmten Probe dann gab es einen Erkenntnismoment (obwohl äußerlich nichts Besonderes geschah): Jens, der Solopauker, las wie immer *Autobild* während der Probe, spielte seine Soli routiniert, aber einfallslos, er schien sich gar nicht groß bemühen zu wollen. Der Dirigent versuchte nicht, ihn anzuspornen. Sowieso wählte der ein – laut Komponistenangabe im Urtext – viel zu schnelles Tempo, in dem nur noch über alles hinweggehuscht wurde, ohne zu gestalten. Schon hier hätte Beat gerne Einspruch erhoben. Doch er musste erst eine Stunde lang warten, bis die kurze Passage auf der Kleinen Trommel drankam, die er spielen sollte. Mit seiner Leistung war er nicht zufrieden, wollte es noch einmal probieren, der Dirigent ging darauf aber nicht ein und arbeitete bis zum Ende der Probe ausschließlich mit den Geigen weiter. Es fühlte sich sinnlos an, so die Zeit abzusitzen, ausgeliefert und unfrei, keinen Vorschlag machen zu dürfen, die eigenen Ideen bedeutungslos. Allmählich verstand er Jens, den Solopauker, der offenbar innerlich abgeschaltet hatte, kein Einzelfall. Nirgends sonst hat er je so deutlich den Konflikt gespürt zwischen Individualität und der Notwendigkeit, sich in die Gemeinschaft einzufügen. Niemand hier kann sich selbst verwirklichen, manche finden sich nur besser ab, machen ihren Frieden damit.

Vielleicht in dieser Probe ging ihm auch die Einseitigkeit seines Instruments in voller Tragweite auf: kaum je an der Melodie oder Basslinie teilnehmen zu dürfen, nicht die Musik selbst zu erzeugen, sondern nur an herausgehobenen Stellen das rhythmische Korsett oder den Höhepunkt in Form eines lauten Knalls zu bilden. Er sah sich um, starrte in die teilnahmslosen bis gelangweilten Gesichter der Schlagzeuger und Blechbläser, und auf einmal wusste er: Das hier werde ich nicht mein Leben lang machen.

Der langsame Satz des Requiems endet leise und schön. Beat macht sich bereit, die Pauken für den sechsten Satz schnell umzustimmen. «Denn wir haben hier keine bleibende Statt»: Es fällt ihm leicht, nur halb konzentriert er sich auf die Noten, die meiste Zeit über muss er sowieso warten, und die Gedanken laufen weiter.

Vielleicht war es ein großes Missverständnis, eine Täuschung: Kann es sein, dass sein Berufsziel außerhalb seiner Vorstellung nie existiert hat? Dass seine Idee vom Leben als Orchestermusiker schlicht nicht der Realität entsprach? Eher den beglückenden, schwärmerischen Erfahrungen im Jugendorchester, das, wie er heute weiß, nach anderen Gesetzen funktioniert. Lebendigkeit, Begeisterung und Gemeinschaftsgefühl in Jugendorchestern – nichts davon zeichnet Berufsorchester aus. Stattdessen typische Herdenmentalität, das Erfüllen der «Dienste», die nach zeitlichen Vorgaben streng eingehalten werden müssen. Kein Wechsel, kaum Entwicklung, Aufstieg möglich, dass er weder über die Auswahl der Werke noch die Tempi oder sonst irgendetwas entscheiden dürfte ... Wie er sich hineingesteigert hatte in solche Gedanken: Diese Fremdbestimmtheit und Zähigkeit, das Bieder-Bräsige, es würde sich anfühlen wie ein Leben als Beamter – und genau so ein Leben hatte er nie führen wollen. Ein abgesicherter, gewöhnlicher, ja unkünstlerischer Lebensstil, keine Individualität gefragt. Sobald ihm das klar geworden war (Ende Mai), hatte sein Antrieb beim Üben nachgelassen. Im Sommer, als das Praktikum endete, versuchte er gar nicht erst, eine feste Stelle in der Staatsphilharmonie zu bekommen. Es war ein Irrtum, ich will kein Orchestermusiker werden, hatte er gedacht (ohne groß darüber zu sprechen), Beat erinnert sich gut daran. Er spielt den ersten Pianissimo-Wirbel auf G, über drei Takte hinweg, dann wieder für 45 Takte Pause. Mit Abstand und nach der Erfahrung in der Agentur kommen ihm seine Gedanken fragwürdig vor. Auch in anderen Berufen gibt es Routine, unsympathische Kollegen, Leerlauf, Vorgesetzte, die nicht wollen, was du willst, außerdem: Einen besseren Beruf, für den du ebenso begabt bist, musst du erst mal finden. Andererseits, die Vorstellung, vierzig Jahre lang in demselben Orchester mit denselben Leuten arbeiten zu *müssen*, nicht ausweichen zu können, erscheint ihm heute noch abschreckend –

Aber es gäbe doch andere Wege als den im klassischen Orchester? Als freier Musiker sich durchschlagen: viel zu unsicher, ob sich damit genug Geld verdienen lässt. Dafür musst du ein anschmiegsamer Mensch sein, jemand, den alle mögen und immer wieder einladen. Und als Solist oder in einem kleinen Ensemble, natürlich hatte er auch darüber nachgedacht, das viele Reisen und die Ungebundenheit würden ihm liegen, doch wie realistisch ist dieses Ziel? Es gibt auf der ganzen Welt nicht mehr als eine Handvoll Schlagwerker, die als Solisten vom Spielen leben können (Geiger oder Pianisten werden viel häufiger als Solisten gebraucht, sind bei Konzertveranstaltern gefragt, im Gegensatz zu Perkussionisten, die als exotische Nische gelten). Dazu fehlt mir einfach der Mut. Realistisch gedacht: Ich bin gut auf dem Instrument, klar, aber unter den besten fünf der Welt? Sehr unwahrscheinlich, dass er von Solo- oder Ensemblekonzerten leben könnte. Und selbst bei außerordentlicher musikalischer Begabung gehörte noch vieles andere dazu, damit es gelänge: große Selbstorganisationsfähigkeit und Disziplin (die er nur bedingt besitzt), geeignete Kontakte und eine große Portion Glück, so beschrieb es Martin Grubinger mal in einem Interview.

Obwohl der Solo-Tenor sehr laut singt, verfolgt Beat seinen Erinnerungsstrom weiter. Vor sich selbst kann er nun zugeben, dass er seine damalige Beurteilung des Orchestermusikerlebens mittlerweile recht hart und unfair findet: Abgesichert zu sein, ist nicht nur etwas Schlechtes, und es kann wertvoll sein, sich in ein Kollektiv einzufügen. Offenbar ist es nur möglich, die großen Orchesterwerke, die auch er bewundert, mit einer solchen hierarchischen Struktur zu proben und aufzuführen. Es ist ein mehrere Hundert Jahre altes Konzept! Du bist ein arroganter Schnösel, sagt er sich, solltest dankbar sein, dich mit Beethoven, Brahms und

Mahler überhaupt intensiv befassen zu dürfen! Jetzt der Fortissimo-Wirbel auf G, danach kommt das Vivace, in dem er endlich mehr zu tun hat. Ich wusste und weiß zu wenig, was ich will, schließt er für den Moment ab, aber vielleicht ist noch nicht alles entschieden? Die Erinnerungen so zusammengesetzt zu haben, hat etwas Befreiendes. Dass er im Konzert sitzt und von Musik umgeben ist, hat ihm beim Denken geholfen.

Er fühlt sich klarer, fast gereinigt und freut sich, das Requiem gemeinsam mit den anderen zu Ende zu bringen. Im Spielen sieht er, wann immer möglich, zu Viktoria und Boris hin, die ihm beide zulächeln. Zunehmend genießt er es wieder, Teil des großen Klangkörpers zu sein. Wie alle aufeinander hören, zusammen etwas zum Entstehen bringen; fast wie früher … Habe ich verfrüht aufgegeben? Vielleicht könnte ich doch auch meinen Frieden schließen und in der Gemeinschaft aufgehen?

Während des letzten Satzes – in Beats Noten steht wieder «tacet» – hört er aufmerksam zu und beneidet die Geigerinnen, die Bassisten, die Holzbläser und Sängerinnen, wie sie, konzentriert und versunken zugleich, ihre langen Bögen ziehen. Wie ausgewogen in Brahms' Musik Gefühl und Verstand sind, Gefühle immer in eine strenge Form eingebunden, heilsam ist das, findet Beat. Die Holzbläser pfeifen einige unsaubere Akkorde, manche haben rote Köpfe, sind sie abgespielt? Aber Boris sitzt immer noch aufrecht in ruhiger Bewegung an seinem Cello. Es sieht würdevoll aus. Vielleicht habe ich nur das falsche Instrument gelernt, wäre alles anders gekommen, spielte ich Cello, zum Beispiel? «Selig sind», singt der Chor, den Rest des Textes versteht Beat nicht. Dann kommt der Schlussakkord, den Viktoria ausfüllt mit ihren gezupften Tönen, sie strahlt dabei nicht den Dirigenten an, sondern Beat, der kurz sein Gewicht abgibt. Applausstürme, trotz der Rede des Weihbischofs am Anfang, der Dirigent bedankt sich überschwänglich. Auch Beat fühlt sich irgendwie gelöst (ich werde nie ganz ohne Musik sein, Musik gehört zu mir, ist ich, denkt er; auch wenn es rational gesehen vielleicht nicht stimmt, fühlt sich der Gedanke richtig an). Mit Boris, Viktoria und ein paar anderen aus der Musikhochschule sucht er noch ein brasilianisches Restaurant auf. Dort sitzt Viktoria neben Beat, teilweise auch auf seinem Schoß, und als sich alle verabschieden und Viktoria fragt, ob er noch einen Nachtkaffee bei ihr, sie wohne ganz in der Nähe des Schlosses (das ja mittlerweile als Universität genutzt wird), ob er vielleicht, sagt er Ja.

Seine eigene Wohnung wäre näher gewesen, doch das ist ihm egal. Während sie über die breite Brücke den Fluss queren, erwähnt sie, wie fremd ihr das hier, die mehrspurigen Straßen in der Stadt, immer noch sei. Sie vermisse die Tiere, insgesamt den Hof ihrer Eltern – zu weit entfernt, um sie ständig zu besuchen. «Meine Großeltern hatten auch einen Bauernhof», sagt Beat und dass er manchmal davon träume, auf einer schottischen Insel zu leben, mit mehr Schafen als Menschen. «Aber was dort tun, wüsste ich auch nicht ...» Beide lachen. Beat hat das Gefühl, alles tun zu dürfen, wenn Viktoria da ist, als erteile sie eine Absolution – was angenehm ist, ihn aber auch besorgt. «Es ist doch erstaunlich, dass Brahms aus

Hamburg kommt», sagt sie, «und in Wien gestorben ist, ich bei seiner Musik aber immer an den Harz denken muss, an eine Wanderung auf dem Brocken.» – «Also siehst du öfter Landschaften vor dir, wenn du Musik hörst?», fragt Beat. «Fast immer, du etwa nicht?» Ihr Verhältnis zur Musik, wie sie darüber spricht, wirkt auf ihn anziehend. Landschaften, die aus der Musik steigen, sah er nicht mal als Jugendlicher. Vielleicht hat Viktoria, hatten andere Menschen schon immer eine engere Beziehung zur Musik als er?

Beat genießt es, eine Weile schweigend neben Viktoria zu gehen, die lauten Motorengeräusche der Autos stören nicht. Ihre Wohnung ist in einem der Hochhaustürme aus den Siebzigerjahren am Fluss. Als dieses Haus gebaut wurde, erzählt sie, stellte man sich vor, die Menschen könnten darin moderner zusammenleben, rundum versorgt, Geschäfte, Ämter, sogar ein Schwimmbad habe es im Hochhaus gegeben. Beat ist überrascht: «Ein Schwimmbad!» – «Längst geschlossen, wie alles andere hier, leider ...» Während sie mit dem Aufzug in den zehnten Stock fahren, erzählt er, da ihm nichts anderes einfällt, von der U-Bahn-Station Dalbergstraße: Die ganze Stadt habe damals unterkellert werden sollen, aber nach dieser einen unterirdischen Haltestelle gab man den Bau auf. «Ich weiß nicht, was es zu bedeuten hat», fügt er hinzu, «aber ich setze mich manchmal grundlos in die Straßenbahn, fahre bis zur Dalbergstraße und dann zurück.» (Er staunt selbst, das zu sagen.) «Ohne Grund?», für einen Moment wirkt sie irritiert. Dann streicht sie ihm über den Arm. «Ich weiß auch nicht, was das zu bedeuten hat», meint sie, lacht.

«Salieri, Platz!» In der offenen Wohnungstür springt ein weißhaarige Pudel an ihm hoch – Beat (ich habe keinen Bezug zu Hunden) bleibt einfach stehen. Salieri reibt sich eine Minute lang an seinem Hosenbein und legt sich nach mehreren Aufforderungen Viktorias am Raumrand hin. Es riecht leicht kompostiert in der Wohnung, Viktoria reißt alle Fenster auf, während Beat seine Schuhe auszieht.

«Herein!» Durch einen Vorhang aus Glasperlenfäden gelangt er in ihr Zimmer: Harfen in verschiedenen Größen und Arten stehen neben Kerzen, Lampen, Wandtüchern. Auf dem ganzen Boden verstreut liegen lose Notenblätter, eine zerknüllte Decke auf dem Sofa, über ihr Bett ist ein Baldachin gespannt. Natürlich zu weiblich eingerichtet für Beats Geschmack, aber er ist erleichtert, dass das Zimmer eindeutig nicht für Besuch vorbereitet aussieht. Sobald Viktoria den Raum verlassen hat, um Kaffee zu machen, schaut er sich in Ruhe um. Die Innenseite der offen stehenden Schranktür ausschließlich mit Fotos von ihr selbst bedeckt, in verschiedenen Konzertkleidern, mal spielend, singend, mal in die Linse strahlend. Der Teil des Schranks, den er sieht, quillt über vor Abendkleidern, die sie anscheinend für ihre Auftritte braucht. Hunderte Tuben, Fläschchen, billig aussehende Modeschmuckstücke drängen sich auf dem Schminktisch daneben: Wie unterschiedlich man die Rolle als Künstler ausfüllen kann, wundert sich Beat, hat er dieses Bedürfnis, sich selbst darzustellen, auch? Wenn er eine Bühne betreten hat, ging es ihm um die Musik, aber stimmt das wirklich? Warum wollte ich früher auftreten? Lässt sich im Nachhinein kaum rekonstruieren, es gehörte einfach dazu … Der Anblick ihrer Konzertkleider und wie selbstverständlich sie mit der Musik lebt – es gibt ihm wieder einen Stich (könnte ich doch auch so sein!), aber es ist kein Neid, er fühlt sich einfach nur hingezogen. Viktoria kommt mit zwei dampfenden Tassen zurück. Der Kaffee sei ausgegangen, wäre Kakao auch in Ordnung?

Beat nimmt die Tasse dankbar an. Sie setzen sich nah zusammen auf das Sofa, die Decke über sie beide gebreitet. Seine Füße, die sie berührt, sind heiß geworden, strahlen ungewohnte Wärme ab. Anfangs redet er noch ein paar Sätze, dann hört er nur noch zu, er weiß auch gar nicht, was sagen, aber mag es, ihren fast gesungenen Wörtern zuzuhören, sich von ihnen umfangen zu lassen. Verwirrung, als sie ihn einmal lange direkt ansieht. Es geht ihm gut, warum haben sie sich nicht früher – Viktoria schlägt vor, ins Bett zu wechseln. Kurz verschwindet sie ins Bad. Beat liegt schon im Bett, als sie in einem dunkelblauen, nicht durchsichtigen Nachtkleid zurückkommt. Sie klettert auf die geschütztere Wandseite. Nah aneinandergepresst liegen sie, da richtet sich Viktoria noch einmal auf, um ihren Handywecker zu stellen. Beat rutscht tiefer, legt seinen Kopf zwischen ihre Brüste. Ihre und seine Arme, Beine verhaken sich ineinander. Das Gefühl, etwas loslassen zu dürfen, das er bereits sehr lange halten musste. Eine halbe Minute später ist er eingeschlafen.

Beat steht wieder in dem weißen, museumsähnlichen Gang, ebenso hell erleuchtet wie beim letzten Mal. Aber er ist nicht allein. «Wo sind wir hier?», fragt Viktoria. Sie stürmt auf das Fenster zu, den Anblick einer marsroten

Felswüste von oben. «Wahnsinn, diese Aussicht, wie kommen wir dahin?», ruft sie. «Ich kenne diesen Ort», sagt Beat und wundert sich, dass er das Fenster beim letzten Mal nicht bemerkte. Viktoria sieht ihn überrascht an, stellt aber keine weiteren Fragen, was Beat erleichtert. Stattdessen stürzt sie sich auf dieselbe Tür, die er letztes Mal genommen hat: «Und was ist hier?» Auch er möchte das wissen, geht einen Schritt auf sie zu. «Es könnte sein, dass», noch bevor er zu Ende gesprochen hat, reißt sie die Tür auf und stößt einen enttäuschten Laut aus. Als Beat über ihre Schulter sieht, ist er doch erstaunt: ein Schwimmsaal mit Galaxienkuppel – aber kein Wasser; Küchengeräte, Plastikpflanzen, ein Hometrainer und veraltete Geräte starren aus dem trockenen runden Becken. «Schade, wir kommen zwanzig Jahre zu spät», flüstert Viktoria, «sonst könnten wir hier schwimmen!» Die Kuppel darüber ist für Beat überwältigend: auf dem allschwarzen Grund Punkte, Scheiben, Spiralgalaxien, Blinkendes und orange-weißlicher Nebel, wie die Wand einer Gebärmutter mit rötlichen Linienstrukturen durchzogen. Davor, wie hingeworfen, bläulich leuchtende Sterne. «Irre», doch Viktoria schaut nur kurz nach oben. Die Ahnung von Anmut hängt in dem Raum, vielleicht wegen der großen goldenen Kerzenleuchter, die am Beckenrand stehen? Viktoria fasst Beats Oberarm, er legt seinen Arm um ihren Oberkörper. Als hätten sie es besprochen, treten sie beide gleichzeitig einen Schritt nach vorne, über die Schwelle –

Hat jemand gerufen? Beat springt aus dem Baldachinüberspannten Bett, rennt in Shorts in die Küche. Aber dort ist niemand. Auch nicht im winzigen Bad, sie ist nicht da – muss die Wohnung verlassen haben, während er schlief. Ohne sich zu verabschieden! Auf dem Küchentisch aber eine saubere Schale, daneben ein Löffel, eine Packung Cornflakes und Milch. Während Beat isst, streicht der Hund um seine Beine (wogegen Beat nichts einzuwenden hat). War sie in Eile, als sie ging? Liebe Viktoria, was – denkt er, bricht ab. Stellt die Milch zurück in den übervollen Kühlschrank. Ein letzter Blick in ihr Schlafzimmer, dann zieht er die Wohnungstür zu.

Obwohl Beat zehn Minuten zu spät zu seiner Unterrichtsstunde kommt, freut sich Hennig, ihn zu sehen. An den Wänden hängen großformatige Aufnahmen einer felsenroten Wüstenlandschaft, «Valley of Fire» prangt ein altmodischer Schriftzug darauf, vermutlich einer der letzten Urlaubsorte Hennigs? Hingen sie schon früher hier? Beat kann sich nicht erinnern, nicht einmal, wie lange es her ist, dass er in diesem Raum war, drei Monate? Vertraut dagegen ist ihm der rotbraune Polstersessel, den Hennig vor Jahren von zu Hause mitbrachte. Beat steht schon am Xylophon, beide Schlägel in der Hand, weil Hennig ihn aufforderte, die Probespielstelle *Wozzeck* zu spielen. Er kennt das Stück nicht, hat es nie gespielt. Oft merkte Hennig nicht einmal, wenn Beat etwas ungeübt vortrug, doch hier liegen die Noten auf einem zu niedrig eingestellten Pult, sind nur zu erraten. «Los», sagt Hennig. Beat fängt an, trotz des zu tiefen Pults, nimmt alle Konzentration, die er finden kann, zusammen – und es gelingt überraschend gut. Schon ist er fertig. Er sieht auf.

Was er eigentlich den ganzen Tag treibe, fragt Hennig leise, ohne ihn anzusehen. «Ich verstehe dich nicht.» Es tue ihm weh, Beat spielen zu hören, vor allem wenn man bedenke, wie gut er am Anfang ... Die Abschlussprüfung in wenigen Monaten erwähnt er nicht. Dass er dem nicht mehr zusehen könne! Steht auf, setzt sich wieder hin. Er schweigt eine Weile. «Wärst du Klavierstudentin, würde ich dir raten: Such dir einen reichen Mann und spiel ihm ein Ständchen, aber so –»

Er sieht Beat mit schiefem Mund an, als erwarte er eine Reaktion.

Wie betäubt steht Beat auf und bewegt sich im Zeitlupentempo in Richtung der Tür. Wieso hat Hennig nicht einmal gefragt, wie es ihm geht?

«Deine Begabung, was willst du stattdessen», ruft Hennig ihm nach, Beat lässt die Tür zufallen.

Hinter einer angelehnten Tür im vierten Stock ist leise Big-Band-Musik zu hören, die abbricht, als er näher kommt.

Im niedrigen Foyer mit den Säulen sieht Beat schon von Weitem Viktoria näher kommen, vertieft ins Gespräch mit einer kurzhaarigen Studentin, die er nicht kennt. Sein Herz schlägt schneller. Was wäre lässig zu sagen? Als sie knapp vor ihm steht, stößt er nur aus: «Viktoria!»

Sie bleibt stehen, sieht ihn an, es ist nicht sicher, ob sie ihn kennt. «Wir haben uns mal auf der Semesterparty gesehen, richtig?», sagt sie. Beat nickt, die beiden Frauen gehen weiter, nahtlos knüpfen sie an ihr Gespräch an.

Was ist schiefgelaufen? Beat versucht, den gemeinsamen Abend mit Viktoria wie einen Raum zu betreten, der an allen Wänden Eingänge hat. Wieder und wieder, von verschiedenen Seiten. Hat sie im Gespräch etwas angedeutet, das er nicht verstand? Ist sie nicht zuerst eingeschlafen, wollte er sie nicht mehr wecken?

16

Sie spricht wie immer so laut und tief, dass sie die Stimmen der anderen und den brutzelnden Fonduetopf in der Tischmitte mühelos übertönt. Als sie aufspringt, um Nachschub an Fleischstückchen aus der Küche zu bringen, fällt Beat auf, dass sie trotz des unübersehbaren Busens und der silberfarbenen Paillettenbluse, vermutlich extra für den Abend gekauft, etwas Burschikoses ausstrahlt. Vielleicht weil sie ungewöhnlich groß ist? Es ist meine Mutter, denkt Beat. Er wäre lieber allein mit ihr hier, aber es ist Tradition, das Fest zusammen mit den «Stuttgartern» – Tante, Onkel, drei Cousinen – zu feiern.

Das Esszimmer wirkt dunkel, obwohl in dem großen Fenster papierne Sterne mit Lichtern darin hängen, angezündete Kerzen und Teelichter auf den Fensterbänken, dem Kamin und dem Esstisch stehen. Ob sie in letzter Zeit wieder einen spannenden Fall gehabt hätte, fragt Beat, sobald seine Mutter am anderen Tischende Platz genommen hat. Alle hören zu, während sie von ihrer Arbeit als Anwältin am Familiengericht spricht, von einem Säugling, der an Mangelernährung gestorben ist: «An der Brust hat er nicht getrunken, und seine Eltern, Besitzer eines Naturkostladens, fütterten ihn nur mit veganer Kost, leider.» Die mittlere seiner drei Cousinen stöhnt leise auf. Da Beat die drastischen Esstischerzählungen von früher gewohnt ist, fiel es ihm nicht auf. Stattdessen erwähnt seine Mutter nun Beats Professor, was für einen ausgezeichneten Ruf er habe, spricht von Beats gewonnenem Jahresstipendium, nur zwei Studenten der ganzen Hochschule hätten es bekommen!, dem «fantastischen» Benefizkonzert in der Stadthalle (für ihn vollkommen unwichtig), alle Prüfungen im Musikstudium mit Bestnote bestanden (das hat nicht viel zu bedeuten, denkt er). Wie üblich schwärmt sie *vor anderen* von ihm; zu ihm selbst sagt sie nie etwas (vertrauter, hässlicher Gedanke). Obwohl Beat leicht übel ist – von den vielen rohen Fleischstückchen vor seiner Nase? –, spießt er Champignons und Zucchinischeiben auf seine Gabel, taucht sie in den sprudelnden Fonduetopf. Nicht einmal heute kann ich mich überwinden, Fleisch zu essen, denkt er und sehnt sich nach oben, in sein altes Dachzimmer, jetzt das Gästezimmer für die Cousinen, von wo aus er im Sommer bei gekipptem Fenster Frösche aus dem Teich des nahe gelegenen Felds quaken hörte und die Autogeräusche der Schnellstraße als Wellenrauschen wahrnimmt.

Anna, die älteste der Cousinen, fängt an, Anekdoten von vor mehreren Jahren zu erzählen. Wie Beat auf Korfu Triangel, Glockenspiel, sogar eine Kleine Trommel ins Flugzeug schmuggelte, um nicht zwei Wochen lang im Urlaub aufs Üben verzichten zu müssen. Die Tischstimmung hellt sich auf. Wie sie ihm nach dem *Jugend musiziert*-Auftritt nicht helfen durfte, seine Instrumente zurück ins Auto zu tragen, niemand außer ihm selbst durfte etwas berühren. «Mit deinen Schlägeln und Trommeln hattest du immer eine engere Beziehung als zu Mädchen, oder?», sie grinst ihn an. Das Zucchinistück schmeckt nach Fleisch, Beat schluckt es schnell herunter. «Wie geht's mit dir und deinem Germanistikstudium?», fragt er Anna, es interessiert ihn, weil er Germanistik, wie fast alle Studienfächer, für kurze Zeit selbst in Betracht gezogen hat. Nach zwei Sätzen redet sie wieder von ihrem neuen Freund, dem Moderator einer Literatur-Radiosendung.

«Die größte Umverteilung in Deutschland seit hundert Jahren», fängt sein Onkel an, spricht von Enteignung der Bürger zugunsten der Banken und schafft es, das Tischgespräch weg von persönlichen Themen und auf die aktuelle Finanzkrise zu lenken, wofür Beat ihm dankbar ist.

Im dunklen Flur stehen er und die Gäste und warten, Bienenwachskerzen der Tanne schimmern durch die Glastür. Erst als seine Mutter *O du fröhliche* auf dem Klavier anstimmt, betreten Beat und die anderen singend das Wohnzimmer. Wie aufgeregt er als Junge war, wie bedeutend ihm dieser Moment vorkam, erinnert sich Beat, ignoriert seine Cousine Ella, die den Text absichtlich falsch singt. Natürlich hat er nicht erwartet, sich wie früher zu fühlen, trotzdem –

Die Gäste sind spätestens seit der Orangen-Weincreme in ausgelassener Laune, und sieht die Tanne nicht aus wie ein strahlendes Geschenk? Er erkennt die mundgeblasenen Glaskugeln wieder, ebenso die Anhänger aus Kindergartentagen. Vor-dem-Baum-Stehen und Singen. (Als beteten wir ihn an, denkt Beat.)

Stille Nacht, setzt seine Mutter am Klavier mit weichen Akkorden und Verzierungen ein. Ihm fällt auf, dass sie wieder Unterricht genommen hat, sie spielt besser! Er sieht in ihr Gesicht, den weit aufgerissenen Mund.

Im Klavierlampenlicht gräbt sich eine tiefe Falte schräg unter ihr rechtes Auge, die Haut ist zu wenig gespannt, hängt locker herunter – *alte Frau*, denkt Beat erschrocken. Etwas reißt in seinem Bauch. Sein Hals wird eng, hindert ihn am Singen. Er unterdrückt den Drang, sie zu umarmen, zu spüren, dass ihr Körper warm ist. Es wäre unpassend, *sie würde es nicht wollen*, denkt er, singt leise weiter.

Zwei Tage später liegt Beat im alten Dachzimmer unter dem Giebel, der Kaminschacht führt durch sein Zimmer und hält es warm. Die Cousinen sind gegangen. Sein Hals brennt. Ihm sind Augen und Nase zugequollen, die Stirn schwebt über dem Kopf und er bringt nur krächzende Töne heraus. Seine Mutter bringt ihm dreimal am Tag Essen nach oben, Tee und Medikamente. Nur ausruhen, er müsse nichts mehr tun. Sie setzt sich auf die Bettkante und erzählt kleine Geschichten, von ihrer Arbeit, von früher. Dass er viel erzählt, erwartet sie nicht.

«Mach dir keine Sorgen, du bist so begabt», sagt sie einmal. Beat verschluckt sich an dem heißen Tee.

Am nächsten Tag versucht er, sie auf das Problem mit dem Musikstudium anzusprechen: «Ich verstehe es selbst noch nicht, aber», in dem Moment ruft das Telefon sie weg. Danach scheint es immer unpassend, kann er sich nicht mehr überwinden.

Er mag es, sie Klavier üben zu hören, wie früher, durch die Decke des Wohnzimmers, die sein Boden ist; vorsichtig spielt sie Schumann, Mendelssohn, Brahms. Während Beat herumliegt, denkt er daran, dass er ihre schnelle Auffassungsgabe und Unnachgiebigkeit sich selbst gegenüber bewundert. Über Gefühle wurde nie viel gesprochen, lieber handelt sie oder schweigt. Niemand würde erahnen, wie sie sich hochgearbeitet hat: von der Tochter saarländischer Kleinbauern zum Jurastudium bis hin zur selbstständigen Anwältin.

Warum ist es so schwer, nicht in die Rolle des Kinds zu fallen, sobald er zu Hause ist? Sobald sie das Zimmer verlassen hat, zockt er nach Jahren wieder «Medal of Honor» (als Ami-Soldat stilisierte Nazi-Soldaten abzuknallen, die hinter jeder Hausecke hervorrennen, macht immer noch Spaß) und sieht sich *Der blinde Samurai* von Takeshi Kitano im Bett auf dem Laptop an (bester Film, den ich je sah).

Am Tag seiner Abreise – den Überaum im Keller mit der Instrumentensammlung hat er kein einziges Mal betreten – kommen Freunde aus Schulzeiten vorbei, bringen ihren einjährigen Sohn Till mit und sprechen nur von ihm. Was für eine Mühe sie sich um ihr Kind machen, denkt Beat, wie viel Aufwand sich seine Mutter um ihn – und wozu?

Auf der Autobahn zurück erinnert er sich, wie sie spontan Urlaub nahm, als er den ersten Bundespreis bei *Jugend musiziert* gewonnen hatte, mit ihm nach Föhr fuhr und tagelang strahlte. Natürlich genoss sie seine Erfolge, trotzdem –

Ich habe mich selbst für die Musik entschieden. Bald fangen die Gedanken an, ihn anzustrengen, er schiebt eine CD von Iron Maiden ins Laufwerk. So etwas Hartes hört er nur selten, heute ist es genau richtig. Ein Plan formt sich in seinem Kopf, und als er das Barockschloss von der Autobahnausfahrt aus sieht, ist er sich sicher.

17

Eine Ruhephase, vollkommene Einkehr und Stille. Abstinenz von allen Pflichten und Kontakten: Vielleicht bringt *das* die ersehnte Klärung, in welche Richtung er mit seinem Leben weiter … Silberhaarfledermäuse, erinnert Beat sich, fallen auf Wanderschaft tagsüber in einen Torpor, eine Starre, durch die sie Energie und Zeit sparen und den weiten Weg schaffen. Es kann nur besser werden, zumindest will er es probieren. Mit Mahlzeiten für mehrere Tage, gekocht und eingepackt von seiner Mutter (am liebsten wäre er bei ihr geblieben), und dem Koffer voll frisch gewaschener Kleider kommt er in Mannheim an. Schon auf dem Weg hat er einen ungewohnt großen Lebensmitteleinkauf erledigt, Beat saugt und putzt die Wohnung, bezieht das Bett frisch, dreht die Heizung hoch. Auf dem blauen Bettsofa sitzt er unter mehreren Decken, ein Teelicht angezündet: Seine Wohnung ist eine Höhle, die er erst wieder verlassen will, wenn er weiß, was er mit seiner Zukunft anstellen wird.

Viktoria schreibt in einer Textnachricht, sie habe zwei Freikarten für *Turandot* am 30. Januar, ob er mit ihr gehen – Beats Gleichgewichtssinn setzt kurz aus. Die Gedanken und Bilder der letzten Wochen klappen um. Mit Absicht lässt er sie einen Tag lang warten, seine Ohren und Füße glühen in der Nacht.

Das Abendlicht wirkt so übertrieben orange, dass er kurz zweifelt, ob sie wirklich –

Natürlich sagt er zu, tippt so schnell, dass seine Nachricht, wie er hinterher merkt, grammatikalisch wenig Sinn ergibt (schlechte Autokorrektur), sie wird es trotzdem verstehen. Es ist der 14. Januar.

18. Januar. Arbeiten Sie gern an der frischen Luft? Haben Sie körperliche Einschränkungen? Bevorzugen Sie Arbeit am Schreibtisch? Täglich mehrere Stunden verbringt er damit, sich im Internet über Studiengänge zu informieren, Studienpläne und Berichte über verschiedenste Berufsalltage zu lesen: Es muss doch etwas für mich geben, kann nicht sein, dass kein Platz für ihn auf dieser –

Aber nichts zieht ihn wirklich an. Um etwas Neues zu beginnen, müsste er sich sicher sein, keinesfalls will er wieder abbrechen. Sogar an einem Online-Berufswahltest für Schulabgänger nimmt er teil; Diplomat sei der ideale Beruf für ihn, spuckt der Computer aus. Lächerlich, diese Suche bringt mich nicht weiter.

19. Januar. Auch wenn das Neue noch nicht da ist (und ich vielleicht ein Feigling-Idiot bin, mich wegen eines einmaligen Blackouts beim Probespiel entmutigen zu lassen): Im Großen und Ganzen stimmt es doch, wie es gekommen ist. Ein paar Jahre im Orchester hätte ich vielleicht durchgehalten; auf Dauer wäre es nicht das Richtige gewesen, hätte mich zu sehr gebunden, eingeschränkt, zu früh gelangweilt, denkt Beat, während er Kartoffeln schält. Vielleicht bin ich generell für eine Festanstellung ungeeignet? Will ich gar nicht arbeiten? Arroganter Schnösel. Er wirft Kartoffelstücke ins kochende Wasser. Bloß das Beispiel des Bruders seiner Mutter macht ihm

Mut. Er begann erst mit 43 ein Medizinstudium und arbeitet seit Jahren begeistert als hervorragender Arzt. Wenn Beat die Augen schließt, spürt er wieder Energie, den Wunsch, vorwärtszudrängen, ist sich sicher, etwas wartet auf ihn. Aber wann und wie taucht es auf?

20. Januar. Er vermisst nichts; es genügt, die vertrauten, immergleichen Geräusche der Stadt zu hören (die Stöckelschuhschritte, den Lieferwagen, die Straßenmusiker), genügt, die Menschen in den Fenstern des großen Wohnblocks gegenüber aus roten Ziegeln zu beobachten, Bilderbuch, in dem alle Seiten gleichzeitig aufgeschlagen sind (erinnert ihn an die Zeit vor der Trennung seiner Eltern, als er abends oft in die Gärten fremder Häuser eindrang und andere Familien, Paare, Personen beobachtete, ohne dass sie es merkten). In dieser Wohnung muss er dafür nicht einmal aufstehen. Genügt, die Geräusche *in* seinem Haus zu hören (Stimmen im Flur, das Celloüben Boris', gedämpfte Chinesisch-Gespräche von nebenan, Besenstielklopfen des Nachbarn unten). Je länger seine Abstinenz von den Straßen der Stadt, von der Musikhochschule anhält, desto besser geht es ihm.

22. Januar. «Glock 9», gibt Beat in die Suchleiste ein, klickt aus 2.560.000 Videos auf das erste von hickok45. Ein cooler Opa mit unmodischer Brille, orangefarbenem Hemd und Baseballkappe grüßt freundlich in amerikanischem Englisch in die Kamera, dreht sich abrupt um, zieht die Glock aus seinem Hosenbund und feuert eine Ladung auf ein kleines, metallisches Zielfeld ab – helle

Glockentöne beweisen, dass er mit jeder Kugel trifft. Hinter ihm ist ein ganzer Park aus Zielfeldern in verschiedenen Größen, Entfernungen, Materialien auf einem Waldweg aufgebaut. Alles liegt im warmen Abendlicht, später Herbst und der Boden überhäuft mit Blättern. Als das Magazin leer ist, lacht Hickok hoch und laut, glücklich, als mache er das zum ersten Mal. Sein Blick in die Kamera wie eine Umarmung. Er ist Beat vertraut, auch wenn sie sich noch nie gesehen haben. Hickok vergleicht zwanzig Minuten lang fünf Modelle der Glock, beschreibt ihre Eigenheiten; er äußert sich begeistert über die Verarbeitung, fährt mit seinen faltigen Händen über das teils glatte, teils aufgeraute Außenmaterial der österreichischen Pistolen. Beat würde sie auch gerne berühren, so ein perfektes Ding, pure Technik, kaum größer als eine Hand, aber wenn du es trägst, entscheidest du über Leben und Tod. Als das Video endet, liest Beat die Kommentare darunter: «gun porn» und «better than lesbians», schreiben einige. Er empfindet ähnlich wie Smoke Dawg (würde das aber nicht ins Internet setzen): «*Hickok can you be my dad. I never had one. was raised by a single mom. would've loved to have a dad like you. I'm 36 gonna be 37 next week but you could still adopt me. just saying.*» Darauf gab hickok45 seit Monaten keine Antwort.

Beat googelt nach «Onlinespuren verwischen, IP-Adresse nicht rückverfolgbar», folgt den Anweisungen zum Herunterladen eines Tor-Browsers, durch den nicht mehr erkennbar sein wird, von welcher Adresse – der Tor-Browser zeigt an: aktiviert. Soll ich? Zögern. Sein Herz schlägt schneller, es rauschen die Finger über die

Tasten: «Glock 9 mm ohne Waffenschein kaufen» – was tust du? Ohrfeige. Zusammenzucken. Löscht die Buchstaben sofort wieder. Mit der linken Hand klappt er den Laptop zu, nimmt sogar den Akku raus. Er trinkt das danebenstehende Glas Wasser, das schon den ganzen Tag darauf wartet.

23. Januar. Ein fremder Mann steht aufrecht in Beats dunklem Zimmer, stolpert über am Boden liegende Kleider und Papiere, bis er den Lichtschalter findet. «Hickok!», ruft Beat überrascht. «Wer?», antwortet der grauhaarige Mann. «Heißt du nicht so?», fragt Beat. «Ach so, das», meint Hickok, «kennen wir uns?» Beat wird sehr warm, ob Hickok etwas trinken wolle, fragt er rasch. Der schüttelt den Kopf und fixiert Beat mit verschränkten Armen, an den Schreibtisch gelehnt. Dass er sich jetzt schnell etwas überlegen muss, denkt Beat, stößt, da ihm nichts anderes einfällt, hervor: «Warum magst du so gerne Pistolen?» Er schiebt hinterher, ob Hickok schon einmal eine Pistole wirklich gebraucht hätte? «Nette Frage!», ruft Hickok, überlegt einen Moment, nein, eigentlich habe er die Pistolensammlung zum Spaß und weil sie ihm Grund gebe, in die Natur zu gehen … «Dir etwa nicht?» Beat schluckt die Spucke in seinem Mund herunter, sieht Hickok direkt an: Ob er einen Rat für ihn – ein hoher, sägender Ton unterbricht den Satz, Lärm von einer Baustelle in der Umgebung, es muss bereits Mittag sein, die Sonne strahlt viel zu hell.

24. Januar. Wer spielt das schwierigste Stück? Wer macht welchen Fehler? Heute Abend beweisen sich

Beats Kollegen im öffentlichen Klassenvorspiel im Kammermusiksaal. Auch er ist angekündigt, mit Matthias Schmitts *Rêve curieux* für Vibraphon, er sieht es online. Dieses Stück kenne ich nicht einmal – Hennig hat ihn ohne Rücksprache auf das Programm gesetzt! Der wird sich wundern. Was für eine Erleichterung, diesmal nicht anzutreten. Nur sorgt Beat sich, dass Viktoria zu dem Klassenvorspiel kommen könnte: Vielleicht hofft sie, mich dort zu sehen?

25. Januar. Im Versuch, ein Glas mit vorgekochten Bohnen zu öffnen, liest Beat auf dem Papierschild das Wort «haricots» – zuckt zusammen, «haricot» heißt Bohne? Das passt, denkt er, diese Eventagentur, fing damit nicht alles an? Beißt die Zähne zusammen, das Glas weigert sich aufzugehen, Beat reißt an der Wohnungstür. Das Bohnenglas in größtmöglichem Bogen in den leeren Gang werfen. Es platzt; Glas splittert, grünliches Wasser, Bohnen fliegen einige Meter weit, verteilen sich auf dem grauen Linoleumboden. Moritz von nebenan steht in seiner Tür und lacht. Wohnungstür fünfmal hintereinander zupfeffern, schepperndes Geschirr im Schrank: gut, Besenstielklopfen von unten ignorieren, den Boden treten, treten, fester, mit bloßer Hand Möbelstücke hauen, Kieferntisch, zwölfeckigen Couchtisch, Kommode, Schrank. Wissen, dass kein Grund zu solcher Wut, die Haricot sicher nicht schuld und er selbst – hilft nicht. Shorts herunterreißen, auf den Esstisch steigen, brüllen durch die geschlossenen Fenster, ausbrüllen, endlich, aus, sich heraus – sich so hart in die Eier boxen, dass schwarz vor Augen wird, die Luft wegbleibt. Lässt nach.

26. Januar. Die Frau mit den roten Haaren sieht Beat und fängt an zu schreien. Obwohl er lächelt, dreht sie sich um, rennt vor ihm davon, links durch eine offen stehende Tür. Der Gang ist leer, leise, aufgeregte Stimmen sind zu hören. Durch die langsame Drehtür, mit dem roséfarbenen Aufzug bis hierherzukommen, war zu leicht, denkt Beat, vollkommen ungesichert, das Gebäude der Haricot.

In großen Schritten spaziert er durch den Gang. Schießt in die gläserne Decke, durch die Schuhe der Menschen aus dem oberen Stockwerk zu sehen sind. Der Rückstoß ist so stark, dass er zwei Schritte nach hinten taumelt. In seinen Ohren pfeift es, sie fühlen sich halb taub an. Splitter und wenige größere Stücke aus durchsichtigem Material stürzen herunter, doch die Decke hält. Das Knallen der Glock erzielt die erwünschte Wirkung: Aus allen Zimmern – denen mit Fenstern zum Gang und den uneinsehbaren – rennen Menschen, stürzen auf die Glastür am anderen Ende des Gangs zu, einige schreien, eine bettelt in unvollständigen Sätzen von «Verständnis», «Kindern», «bitte», er zeigt ihr mit einer abfälligen Geste, sie solle durch die Tür verschwinden. Schade, der rothaarige Kerl ist nirgends zu sehen. Doch die Hellblonde (Lisa oder Lena), die im Assessment-Center fragte, was Beats größte Schwäche sei und als welches Tier er wiedergeboren werden würde, starrt ihn mit offenem Mund an. Mitten im Gang steht sie, unfähig, sich zu bewegen, sodass alle um sie herumrennen müssen.

Beat schießt noch einmal in die Decke, freut sich demonstrativ an wirbelnden Glasstücken und herunterfallendem Staub. Endlich setzt auch sie sich in Bewegung, lässt er sie gnädig als Letzte durch die Glastür davonrennen.

In gemäßigten Schritten nähert er sich dem Raum, aus dem sie kam, der offen stehenden Tür. Innen roter Sand auf Bildschirmwänden, eine marsähnliche Wüstenlandschaft (haben die keine anderen Bilder?) und nervös blinkende LED-Lämpchen, noch immer «Die Elf Gebote» der Eventagentur formend. Er genießt es, mitten in den LED-Himmel zu feuern – die meisten Lichtpunkte erlöschen, Plastik fällt herab, Beat lächelt in sich hinein.

Fast hätte ich die Kameras vergessen! Sie zu erledigen ... ist weniger befriedigend als in der Vorstellung. Sicherheitshalber dreht er sich noch im Kreis und feuert auf alles, das ihn umgibt.

Tief ein- und ausatmend betrachtet er die gelungene Zerstörung. Formloses Material liegt vor seinen Füßen. Eigentlich ging es viel zu schnell. Er setzt sich auf den Boden und hört der Ruhe zu, die das Stockwerk erfüllt.

Ihm ist schwarz vor Augen, es riecht kompostiert. Von fern hört er junge Stimmen, Gelächter. Das Bild setzt sich neu zusammen, Stücke von grauem Linoleum mit hellen Einsprengseln, in gelblichem Licht, etwas Rechteckiges ragt auf. Dann ist das neue Raumbild vervollständigt: links eine graue, vertraute Raufaserwand, rechts die Kochnische – er erkennt die Wohnungstür, hinter der er auf dem Linoleumboden sitzt. Seine Glieder sind steif. Die Vorräte waren leer, er wollte einkaufen gehen. Der Autoschlüssel muss ihm aus der Hand gefallen sein.

27. Januar. Es drückt an der Schulter, jemand fasst seinen Arm, rüttelt – «Was ist?», Beat schlägt die Augen auf. Er liegt auf dem Bettsofa, mit dem Kopf Richtung

Tür, jemand steht an seinem Kopfende hinter ihm. Erschrocken stützt Beat die Hände ab, richtet sich auf, so schnell er kann. «Du bist es», verschwommen, ohne Brille, sieht er Boris dastehen, in dem zugemüllten, nach Kompost riechenden, seit einem Monat nicht gesaugten Zimmer. «Du warst im Januar nicht in der Hochschule, oder länger? Ich habe dich nicht gesehen, auch die anderen haben dich nicht gesehen, ich habe mir Sorgen» – «Wieso kommst du ungefragt in meine Wohnung?» – «Die Tür war nicht abgeschlossen, ich habe geklopft, mehrmals, und da du nie geöffnet hast …» – «Ich schlafe. Lass mich» – Beat fühlt sich bedrängt, er ist nackt, ungewaschen und das Zimmer – «Lass mich schlafen», wiederholt er, und Boris dreht sich schnell um, stolpert im Flur über Stapel leerer Pizzakartons, schließt die Wohnungstür. Später bedauert Beat seine Ruppigkeit und schreibt Boris, der es sicher nur gut gemeint hat, eine entschuldigende Nachricht; einen Termin für ein Treffen schlägt er nicht vor.

28. Januar. Die Oper dauert zweidreiviertel Stunden! So lange wird er neben Viktoria sitzen, auf Satin-Polstersesseln, in einem verdunkelten Saal. Es geht um eine männerverschlingende chinesische Prinzessin, die nur den Mann heiraten will, der es schafft, drei von ihr gestellte Rätsel zu lösen, liest er auf Wikipedia. Alle Männer, die am Rätsel scheitern, müssen sterben, Puccinis letzte und unvollendete Oper. «Geht übermorgen alles klar?», schreibt Viktoria. Sie hat ihr Profilbild geändert, in eine Nahaufnahme ihrer großen Augen, die Beat nervös macht. «Und wie!», tippt er als Antwort.

18

29. Januar. Die Felder, die Straße, der Himmel, alles erscheint ihm riesig – zu groß für mich –, die Geschwindigkeit, mit der er sich vorwärtsbewegt, 100 km/h, zu schnell. «Kannst du kommen?» Die Stimme seiner Mutter auf dem Anrufbeantworter hat leiser, matter als sonst geklungen, kaum zu glauben, dass es erst heute Mittag war. «Ich habe mir das Bein gebrochen, hingefallen beim Fahrradfahren. Magst du ein paar Einkäufe erledigen, staubsaugen vielleicht? Das würde schon helfen.» Das gleichmäßige, laute Rauschen der Reifen. Ausgebreitet liegt die Autobahn vor ihm, die hügellose Landschaft in orangefarbenes Licht getaucht, das Beat wie betäubt. Hat sie sich wirklich nur das Bein gebrochen? Würde sie ihn deshalb bitten, herzukommen? Dass der Himmel hier immer so weit sein muss, nur ein paar Wolkenverzerrungen ziehen sich über die nicht endende Fläche. An nichts stoßen können, allein in einem großen, leeren –

Vor der grauen Straße und den leeren Feldern tauchen drei Farbflecken auf, kaum fingerkuppengroße Punkte in Rotbraun, Türkis und Lichtweiß. Sie blinken jeder für sich, tauchen ständig auf und wieder ab. Die Flecken waren lange nicht da, fast freut Beat sich über sie. Er starrt hin: Jeder von ihnen pulsiert in einem anderen, wechselnden Tempo. Als er versucht, alle drei gleichzeitig wahrzunehmen, hört er einen verrückten Polyrhythmus in seinem Kopf. Gern würde er ihn auf der Marimba mit seinen Schlägeln probieren.

Ein pfeifendes Geräusch, links schnellt ein kleiner Wagen vorbei. Sein seltener Lack fällt Beat auf, er ist bronzefarben und matt. Die Lichtpunkte sind weg. Sekunden später hört er einen Knall, sieht Rauch, nur wenige Hundert Meter vor ihm schleudert das Auto quer über die Fahrbahn, knallt an die rechte Leitplanke und prallt zurück, es reißt einen anderen Wagen mit, Metallteile fliegen durch die Luft, beide überschlagen sich, bleiben auf dem linken Fahrstreifen liegen, kurz bevor Beat auf ihrer Höhe ankommt. Auf den äußersten Fahrstreifen wechseln, in gleichbleibendem Tempo weiterfahren, er versucht, nicht hinzusehen. Zittrige Hände, auf einen Schlag klar im Kopf: Das hier ist wirklich. Eine Vollbremsung machen mitten auf der Autobahn, doch hinter und vor ihm sind Autos in einer dichten Schlange. Hätte ich doch eine medizinische Ausbildung. Der plötzliche Wunsch, rechts ranzufahren, diesen Menschen beizustehen, obwohl er sie nicht kennt. Auf dieser Strecke passieren jedes Mal Unfälle, wieso nimmt ihn das heute so mit? Ein kleiner grüner Opel drängelt sich vor ihn. Auf die rechte Spur wechseln, Beat lässt das Gaspedal wieder los, da es leicht abschüssig geht. Er blinkt rechts und fährt, überrascht von sich selbst, auf den Standstreifen. Als er stehen bleibt, rast ein Lastwagen dicht an ihm vorbei, so schnell, dass sein Auto von dem Luftstrom wankt. Wahnsinn war das, denkt Beat, einfach so anzuhalten. Aber es stimmt so, er wird aussteigen.

Beat stellt die Warnblinkanlage an, klettert mit fahrigen Bewegungen auf den Beifahrersitz und steigt auf der geschützteren Seite aus. Er rennt einige Hundert

Meter zurück zu der Unfallstelle. Die beiden Autos stehen schief, leicht zusammengeknautscht, unbewegt an derselben Stelle, niemand ist ausgestiegen. Zwischen ihnen und Beat eine Schranke aus Autokolonnen. Was, wenn jemand in die Unfallautos rast? Beat rennt weiter auf dem Standstreifen und winkt den sich nähernden Wagen zu, in der Hoffnung, sie zu warnen, rechtzeitig auf die Unfallstelle aufmerksam zu machen. Ob seine wedelnden Armbewegungen etwas nutzen? Ein Beifahrer in einem vorbeirauschenden Wagen starrt ihn entgeistert an, ein anderer tippt sich an die Stirn und schüttelt den Kopf. Beat lässt die Arme sinken, geht die Schritte zurück auf Höhe der Unfallstelle. In dem hinteren Wagen scheint sich jemand zu regen, diese Menschen brauchen Hilfe! Aber wie? Hinüberzurennen, über zwei dicht befahrene Autobahnspuren, wäre Irrsinn. Die Autokolonnen werden schwächer, zwischen den Wagen bleiben größere Abstände.

Jetzt –

Hätte er doch eine medizinische Ausbildung.

Jetzt –

Sein letzter Erste-Hilfe-Kurs liegt Jahre zurück.

Ich kann das nicht –

In Zeitlupe bewegt er sich zurück zu seinem eigenen Wagen. Für einige Sekunden bleibt er auf dem Beifahrersitz sitzen.

Noch zittrig und zu langsam fädelt er sich auf der äußersten Spur ein, muss sich zwingen, auf dem Gaspedal zu bleiben.

Er öffnet das Fenster, hofft die ganze Zeit über, keinen weiteren Knall zu hören. Leise lässt er das Radio laufen, um Informationen zu bekommen, was an der Unfallstelle geschieht – aber auf allen Sendern läuft nur Musik, so unpassend harmlose, dass Beat sich dafür schämt.

Erst Minuten später fällt ihm auf, dass er Notarzt und Polizei hätte verständigen müssen; mittlerweile hat das sicher längst jemand anders getan. Er ist viel zu weit entfernt. Ruhig fühlt er sich immer noch nicht, passenderweise beginnt im Radio nun eine Sendung über Zen. «Der Kopf muss leer und offen sein», sagt eine unemotionale Stimme und beschreibt eine Übung, deren Ziel Beruhigung und ein Gefühl von Einswerden sein soll. «Wenn Sie den Ring an Ihrer Hand berühren, fassen Sie nicht nur sein Metall an, sondern auch alle damit verbundenen Nicht-Elemente, wie den Goldschmied, der ihn gefertigt hat, und damit auch seine Eltern, nein, die ganze Menschheit und darüber hinaus natürlich auch die Erde, die Sonne, die Luft, ohne die das Metall nicht hätte entstehen können», erklärt ein Zen-Lehrer mit ungewöhnlich hoher Stimme. Eine Zeit lang versucht Beat, an nichts zu denken, wie in der Übung beschrieben – was aber kaum gelingt. Es ist das erste Mal, dass seine Mutter ihn um Hilfe bittet, hat das etwas zu bedeuten? Weiterfahrend wählt Beat ihre Nummer. «Ich komme in einer halben Stunde an», sie scheint sich zu freuen.

Einige Bäume, die früher mal Wald waren, stehen am Rand der Stadt; wann hört eine Ansammlung von Bäumen auf, Wald zu sein?, fragt sich Beat, und: Bin ich noch Schlagzeuger, auch wenn ich, wie zurzeit, keine Konzerte spiele? Die Herderstraße, an deren Ende, am Wendekreis, das Haus seiner Mutter steht, ist an mehreren Stellen aufgerissen, im Zickzackparcours stottert er zwischen Baustellenlöchern voran. Nur die Vorgärten unterscheiden sich, die Häuser sehen gleich aus, wieso eigentlich? Niemand ist draußen, die meisten Rollläden schon heruntergezogen. In einem Vorgarten leuchtet noch eine Lichterkette, um eine Tanne gelegt; der Anblick stimmt ihn traurig, ohne dass er weiß, warum. «Bürger sein – was bedeutet das heute? Zu unserer Radiodiskussion begrüße ich den Kulturwissenschaftler …», Beat dreht den Ton aus und parkt vor Frau Herbergers Haus, in deren Hof er früher mit Straßenkreide malte. Schon vom Wagen aus ist sichtbar, dass sich bei seiner Mutter etwas verändert hat: die Hausfassade grau gestrichen (sie verabscheut diese Farbe), alle Rollläden heruntergezogen (was sie sonst nie so früh tut), darüber der niedrige Himmel. Diese pink-orange angestrahlten Wolken, marmorierten Himmelsnachahmungen, die er aus Kirchengewölben kennt, wirken hier unecht, übertrieben dramatisch.

Beat steigt aus, schließt ab. Mit Blumen in der Hand auf das Haus zuzugehen, fühlte sich bestimmt besser an.

Ohne das Namensschild zu beachten, drückt er den Klingelknopf herunter, niemand öffnet. Ist sie ausgegangen, mit ihrem gebrochenen Bein? Beat klingelt noch einmal, hört die vertraute abfallende Terz, doch seine Mutter kommt nicht. In Ermangelung einer Ablenkung senkt er nun doch den Blick auf das Namensschild, «Scharbert» steht dort, den Namen hat er noch nie gehört. Rasch drückt er den Klingelknopf zum dritten Mal, dann erst dringt die wahrgenommene Information ins Bewusstsein vor – sie soll nicht mehr dort wohnen? Lächerlicher Gedanke, er klopft an einen der geschlossenen Rollläden, keine Reaktion. Trotzdem kommt es ihm vor, als tue er etwas Verbotenes, als er, vorbei an der Blaufichte, in der seine Hängematte früher hing, in den hinteren, vor Blicken geschützten Garten eindringt.

Die Beete sehen kahl und ungepflegt aus: nicht ungewöhnlich im Januar. Sie muss die Gartenmöbel von der Terrasse genommen haben, er beschleunigt den Schritt, doch, an Weihnachten waren sie noch da, unter einer Plastikplane.

Beat hämmert an die Wohnzimmer-Glasfront. Das Gesicht an die Scheibe gepresst, sieht er – das Schaufenster eines Möbelhauses löst ebenso wenig Wiedererkennen aus – ein schwarz glänzendes Ledersofa und eine spinnenähnliche Lampe an der hohen Decke. Statt des Bücherregals füllt ein riesiger Flachbildschirm die Wand. Das Klavier fehlt. Diese blasslilafarbenen Vorhänge würde seine Mutter nie –

Als ob ihn etwas Hartes, von oben Kommendes am Kopf trifft: *Sie ist nicht mehr da.* Das Bild des Wohnzimmers wackelt, verschwimmt kurz, obwohl er einfach nur dasteht.

Das Handy aus der Tasche reißen, an oberster Stelle ihr Name, es wählt schon, sicher gibt es eine einfache – «Diese Nummer ist nicht vergeben. Bitte wählen Sie eine andere Nummer oder fragen Sie die Auskunft.»

Beat schließt die Augen, öffnet sie wieder: alles unverändert. Er dreht sich um, sieht das vertraute Gartenhäuschen, es teilt sich in drei waagerechte Streifen, die sich langsam verschieben, auseinanderbewegen. Ihm wird übel, und als er nach unten sieht, fließt der Boden von ihm fort, fühlt sich an, als würde er fallen, Beat hält sich an der Glasscheibe fest. Bin ich schuld, habe ich das auch verursacht? Er rennt los, über den strömenden Boden und die Steinplatten im Vorgarten, zurück auf die Straße. Ein kurzes elektrisches Blitzen, vielleicht von einer Straßenlaterne. Beat spürt eine Erschütterung im Asphalt unter seinen Füßen, eineinhalb Meter vor ihm bilden sich Risse in der Straße, ein breiter und viele dünne, kreuzende. Er bleibt stehen. Weicht zurück auf den Bürgersteig. Aber die Straße senkt sich langsam in der Mitte des Wendekreises ab, Sekunden später bricht der Asphalt wie eine dünne Porzellanhaut auf. Da ist ein tiefes Loch in der Straße, kaum zwei Meter entfernt. Beat wischt über seine Augen, das Bild bleibt gleich. Der Boden ruht nun, keine sichtbare Bewegung mehr. Stille, nur ein paar Vögel pfeifen. Das muss ein Senkloch sein, ausgelöst durch Großbaustellen, Erdbohrungen, weggeschwemmten Kalkstein, Gips, Salz. Aber hier, in der Straße, in der er aufgewachsen ist? Haben die vielen kleinen Baustellen, Rohrleitungsarbeiten, das ausgelöst?

Auf einen Schlag gehen alle Straßenlaternen an, als wären sie Teil eines künstlichen, spektakulären Schauspiels, das besonders gut beleuchtet werden muss. Doch Beat ist der einzige Beobachter. Die Hauseingänge bleiben leer, hat niemand sonst die Erschütterung gespürt? Wurden die Menschen evakuiert? Vorsichtig tastet er sich über den Bürgersteig in Richtung seines Wagens – ist es gefährlicher, hierzubleiben oder schnell über diese Straße wegzufahren? Leises Knacken von der anderen Seite des Wendekreises. Ein neuer Riss, der Asphalt bricht unter einem roten Kia zur Hälfte weg, das Auto gerät ins Kippen, wird aber noch von den übrigen Rädern gehalten. Hellrote, nackte Erde ist an den Rändern freigelegt, ansonsten nur Dunkelheit, es muss mehrere Meter tief sein. Merkwürdigerweise spürt er weder Aufregung noch Entsetzen, im Gegenteil, er fühlt sich ruhig, von einer unpassenden Teilnahmslosigkeit erfüllt, als ob er nur aus Distanz betrachtet, was hier geschieht. Bilder schreiend davonrennender Menschen, weinende Kinder in Katastrophenfilmen kommen ihm in den Sinn – er dagegen spürt in diesem Moment nichts; vielleicht eine Schutzfunktion? Still liegen die beiden Löcher da und Beat zieht sich in den Vorgarten zurück.

Nach wenigen Sekunden beginnen seine Glieder zu zittern. In seinem Inneren bricht etwas auf. Er versucht, sich zu schütteln, aber das Zittern nimmt an Heftigkeit zu. Nach einer Weile merkt er, dass ihm Tränen herunterlaufen, und ist damit völlig einverstanden. Angst, Gedankenanfänge, Trauer, Nicht-Wollen, Hoffen, das sich dreht, verschwindet, wieder auftaucht. Innen und Außen stimmen überein. Aber was –? Wohin? Geschieht das wirklich? Ist es so weit, Zeit, sich selbst einzuweisen? Muss das alles –

Wäre doch jemand anders da –

«Hallo?», eine kaum hörbare Stimme. «Hilfe», eine Frauenstimme, keine junge. Beat sieht sich um, ist immer noch der einzige Mensch auf der ganzen Straße, die Hauseingänge leer. Das Zittern wird schwächer, lässt nach. Nur Frau Herbergers Haustür nebenan scheint einen Spalt weit offen zu stehen, «Hilfe», von dort kommt die Stimme, ebenso schwach wie vorher. Schnell bewegt Beat sich über den betonierten Hof auf das Nachbarhaus zu, in dem kein Licht brennt. «Frau Herberger?»

Die oberste Treppenstufe erreicht, im Türspalt sieht er einen Arm auf dem Boden und drückt die Tür auf. «Ich bin's, Beat Grimm.»

Die alte Frau Herberger liegt auf den Steinfliesen ihres Flurs. Künstlicher Fliederduft, vermischt mit Toiletten- und Rotkohlgeruch. Sie starrt ihn mit großen Augen an, presst etwas hervor, das er nicht versteht. Hat sie einen Schlaganfall gehabt? «Komme nicht hoch», sagt sie mit monotoner Stimme. Schon tippt Beat 112 in sein Handy, froh, helfen zu können. «Ich rufe den Krankenwagen, ja?»

Frau Herberger schüttelt den Kopf, überraschend energisch. Sie streckt die Hand aus, ihm zu. Beat verharrt einige Sekunden an seinem Platz, sie ist ziemlich füllig, schafft er es, sie zu tragen? Nachdem er die Tür geschlossen hat, versucht er, sie von hinten zu stützen, erst mit beiden Armen, dann mit dem ganzen Körper.

Sobald sie aufrecht steht, beginnt sie – wacklig und von ihm gehalten –, einige Schritte zu machen. Beat atmet aus. Unendlich langsam bewegen sie sich durch den langen Flur; woran denken?

Dieses Haus ist viel zu riesig für eine alte, allein lebende Frau. Dass ihren Söhnen eine Baugerüstfirma gehört, erinnert er sich, mehr als genug Geld da, aber die Söhne ließen sich kaum je blicken, erzählte seine Mutter an Weihnachten. Meine Mutter, wo ist sie?, erschrickt er erneut und hofft, dass Frau Herberger etwas weiß. Sie wirkt ganz auf die Gehbewegungen konzentriert, sieht zu Boden. Der Geruch ist schwer erträglich. «Geht es noch?» Sie gibt keine Antwort. Das drängende Bedürfnis nach schnelleren Bewegungen, überhaupt etwas zu tun. Auf dem langen Sims neben ihm stehen leere Teller, Keramikfiguren, ein Aschenbecher, der, bewegt man den Kopf, in den Regenbogenfarben schimmert, bestimmt einmal extrem modern gewesen. Auf staubbedeckte Tassen schrieb jemand in schnörkeliger, kaum lesbarer Schrift «Zum Hochzeitstage» – was bedeuten ihr diese Dinge? «Ich war noch nie in Ihrem Haus», nur um etwas zu sagen. Frau Herberger gibt laute Atemgeräusche von sich. «Wollen Sie wirklich keinen Krankenwagen?» Sie nickt und schnappt nach Luft. «Alina kommt, später.»

19

«Haben Sie schon zu Abend gegessen?», fragt Helene Herberger, als sie in einem Ohrensessel neben der Heizung sitzt. In der Küche ist es warm und riecht nur nach Rotkohl, eigentlich angenehm. «Ich habe seit heute Mittag nichts gegessen», hört Beat sich sagen, dankbar, nicht sofort zurück zu den Senklöchern zu müssen. Die Küche ist sicher fünfzig Jahre alt, aber in saubersten Zustand. Ein kleiner Fernseher hängt zwischen den Schränken, in dem ein polnisches Programm läuft, Frau Herberger schaltet ihn aus. Nach ihren Anweisungen deckt er Silberbesteck und Kartoffelsalat auf und brät Würstchen in der Pfanne. Haben sich draußen weitere Senklöcher gebildet? Hinaussehen kann er nicht, das Rollo des einzigen Fensters ist geschlossen.

«Also, warum bist du gekommen?» Der Tisch, um den sie sitzen, gerade groß genug für sie beide, die leise zischende Pfanne in ihrer Mitte. Kann sie sich wirklich nicht erinnern? Beginnende Demenz? «Meine Mutter, wissen Sie, was mit ihr», Beat unterbricht sich. Dann erzählt er doch, da sie nur schweigt, was er eben am Haus seiner Mutter erlebte. «Wann haben Sie sie zuletzt …?» Helene Herberger lächelt ihn an, schüttelt den Kopf, die weißen Haare fliegen. «Ich bin ja kaum noch draußen.»

Wo? Neue Unruhe kommt auf: Wieso sitze ich hier mit einer fast Fremden, ohne zu wissen, ob meine Mutter – er zieht das Handy heraus, versucht wieder, sie zu erreichen, die unterkühlte Frauenstimme gibt dieselbe Auskunft. Ist es verfrüht, sie vermisst zu melden? Die Polizisten würden ihn auslachen, doch was sonst tun? «Sie wird dich anrufen. Es ist bestimmt alles in Ordnung.» Auch Beat beschließt, noch zu warten.

«Ich habe fünf Jahre in einer Kommune gelebt, in Oberbayern», bricht Frau Herberger in die Stille, ein Ablenkungsversuch? Ohne nachzudenken: «So richtig, mit nackt herumlaufen und allem?» Helene Herberger lacht laut auf und Beats Kopf wird heiß. «Haben Sie es gemocht?», fügt er schnell hinzu. Wieso hat sie nie davon erzählt? Aber es kann keine Kommune in den Siebzigerjahren gewesen sein, dafür ist sie zu alt. «Es geht um kollektiven Besitz und ökologische Unabhängigkeit. Die Idee, dass es allen besser geht, wenn jeder etwas gibt und bekommt.» – «Und, wie war es in der Praxis?» – «Ich wollte nie anders leben!» Nach oben gerissene Brauen, ihre riesigen Augen; sie springt auf, setzt sich wieder hin. «Dann traf ich Rainer und habe die Kommune verlassen. Die Chaotin und der Unternehmersohn, niemand hat geglaubt, dass wir lange zusammenbleiben ... Er hat mich in die Oper eingeladen, wir haben beide die Oper geliebt», ihre Stimme überschlägt sich, dann lächelt sie Beat verlegen zu. «Ich gehe morgen in die Oper, mit Viktoria, sie studiert Operngesang», sagt sie leichthin. Er starrt sie an. «Ich auch», gegen seinen Willen muss er lächeln, «wie kann das sein?»

Aber Helene Herberger drückt seine Hand und strahlt ihn an. «Ich wäre gern Opernsängerin geworden!» Ihr Gesicht gerötet, breitet sie die Arme aus, als wolle sie die Luft umarmen. Mit ihren großen Augen, der breiten Nase und den ausgeprägten Lippen sieht sie Viktoria sogar ähnlich!

Er schüttelt sich. Haben nicht alle Menschen, sieht man lange genug hin, gemeinsame Merkmale? Sie spricht weiter, während er versucht, sich auf den Inhalt ihrer Erzählung zu konzentrieren. «Rainer musste wegen des Unternehmens nach Namibia, und ich bin mitgegangen. So viele Straßenkinder, ich habe Hilfsprojekte ins Leben gerufen, Gelder für Schulen gesammelt, auch für Musikprojekte», sie nickt Beat zu, als hätte all das etwas mit ihm zu tun. Sie wartet, lächelt auffordernd.

Beat weiß nichts zu entgegnen. Seine eigenen Erfahrungen, ja, sein Lebens*stil* kommt ihm blass und feige vor. Er nimmt einen Schluck Apfelsaft. Egal, was er unternimmt, er wird kein so bewegtes Leben wie diese weißhaarige, vor ihm sitzende Frau –

«Es kommt nicht darauf an, möglichst viel zu erleben», wirft Frau Herberger ihm scharf entgegen. Beat blickt auf, sieht man ihm so sehr an, woran er gerade dachte? Zumindest studiert sie seine Miene. «Sondern?» – «Das kann ich dir nicht sagen», sie nimmt auch einen Schluck Apfelsaft. «Aber ich weiß, dass ich die Jahre hier, die ich mit meinen Söhnen verbrachte, sogar die letzten Jahre, in denen ich die meiste Zeit allein bin, nicht missen möchte. Ich habe g e l e b t», sie sagt das gedehnt, ohne dass es pathetisch klingt, bricht ab.

Danach schweigt sie. Aber Beat findet es nicht unangenehm, weiter bei ihr zu sitzen, wie ist diese Vertrautheit entstanden? Gedanken an seine Mutter drängen sich wieder vor. Dass er sich so hat ablenken lassen! «Ich könnte auch bei ihren Freundinnen suchen», sagt er halblaut, kennt aber weder deren Telefonnummern, noch weiß er sicher, wo sie wohnen. Helene Herberger scheint in ihre Gedanken versponnen zu sein. «Ich möchte Alina nicht schaden», sagt sie auf einmal bestimmt. «Eigentlich würde ich längst sterben, aber ...» Er schaut auf und ihr ins Gesicht, auch sie sieht ihn direkt an. «Es ist wegen Alina.» Alina muss die fast noch junge Frau sein, die ihr hilft, Beat erinnert sich, sie an Weihnachten kurz gesehen zu haben. Sie wohnt sogar in diesem Haus, ihr Mann und mehrere Kinder dagegen in Polen, erzählte seine Mutter. «Ich möchte Alina nicht schaden», wiederholt Frau Herberger.

Er steht leise auf, um den Weg zur Toilette zu suchen. Erst im Flur fällt ihm auf, angesichts des Geruchs, dass das vielleicht keine gute Idee ... Als er zurück in die Küche kommt, um sich zu verabschieden, springt Helene Herberger auf. Wie kann sie so schnelle Schritte gehen? Schon im Gespräch strahlte sie so viel Energie aus, dass es ihn wunderte – waren der Sturz und die Schwäche vorhin gespielt? Vielleicht wollte sie einfach Gesellschaft, ihn herlocken? Und wenn schon. Durch die andere Tür läuft sie, wohin er ihr folgt.

Mahagoni-Wandschränke und eine Glasfront. Sie sitzt bereits auf dem Ledersofa, Beat bleibt stehen in der Tür. «Kannst du etwas spielen? Ich habe das Klavier so lange nicht gehört!» Erst jetzt bemerkt er in einer dunklen Nische das Instrument. «Bitte, ein kleines Stück.» Zum Abschied etwas für sie tun – Beat geht darauf zu, sicher ist es völlig verstimmt. Auf einem langen Sims reiht sich ein gerahmtes Foto an das nächste, keines davon lässt etwas von Frau Herbergers Kommunen-

und Afrika-Vergangenheit erahnen, das muss nichts bedeuten.

Er setzt sich hin, klappt den Deckel auf. Die Tasten sind gelblich verfärbt und das Klavier riecht alt, leicht modrig. Was spielen? Es gibt weder eine Lampe noch Noten, und Frau Herberger sieht erwartungsvoll zu ihm.

Er fängt an mit Mozart, eines von drei kleinen Stücken, die er letztes Jahr in der Nebenfachprüfung vortrug, eine harmlos trällernde Melodie. Die Prüfung bestand er mit Bestnote, seitdem hat er kein Klavier angerührt, warum auch. Schon nach wenigen Takten ödet es ihn so an, dass er abbricht. Er setzt ein mit Händel. Doch in der Mitte des Stücks wissen seine Hände einfach nicht weiter. Es ist unangenehm still. Auch als er ein paar Takte früher wieder anfängt, fliegt er erneut heraus, peinlich. «Tut mir leid, ich habe das seit einem halben Jahr nicht gespielt.» Frau Herberger, unter einer Decke auf dem Sofa liegend, sieht ihn neutral an. «Nicht schlimm», sagt sie, «es tut mir leid, dass ich keine Noten dahabe.» Bei Schumann arbeitet Beats Gedächtnis besser, doch die Musik scheint ihm bedeutungslos. Sie ist *vergangen*, aus anderen Jahrhunderten, warum sollte er das spielen? Spürt Frau Herberger, dass er keinen Bezug zur Musik hat? Mitten in der Phrase bricht er ab, hört einige Sekunden auf die Stille – dann spielt er einen einzigen Ton, der ihm richtig vorkommt. Er findet einen zweiten, dann einen schwebend schräg klingenden Akkord, den er mit dem Pedal liegen lässt. Er gibt das Pedal frei und lässt die Finger über die Tasten rasen, ein einziges Summen, Rauschen, seine Finger haben sich verselbstständigt, woher nehmen sie die Energie? Das Klavier scheint anzuwachsen und hervorzutreten, er sitzt jetzt mitten in seinem Körper, umgeben von Tönen, hört sie ganz nah. Mit schnellem Atem findet er neue Liegeakkorde, die sich verschieben, zu dem herrlich schmutzigen Mischklang setzt er weitere Impulstöne, stimmt, es gibt keine Melodie, doch er mag es, das klingt irgendwie wirklich. Dann fällt ihm Frau Herberger ein. Er dreht sich um.

Aber sie sitzt aufrecht auf dem Sofa, mit weit aufgerissenen Augen, und strahlt ihm zu. Also fängt Beat von Neuem an, reißt den Klavierdeckel auf, fasst in die Saiten und zupft weitere Ebenen von Tönen, blitzenden Impulsen auf die immer noch wabernde Klangfläche. Jetzt bildet sich auch eine Melodie, einstimmig und ohne Begleitung, doch mit einem wilden Harakiri-Rhythmus, so einen würde nur ein Schlagzeuger finden, denkt Beat, spielt einen gegenläufigen Rhythmus mit der linken Hand dazu. Dann denkt er nichts mehr, geht ganz in die Klänge hinein wie in einen Raum, den er betritt und erkundet.

«Großartig», ruft Frau Herberger. «So etwas habe ich noch nie gehört. Danke.» Beat dreht sich langsam um, doch ihr Gesichtsausdruck lässt keinen Spott erkennen. «Danke», sagt sie noch einmal leise, fast ehrfürchtig. Beat steht auf. «Ich muss gehen.» Er streckt ihr die Hand zum Abschied hin. «Kommst du wieder?», sie umkrallt seinen Arm. Ihre Hände sind warm. «Ja», sagt Beat, «ich komme wieder.»

Durch den langen, immer noch nach Rotkohl, Toilette und Flieder riechenden Gang geht er zurück, tritt hinaus in die kalte, durchlässige Nachtluft.

Als er im Wagen sitzt – dem unbeleuchteten Haus seiner Mutter schenkt er absichtlich keinen Blick mehr –, tut es ihm leid, die alte Frau allein gelassen zu haben. Zugleich fühlt er sich aber wach, voller Tatendrang und leicht berauscht von der Klavierimprovisation. Ist das Dankbarkeit, was er empfindet? Er fährt los. Weitere Erdlöcher haben sich keine gebildet, schnell den Wagen an den beiden vorherigen, jetzt mit Baustellenbändern abgetrennten vorbeilenken. Kurz vor der Ausfahrt zur Autobahn ragt im Dunklen das kirchliche Krankenhaus auf, die Blinddarmoperation vor zehn Jahren … In mehreren der zur Straße gerichteten Fenstern brennt noch Licht. Spontan blinkt Beat und lenkt den Wagen auf den fast leeren Parkplatz.

«Liegt in diesem Haus Olivia Grimm? Vielleicht ein Notfall.»

Langsam legt der glatzköpfige Nachtpförtner sein Sudoku-Rätsel zur Seite und durchsucht den Computer nach ihrem Namen. Der Tisch vor ihm mit Familienfotos in Bilderrahmen übersät. Sein Kopfschütteln erleichtert Beat; wäre seiner Mutter etwas Ernsthaftes passiert, läge sie sicher hier! Er bedankt sich, wählt noch einmal ihre Nummer: «Nicht vergeben.» Folgt einem Schild, das den Weg zur Toilette weist. Die Treppe nach unten. «Labor», liest er im Kellergang und nimmt eine offen stehende Tür. Neben Schließfächern eine Kammer mit hohen Regalen, in denen Arbeitskleidung des Pflegepersonals liegt, frisch gewaschen und fein gefaltet. So viel weißer Stoff.

Nachdem er hineingeschlüpft ist, fühlt er sich von der weißen Farbe wie gereinigt.

In den Aufzug am Ende des Gangs steigen, der ihn

aufwärts fährt, zur «Inneren Station», dunkel und leer öffnet sich vor den Augen der Gang. Grüne Lämpchen neben teils offen stehenden Türen zeigen, es geht den Patienten gut. Aber das Schwesternzimmer ist unbesetzt, sind alle vom Nachtpersonal in der Raucherpause oder auf Stationen, wo sie dringender gebraucht werden? Papiere mit Anweisungen und Tabellen hängen an den Wänden, ein Tulpenstrauß auf dem langen Tisch neben einer Geburtstagskarte und *Suppen – Das große Kochbuch*.

Gerade als Beat das Schwesternzimmer verlässt, springt eines der Lämpchen auf Rot, ein hoher, sich wiederholender Alarmton schrillt auf, bis hinaus auf den Gang – kommt niemand? Er bewegt sich langsam auf das Krankenzimmer zu, hält, da er Schritte hinter sich hört, inne und dreht sich um.

Ein hochgewachsener Pfleger mit melancholischem Blick steht neben dem Aufzug. «Warum schaltest du die Glocke nicht aus?», fragt er in vorwurfsvollem Ton, mit östlichem Akzent. «Jaa», gibt Beat zögerlich zurück und der Pfleger wendet sich zum Gehen. Hätte er die Wahrheit sagen sollen? Zu spät. So eilt Beat auf das Zimmer zu, findet innen neben der Tür – er weiß einfach, wie es geht – den Schalter zum Beenden der Glocke.

Zum fünften, zum zehnten Mal geht er diesen Gang entlang, hin und zurück, wechselt Laken, bringt Trinkwasser oder Bettpfannen, die von ihm ausgeleert werden müssen. Er besprüht seine Hände. Beat weiß nicht, ob er in der Zeit zurückgeht oder nach vorne. Die Gerüche nach Desinfektionsmittel, Ausscheidungen, unter Hauben liegendem Krankenhausessen, erstaunlich: All das macht ihm nichts aus, ebenso wenig, dass

Patienten ihn anatmen, die ungewohnte körperliche Nähe zu fremden Kranken. Der Gedanke, dass diese Arbeit nicht schlechter oder besser ist als irgendeine andere, er dankbar ist, sich nützlich machen zu können. Wieder die Glocke, er nimmt Desinfektionsmittel, geht den Gang entlang. Gedanken kommen, doch sind nicht wichtig. Obwohl die Zimmer klein sind, hört er seine Schritte mit Hall, seine Stimme und die einer Patientin, die sich bedankt für ein Glas Tee. Das Richtige zu tun. Beat besprüht seine Hände. Er wird nicht müde. Falls es einen Notfall gibt, wird der Pfleger wiederkommen. Es gibt keinen Notfall, die Kranken brauchen nur ihn, jemanden, der da ist. Beat besprüht seine Hände mit Desinfektionsmittel.

Dann ist es Morgen, der Himmel vor dem Fenster wird durchlässiger für das Licht, und zwei Krankenschwestern betreten den Gang, eine trägt einen Geburtstagskuchen wippend vor sich her. «Bist du der Neue? Pflegepraktikum?», «Ich bin bloß eingesprungen», «Ah ja», Beat verabschiedet sich und fährt zurück in den Keller, schlüpft in seine eigenen Kleider.

Für einen Moment die Vorstellung, dass dort, auf einem Rollwagen, seine eigenen Organe, gewaschen und aufgereiht, unter Glasglocken liegen. Es sind nur Teller mit Plastikdeckeln auf einem Essenswagen, den jemand abgestellt hat. Erleichterung, dass sich alle Organe in seinem Körper befinden und immerzu selbst organisieren … Am Kiosk nimmt er noch einen Kaffee und drei Croissants, wählt im Gehen wieder die Nummer seiner Mutter und bekommt dieselbe Auskunft. «Musiktherapie-Ausbildung – Die neuen Termine», steht auf einem

Zettel an der Glastür, die ihn zum Parkplatz führt, nur aus dem Augenwinkel wahrgenommen.

An der Parkplatzausfahrt steht ein Briefkasten, eigentlich verrückt, dass es die überall gibt. Werden, wenn ich alt bin, immer noch Briefkästen in den Straßen stehen? Schon jetzt kommen sie Beat altmodisch, fast nostalgisch vor. Allerdings haben sie ihre besondere Wirkung auf ihn verloren, ziehen ihn nicht mehr an. Noch vor einigen Wochen hat er bei ihrem Anblick oft das Gefühl gehabt, durch sie etwas Wesentliches erfahren zu können, eine Botschaft aus der Zukunft vielleicht – und manchmal stimmt das ja: Die Zusage für eine Stelle oder Einladung zum Wettbewerb kommt meist in Form eines Briefs … Und jetzt erhoffst du dir keine positiven Nachrichten mehr?

Handyklingeln übertönt das Rauschen der Reifen. «Wo bist du?», ruft Beat. «Es tut mir so leid!», seine Mutter, aufgeregt, schreit fast: «Vincentius-Krankenhaus, ich stehe auf dem Parkplatz!» Das ist das evangelische Krankenhaus, er selbst war bis vor vierzig Minuten im katholischen. «Was ist passiert?» – «Sarah hatte einen Zusammenbruch, ich bin die ganze Zeit bei ihr.» Sarah muss eine ihrer engeren Freundinnen sein, doch kein Gesicht taucht vor dem inneren Auge auf. Sorge schlägt um in Ärger, dass seine Mutter nicht früher ihn –

«In diesem blöden Gebäude bekomme ich keinen Empfang. Dann ist mir eingefallen, dass du ja gestern kommen …» – «Ich bin schon auf dem Rückweg, muss am Abend in Mannheim sein», erklärt Beat. Die Autobahn liegt in orange-lilafarbenem Lichtfilter vor ihm.

Soll er umkehren? «Ich gehe mit Viktoria in die Oper», sein Kopf wird wieder heiß. «Oh, wie schön! Ich komme klar. Viel Vergnügen in der Oper!» Sie klingt aufrichtig erfreut.

Schon wandelt sich der Ärger, vergessen worden zu sein, in warme Erleichterung. Aber ein anderer Gedanke schießt ein: *Sie war immer für mich da* – ist das Scham? Ein Hitzefleck aus der Körpermitte breitet sich aus, bis zu den Armen, Beinen, bis ihm überall warm ist. Verrückt, in 24 Jahren hat sie ihn nie im Stich gelassen. Und er hatte es nicht mal bemerkt. Gestern war die einzige Situation, in der sie ihn je auf den zweiten Platz verwies.

Vielleicht kann ich mich irgendwie bald bedanken? Versuchen, für sie zu kochen? Besser nicht. Würde sie sich freuen, wenn ich ein kleines, persönliches Konzert zu Hause gäbe, nur für sie und ihre Freundinnen?

Wieder tauchen die Lichtflecken vor den leer vorbeiziehenden Feldern auf, in Weiß, Türkis, Rotbraun der pulsierende Polyrhythmus: als ob sein Oberkopf sich öffnet, leichtes Schweben und kribbelnde Finger. Auf die Straße achten! Mit Absicht hustet Beat laut, wodurch die Lichtflecken verschwinden. Auch die Hitze lässt nach. Es gelingt ihm, sich zu konzentrieren; kein weiterer Unfall geschieht.

20

30. Januar. Wird sie kommen? Fast zu früh ist Beat auf der Straße, geht zu Fuß. Er trägt seinen besten Anzug. Am Platz vor dem Wasserturm – es wird schon dunkel – verdichtet sich die Menge an Menschen, vor allem jungen, die so dicht stehen oder langsam gehen, dass sein Fortbewegen gebremst wird. Werde ich mich in vierzig Jahren an diesen Abend erinnern? Angerempelt – ein Mädchen mit kurzen, neonpinken Haaren starrt seinen Anzug an. «Sorry», sagt sie und küsst das Mädchen neben sich auf den Mund. Die Masse wird noch dichter. Warum nur? Manche tragen schwarz-weiße Masken, was wollen sie? Dröhnendes Gemurmel und geschriene Sprechchöre, von denen er sich angegriffen fühlt, ohne ihren Inhalt zu verstehen.

Er drängt sich an den Rand, sieht in einiger Entfernung Passanten, genervt von der Störung, umkehren. Durch Seitengassen zur Oper kommen? Auch der Park unterhalb des Wasserturms ist dicht gefüllt mit Menschen, die Schilder und Fahnen tragen, zu weit entfernt, um sie lesen zu können. Alle stehen, Fortkommen unmöglich. Auf einer Parkbank sitzende Teenies filmen mit Handys in die Menge, Schilder wanken über den Köpfen. «TV aus, Gehirn an» und «Ihr spekuliert mit unserem Leben», entziffert er jetzt, während Trillerpfeifen und Rasseln in seinen Ohren brennen.

Hat die Finanzkrise doch noch etwas ausgelöst? Nicht nur in den USA haben viele Menschen ihre Häuser verloren, auch in Europa. In Deutschland steigt das Armutsrisiko infolge der Krise. Es wird weitere Auswirkungen geben, denkt Beat gerade, als – «Super, dass du gekommen bist!», Panos, der griechische Kompositionsstudent, vor Monaten zuletzt mit ihm gesprochen, legt einen Arm um Beats Schultern. Damit hat er nicht gerechnet, hier jemandem zu begegnen, den er kennt! «Eigentlich», setzt Beat zu einer Erklärung an, bricht aber ab. Panos hat sich einen längeren Bart wachsen lassen, ansonsten wirkt er genauso enthusiastisch, zugleich etwas ungelenk wie sonst. «Ist das deine erste Demo?», fragt er. Beat nickt. «Du kannst die aktuellen Termine immer finden unter», er drückt ihm einen Flyer in die Hand, aus Höflichkeit steckt Beat ihn in die Sakkotasche.

Zu einer Technomusik ohne Melodie setzen sich die Menschen direkt vor ihnen in Bewegung, Panos hakt ihn unter, sodass Beat dicht mit ihm weitergehen muss. Alle drängen auf der zur Oper führenden Ringstraße weiter, nicht mehr weit. «Stoppt den Krieg gegen Libyen», ruft jemand neben seinem Ohr. Männer mit Kameras beobachten sie vom Rand her, neue Sprechchöre setzen ein, Arme werden nach oben gerissen, jemand gibt ein Interview in ein bauschiges Mikrofon. Beat muss grinsen, für einen Moment fühlt er sich wie auf einer Opernbühne, Teil des Chors, der einen Aufstand spielt, gleich wieder über die Bühnenränder abrauscht. Die Körpernähe irritiert ihn, er löst sich aus dem Griff. «Wofür ist diese Demo eigentlich genau?», ruft er Panos zu. «Och, für ganz vieles. Mir persönlich geht es um die Erneuerung der Gesellschaft durch Ästhetik. Die Frage ist doch, wie viele akustische Ereignisse pro Sekunde kannst du wahrnehmen, vier, acht, sechzehn? Die meisten schaffen nur eins oder zwei. Da müssen wir ansetzen.» Eine Gruppe älterer Männer und Frauen neben ihnen kreischt jubelnd auf, warum, ist nicht ersichtlich. Beat lächelt. Abgesehen davon, dass Panos ihm wie ein idealistischer Spinner vorkommt, hegt er auch Sympathie für dessen Gedanken. Panos starrt ins Leere und scheint zu sinnieren, während sie weitergehen. Beat dagegen beobachtet. In einiger Entfernung tanzen die beiden Mädchen von vorhin, ihre Arme über dem Kopf, als befänden sie sich in einem Club.

Auf den Schultern zweier Kerle sitzend, schreit ein junger Mann mit riesiger Stirn und abstehenden Ohren Anfeuerungen in ein Megafon, bald schon gelingt es ihm, alle in der näheren Umgebung zu koordinieren, auch die beiden Mädchen, die ältere Gruppe, Panos, sie rufen ihm die Buchstaben und Wörter zu, die er von ihnen fordert. Sein sich in Zeitlupe öffnender und schließender Mund, «WIR», alle Stimmen verbinden sich zu einer einzigen, «SIND», noch lauter, «DAS», alle schreien, «VOLK», immer wieder treibt er sie an zu dem einen Satz.

Irritiert stellt Beat fest, dass er gerade «WIR» gebrüllt hat. Für eine Sekunde kommt es ihm vor, als befände er sich nicht außerhalb seines Körpers, sondern all diese Menschen, auch der mit dem Megafon, wären *sein eigener*, ausgedehnter und wabernder Körper, an verschiedensten Stellen an- und abschwellend, aus so vielen Einzelteilen bestehend, die aber alle ihm gehören. Die Macht, die ein Dirigent auf das Orchester ausüben kann, nur zucken mit dem kleinen Finger und das Orchester explodiert – doch das hier ist ursprünglicher, unkontrollierter, alle einzelnen Teile tun, was sie wollen. Es spielt keine Rolle, ob sie eine Masse aus Urzeitmenschen sind, unterwegs zum Angriff gegen einen anderen Stamm, oder ein Bauernvolk, das gegen die römische Armee anrennt, die Kraft –

Jemand tritt auf seine schwarzen Lederschuhe. «Alles in Ordnung?», fragt Panos. «Alles klar!», die Verstiegenheit seiner Gedanken überrascht Beat, er lacht laut auf, Panos reicht ihm eine Plastikflasche Wasser, er leert sie in großen Schlucken. «Ich wundere mich nur.» Bisher mied er immer laute, verschwitzte Menschenansammlungen wie diese, ging davon aus, dass er sich deplatziert vorkommen würde. Sowieso schien ihm der Nutzen von Demonstrationen zu zweifelhaft, um Zeit dafür aufzuwenden … Aber jetzt? Er genießt es, weiterzugehen, saugt die vorwärtstreibende Energie um sich herum auf, das Einverständnis so unterschiedlicher Menschen, den greifbaren Veränderungsdrang. Alle tun und wollen etwas, sie sind genauso jung und alt wie er. Würde er weiter mit dieser Menge gehen … Auch wenn ihn die Krise nicht direkt betrifft: Vielleicht ist das hier ein Anfang, kann er sich in Zukunft gemeinsam mit anderen engagieren.

Viktoria, fällt Beat ein. Das Theater taucht über den Köpfen auf. «Ich muss», er entfernt sich winkend. «Bis zur nächsten Demo», ruft Panos ihm hinterher.

Während er sich – zu langsam – unter Platanen über den leeren Vorplatz auf das Opernhaus zubewegt, hört er den Gong herüberziehen. Bin ich zu spät? Übergangslos wieder die Unruhe, zugleich ist er schläfrig (früher bedeutete Schläfrigkeit oft Nervosität, vielleicht ein

Therapieversuch des eigenen Körpers?). Dass er sich so ablenken ließ!

Keine Champagner trinkenden Menschen in Abendkleidern stehen mehr vor dem Eingang, nur ein einzelner Mann, der eine Restkarte loswerden will, spricht ihn an. «Nein danke», sagt Beat. Sein Herzschlag beschleunigt, was, wenn sie nicht?

Doch innen, hinter den mehrfachen Glastüren, wartet sie – Viktoria, lächelnd, in einem dunkelroten Kleid.

«Wir müssen uns beeilen.» Sie rennen durch das Foyer, über die Treppen nach oben, trotz ihrer hochhackigen roten Schuhe ist Viktoria ziemlich schnell. So spät wie sie dran sind, müssen sie nicht einmal die Karten vorzeigen beim Betreten des Saals.

Die Lichter sind aber noch an und die Zuhörer reden durcheinander. Kaum dass sie Platz genommen haben, platzt Viktoria heraus: «Ich habe ein Studio für die Aufnahmen gefunden und eine Plattenfirma, die meine Stücke herausbringen will.» Sie strahlt Beat mit einer Großzügigkeit an, dass ihn die Freude selbst körperlich durchfährt.

«Fantastisch, herzlichen Glückwunsch», ruft er, «ich möchte deine Stücke endlich hören. In welche Richtung gehen sie?»

«Mischung aus Klassik, Pop, Impressionismus, schwer zu beschreiben … Ich freue mich so sehr darauf, also bist du bei der Aufnahme dabei?»

«Natürlich, unbedingt!»

Sie zieht das Programmheft aus ihrer Tasche, doch die Lichter gehen langsam dimmend aus. Ihre Gesichtszüge im nachlassenden Licht sind anders als in Beats Erinnerung, die Nase größer, die Lippen feiner. Ihr rechtes Auge zuckt seit seiner Ankunft unwillkürlich, ist sie nervös? Oder wegen seiner Verspätung verärgert?

«Es tut mir leid, dass ich so spät – ich muss dir in der Pause erzählen», fängt er an.

«Kein Problem. Ich bin nur eine Minute vor dir angekommen, war selbst überrascht, dass ich es heute pünktlich geschafft habe», flüstert sie lachend.

Beat bereut, sie nicht an einen anderen Ort eingeladen zu haben. Die Brüstung, auf der ihre Hände liegen, erinnert an ein Bahnhofsgeländer, die Seitenwände mit gelbem Holz verkleidet (wie der Kammermusiksaal der Hochschule), die bräunlich-abgenutzten Stoffe der Sitze – es ist das nüchternste Opernhaus der Welt. Wie soll hier eine wertvolle Stimmung aufkommen?

Dunkelheit, Applaus für den Dirigenten, der Vorhang geht auf. Ein Baugerüst mit mehreren Ebenen und dazwischengehängten Spiegeln in blauem Licht. Beat hört aufmerksamkeitsheischende Trompetenakkorde, dann lauter abgehackte Streichertöne, eine kurze Metallophonlinie (es ist Helmut, erkennt er mit einem Blick in den Graben), schon verkündet ein Bariton die Regeln Prinzessin Turandots, die bereits eine Generation junger Männer verschlissen habe – alles wie erwartet, der typische italienische Opernklang mit aufgeregten Violinen, zu hohen Flöten, genau so, wie er es nicht mehr mag. Ich hätte sie zu einem moderneren Stück einladen sollen, denkt er, dann fällt ihm ein, dass *sie* ja die Karten besorgt hat.

Lass dich darauf ein, denkt Beat, während auf der

Bühne immer mehr Chorsänger herumwirbeln – die Musik wird leise. Viktorias in ihrem Schoß liegende Hand, er ergreift sie und zieht sie zu sich, auf sein Bein – lässt sie es zu? Überlaut hört er im Parkett jemanden ein Bonbon auspacken, laut raschelnd, mehrere Sekunden lang, dann: nimmt Viktoria seine andere Hand und legt ihren Kopf auf seine Schulter, sie ist ganz nah, ihm wird heiß, aber sie bleibt bei ihm. Seine, ihre Hände pulsieren, aus ihrer Hand strömt etwas in seine Hand und durch den Arm in den ganzen Körper, strömt durch seinen Arm, durch die Hand in ihre, sie sind ein geschlossener Kreislauf. Dass andere Menschen da sind, macht es noch wirklicher.

Dann aber richtet Viktoria sich auf, zieht ihre Hände aus seinen, lehnt sich sogar über die Brüstung und starrt nach vorne. «So schön», flüstert sie, dreht sich kurz lächelnd ihm zu. Sie mag Puccini, sie studiert doch Operngesang! Auch Beat versucht jetzt, wieder auf die Musik zu achten. Würden diese harmonischen Klänge ihn doch mehr reizen. «Meine Lieblingsmusik ist die, die ich noch nicht gehört habe», John Cage fällt ihm wieder ein. Dem würde er zustimmen.

Immerhin, eine überraschende Sekundführung zwischen Geigen und Celli. Was war das? Hauchen, Kratzen und Pressen. Aus dem Graben dringen geräuschhafte Laute, übertönen die aufsteigende Melodie, überrascht wendet er den Kopf zu Viktoria, doch sie sieht weiter nach vorne, mit entspannter Miene, soweit er es in dem geringen, grünlichen Licht des Notausgangsschilds über der Tür erkennt.

Das Orchester klingt wieder normal, großes Vibrato

der Turandot in einem paillettenbesetzten Kleid, auf der höchsten Ebene des Gerüsts. Weiter zur Bühne sehen. Gerne würde er die Augen schließen; um später, in der Pause, über die Inszenierung sprechen zu können, hält er sie dennoch offen. Als er einen Arm auf Viktorias Schulter legt, reagiert sie nicht. Für Sekunden wird die Bühne in milchig-rotes Licht getaucht, ein pfefferscharfer Geruch dringt in seine Nase, zusammen mit dem Nebel, der von der Bühne in den Zuschauerraum zieht, einige niesen. Da schiebt sich erneut gepresstes Kratzen vor den Streicherklang.

Er nimmt seine Hand von Viktorias Schulter, hört Puccinis Musik nur noch in abgehackten Stücken, mit Pausen kompletter Stille dazwischen, die Ausschnitte überlagert, ineinandergelegt, auch ihr Klang verzerrt sich. Eigentlich klingt es spannend, wie mehrere zerstörte Tonbänder gleichzeitig abgespielt – aber hier kommt keine Musik vom Band. Beat sieht das Orchester vorne im Graben spielen, im Schein gelblicher Pultleuchten, mit sparsamen Bewegungen. Nichts an ihren Gesichtern lässt ahnen, dass etwas nicht stimmt. Wieso merkt niemand im Publikum etwas außer ihm? Viktoria darauf anzusprechen, wäre peinlich.

Weiter zur Bühne sehen. Zwei Lichtkreise breiten sich aus ihren Mitten aus und kreuzen sich in Ringen, mehrfache Ringe, kreisend, Linien, die sich überschneiden, Interferenzmuster, in dem zwei Augen sitzen. Beat schüttelt sich, leichter Schwindel. Puccinis dicken Bläser- und Streichersatz hört er sehr leise von weit entfernt, darüber oder davor, ja, ein Schwirren, Sirren, durchsetzt von kurzen, lauten Bläserpulsen, heruntergezogene

Glissandi, Gluckern, dann wieder Hauchen, fast zärtlich, hört beides, Puccini und das andere, in Überlagerung. Erst jetzt kommen gehaltene Töne von menschlichen Stimmen hinzu. Das Interferenzmuster lässt nach. Während die Sänger ihre Töne abrupt nach oben schießen und wieder absinken lassen, sieht er vorne gleichzeitig das Bühnenbild (Gerüst, Spiegel, Chorsänger) und, wie gezeichnet, eine Landschaft aus Spitzen, Tälern, mittelhohen Wellen, Wirbeln und Senken. Sie breitet sich aus bis zu den Bühnenrändern, erinnert ihn an die Abbildung aus einem seiner Physikbücher, eine Landschaft aus Wahrscheinlichkeitswellen, bloß aus welchem Material? Eine Lichtprojektion? Aber die Wellen und Spitzen ragen in das Baugerüst hinein. Beat wischt über seine Augen, das Doppelbild bleibt.

Viktoria sieht zu ihm, Beat versucht, ruhig zu atmen. Sie lehnt sich zurück und fährt mit ihrer Hand über sein Bein, feine Nadeln in seiner Haut, die sich offen anfühlt, die Innenschicht nach außen gestülpt. Die Kontrabässe ziehen einen anschwellenden Ton immer tiefer nach unten, noch tiefer und lauter, überraschend, dass sie so tiefe Töne erzeugen können. Noch tiefer, Brummen, das er nicht mehr als gestrichenen Klang wahrnimmt, versetzt seine Füße, Unterschenkel ins Vibrieren. Nicht nur die Beine, der ganze Körper vibriert, während er, als müsste er platzen, da ist etwas, ein von innen Überschüssiges, das heraus muss, drängt –

Ein lauter, undefinierter Knall, so laut, als ob alle Töne, Klänge, Geräusche des ganzen Abends sich darin sammeln: Mit ihm wird Beat auf die Füße gerissen – und steht plötzlich mitten auf der Bühne, zwischen zwei niedrigen Spitzen der Wahrscheinlichkeitswellenlandschaft. Sieht die hell erleuchtete Bühneninnenseite aus Sicht der Sänger, der Zuschauerraum zu dunkel, um das Publikum zu erkennen. Ist er jetzt Teil der Inszenierung, für alle sichtbar? Statt wie die Choristen um ihn in gespielter Aufregung davonzurennen oder auf das Gerüst zu klettern, nähert er sich einer der niedrigen Wellenspitzen, will sie anfassen – wieso fühlt es sich an wie trockene, nach Shampoo duftende Haare? Auch als er mit den Fingern die Wellenform nachfährt, der Gefühlseindruck von trockenen Haaren bleibt. Der Dirigent sieht ihn mit hochgezogenen Brauen an, die Musiker sitzen vorne auf der Stuhlkante, starren in die Noten, als sähen sie sie zum ersten Mal.

Beat geht einige Schritte in Richtung des Orchestergrabens, dreht sich um. An der Kante steht er, mit dem Rücken zum Publikum, mit Blick auf das doppelte Bühnenbild. Da wellt sich die Luft vor seinen Augen, einige Bereiche des Gerüsts rücken näher, andere entfernen sich, doch bevor er darüber nachdenken kann, löst sich das Bild in Millionen, Milliarden winzigster Pünktchen auf, erinnert ihn jetzt an ein Gemälde des Pointillismus, nur dass diese Pünktchen hier viel kleiner sind, so winzig, als hätten sie keine räumliche Ausdehnung, und vor allem bewegen all diese Pünktchen sich unentwegt. Er sieht genauer hin. Ja, sie vibrieren, kaum sichtbar, aber jedes für sich, jedes anders als die Pünktchen in seiner direkten Umgebung, wie eine winzige, sichtbare Luftschwingung – und in diesem Moment begreift er, die Pünktchen sind Töne, Laute, Klang, *er kann hören, was er sieht, und er sieht, was er hört*, seine Umgebung, alles besteht aus Tönen, ist hörbar und – ja, zusätzlich scheinen die schwingenden Pünktchen in der Nähe auch Teil einer größeren Bewegung, eines Schwalls zu sein. Strömen sie nach außen – von wo aus? Ja, von ihm, er ist, wie kann das sein? – der Mittelpunkt dieses in Pünktchen aufgelösten Raums. Der Ort, von dem, aus dem heraus alles strömt, sich entfernt. Anscheinend werden diese schwingenden Teilchen in ihm gebildet oder gehen durch ihn hindurch? Wenn das alles aus mir kommt, bin ich –, kann es verändern und – kann ich all das hier beenden?

Beat schließt kurz die Augen: Nicht nur das strömende Bild, auch die Musik bricht ab. Nur Schwärze, da ist nichts mehr. Er öffnet wieder die Augen, hört und sieht die schwingenden Teilchen ab- und auftauchen, sich andauernd austauschen, ein Pünktchen, das an einer Stelle war, entsteht an irgendeiner anderen Stelle neu, nichts bleibt auch nur einen Sekundenbruchteil lang, wie es ist – wie kann ich all das festhalten? Es notieren? Ich bin doch Komponist! Viktorias Arme, die ihn von der Seite umschließen. «Das aufschreiben» – sie küsst ihn, lacht. Kann es sein, dass sie aufsteht, sich eigenwillig zur Musik bewegt? Und er geht einen Schritt nach vorne, die Bewegungen der Pünktchen beschleunigen sich, wovon ihm übelst schwindlig wird, Brechreiz, nichts in der Nähe, woran er sich festhalten kann, er lässt sich auf den Wellenboden fallen, sieht aus Versehen auf seine Beine, erschrickt, auch er selbst besteht aus Millionen um Millionen Pünktchen, die sich permanent austauschen, alles erzeugt sich in jedem Moment neu, ist ein Werden, ein